古文觀止有意思

重返歷史現場的24堂古人智慧課

邵鑫——著

目錄

序一：古文觀止有意思

盧永璘｜北京大學中文系教授、博士生導師

邵鑫是才子，大才子。這是他在北大中文系讀本碩的七年間留給師友們的印象。他曾任北大文學社社長、系辯論隊隊長，即可見一斑。

當然，那時他的主要精力還花在專業知識的吸收積累和文學研究的刻苦訓練上，「積學以儲寶，酌理以富才」。他本科畢業論文的選題是明朝文論家李贄的《童心說》，由我指導；旋即在我門下讀研，三年後碩士學位論文題為《從「三言」中的「當場描寫」看話本小說的文人化進程》。兩篇論文都給我留下了深刻的好印象：搜集的資料翔實全面，論證思路明晰，文字幹練清爽，特別是立意較高、有新意。

作為北大文學社社長，邵鑫創作的文學作品，我見到的很少，他應該是怕作為導師的我看了生氣，罵他不務正業吧，其實我不會。二〇一〇年春，我奉命東渡扶桑講學一年，門下碩士生和博士生十餘人合著了一本送別紀念集：《涉江集》，邵鑫在繁忙中提交了兩篇作品：一篇散文〈「長筒靴」與「名地毯」〉，一篇小說〈一顆寶石引發的血案〉。我下榻異國會館後當夜失眠，又牽掛學子們，覺得對不住他們，便隨手翻看帶來的《涉江集》。當看到邵鑫這兩篇大作時，始則忍俊不禁，繼而瞠目結舌，終則毛骨悚然！心想這個邵鑫，何苦恐嚇我哉！但又禁不住連連感嘆：真是個怪才，大才！照此路數，執著寫下去，說不準會成為文學大家……

但邵鑫畢業後當然要先謀一個飯碗，便去了一家有名的國企，雖是做文祕搖筆桿，但任人驅遣，案牘勞形。終究這位大才子忍受不住，掙脫了牢籠，放手寫作，講演，搞起「邵鑫讀書」這個品牌，瞄準傳播古詩文來弘揚傳統文化這一千秋大業，很快就風生水起。近年來線上線下授課之餘，邵鑫陸續出版了《中學古詩詞鑒賞閱讀攻略》《會讀書才會學語文》等多部著作。

近日邵鑫過訪寒舍，又帶來一部書稿，即此《古文觀止有意思》，真是一位多產的寫手。瀏覽一遍，發現其內容充實，講解精審，勝義迭出，一如其多年前的本碩學位論文那樣精采、厚重。諸多長處，我就不一一羅列了，請各位細看阮忠教授所作的序，阮先生是《古文觀止》研究大家，所論中肯，令人很受啟發。我就不再饒舌了，就此打住。

甲辰春月
湛盧永璘
識於燕園

序二：《古文觀止》在當下的價值

阮忠——海南師範大學文學院教授、博士生導師

我和《古文觀止》有些緣分。

六十年前，做中學語文教師的父親常在家裡捧著一本《古文觀止》，晃著腦袋用黃陂話吟誦。這書是他一生的至愛，年逾古稀，仍常吟誦，而我最早能背的古文如〈鄭伯克段于鄢〉〈過秦論上〉〈陳情表〉〈滕王閣序〉〈師說〉〈前赤壁賦〉等，都出自《古文觀止》，是父親責令我背的。

一九九九年年初，我在武漢華中師範大學文學院任教，附近的洪山中學請我去做《古文觀止》的講座。講完後，我寫了〈我說《古文觀止》〉一文，發表於當年的《語文教學與研究》第四期。

二〇二〇年十二月，北京師範大學郭英德兄讓我去長沙岳麓書社，講解他主編的名著導讀名家講解版《古文觀止》，結識了岳麓書社的蔡晟，大家都叫她蔡總。我講解的內容放在該社二〇二一年年底出版的《古文觀止》中，該書可以用手機掃碼收聽。

二〇二三年七月，經蔡總引薦，帆書旗下的文化公司北京光塵大川負責人上官小倍女士請我審訂一本講解《古文觀止》的書，我不假思索就答應了。

這是我與《古文觀止》第四次結緣。以上幾乎可以構成我的《古文觀止》閱讀史。我不憚煩地敘說這一歷程，是想表明這部書自清朝康熙年間問世以來，一直深受眾多讀者喜愛，我只是其中一位而已。

二十世紀以來，《古文觀止》的無數版本問世，一代代的讀者以它為閱讀古文的門徑，足以說明它是一本好書。這實在是當年編《古文觀止》的吳楚材、吳調侯沒有料到的。他們那時斗膽把這部書稱為「古文觀止」，意思是讀了這些古文，便不必再讀其他古文。果然，至今沒有產生一部可以超越《古文觀止》的新古文選本，儘管自它問世起，三百多年過去了。

這三百多年來，《古文觀止》讀者眾多，二吳編選時有簡約的點評，也還精當，但畢竟是一家之言，人們早已不能滿足。現在，解讀《古文觀止》的人也多，注釋、翻譯、講解，大家樂此不疲，包括這本我受命審訂的《古文觀止有意思》。

邵鑫說，今天不少人讀《古文觀止》，只把它當成一本文言文或古文學習的工具書，這真是「買櫝還珠」。《古文觀止》收錄的二百二十二篇古文，多數稱得上古文精品，是傳統文化的代表，蘊含著許多人生智慧，應取其智慧而不是溺其文辭。不過，《古文觀止》首先是古文，學古文的人叩其門而入也是常事。邵鑫強調它是一本智慧之書，很有道理。古往今來，時代前行，環境變易，但人性依舊，愛情的琴瑟和鳴，離別的楊柳依依，孤獨的形影相弔，生命的春夏秋冬，古代如此，當下亦然。因此，這些古文能夠成為今人生活的明鏡，隱約映現古人的經驗和智慧，大到治國理家的方略，小到交往溝通的一笑一顰。生活有智慧也有藝術，你想知道嗎？請讀《古文觀止》。

《古文觀止》好讀，真正讀懂卻不容易。我很欣賞邵鑫講解這部書的願景：讓大家讀懂，且懂透。按他的意思，讀者得真正瞭解每篇文章背後的文學、歷史、地理等諸多要素，知其表裡也知其始末，知其然知其所以然。這樣說起來容易，做到卻不容易，古人寫的文章看似尋常，卻在尋常中遮蔽了背後的故事。讀文章的人、講文章的人得探索它的來龍去脈，弄清事件的緣由，悟出故事蘊含的道理，從而有清晰的思考、深刻的認知。

當然，歷史的還原是困難的，陳寅恪先生告誡力圖還原歷史的人，要抱有對歷史的「同情心」，即瞭解之同情。走進歷史，方能貼近歷史。邵鑫正是這樣做的，他不只講解字詞，翻譯語句，更是將文中歷史人物、事件相互關聯，這就真正勾勒出歷史事件的面貌，釐清道理。〈曹劌論戰〉中魯國以小勝大、以弱克強的原因是什麼？當時齊國和魯國的國情如何？曹劌為何越級請見魯莊公？為什麼刻意強調作戰地點「長勺」？邵鑫這樣層層推導，引導讀者深入，讓人讀起來欲罷不能。〈燭之武退秦師〉，邵鑫以佚之狐慧眼薦燭之武、鄭文公勸燭之武退秦師、燭之武詮釋利弊、鄭國滅亡無利於秦、鄭國不亡對秦有利等為綱目，讓燭之武危言聳聽地對秦穆公說，晉國滅掉鄭國之後就會去滅秦國，驚出秦穆公一身冷汗。如此抽絲剝繭，歷史事件背後令人目不暇接的故事自然呈現在人們面前，讀起來饒有興味。

古文不單是記敘歷史，還有許多說理言情之作。說理也好，言情也罷，會有歷史事件在支撐。這讓邵鑫在講解古文時，在其中孜孜以求觸發理與情的歷史事件。講秦李斯的〈諫逐客書〉，少不了問秦國為何要逐客籍人。三國諸葛亮的〈前出師表〉中，劉備為什麼要託孤諸葛亮？東晉陶淵明的〈桃花源記〉中，桃花源中人真的是「避秦時亂」而來此地的嗎？邵鑫很會提要鉤玄，在看似無疑處生疑，講則吸引聽眾，解則感染讀者，讓大家順著他的思路在《古文觀止》中徜徉，讀書的快樂油然而生。

年輕的邵鑫倡導讀書，因讀而思，每遇一文，不拘一格地精心提煉古人的智慧，在走進歷史時既符合古文自身的邏輯，又引人進入讀書的勝境，其中自然有他自己的人生體驗與感悟。如講〈王孫圉論楚寶〉，楚寶是國富民安，而非被帝王、貴族當作玩物的玉器，於是他說應從本質上看問題，而不囿於事物的表象。在〈陳情表〉裡，李密巧妙地借當朝以孝治天下、他因孝敬祖母不能入朝做官向晉武帝「請假」，邵鑫順勢說，向別人提出請求，得先幫對方把顧慮消除，這樣一來，事就容易辦成，李密就是如此。這是對古人生活經驗的歸納，與現實生活勾連起來，以古鑒今，古可為今所用。只是我們在運用的過程中，要以取其精華、去其糟粕為永遠的原則。

邵鑫很會講解古文，在有故事的地方講出道理，在說理言情的地方講出故事，總能扣人心弦。而他語言的平易暢達，讓我想起蘇東坡〈自評文〉說的：「吾文如萬斛泉源，不擇地皆可出。在平地滔滔汩汩，雖一日千里無難。及其與山石曲折，隨物賦形，而不可知也。所可知者，常行於所當行，常止於不可不止，如是而已矣。」我一直銘記這段話，作為自己寫作的嚮往，因此猜想這也許是邵鑫精講《古文觀止》在語言和思想表達上的追求。這讓我更樂於為這本書作序。

我喜歡《古文觀止有意思》，相信廣大讀者也會喜歡。

序三：在《古文觀止有意思》裡尋找內心的力量

樊登一帆書App創始人、首席內容官

我從小愛逛舊書攤，舊書攤就是我的遊樂場。每次看到不同版本的《古文觀止》，不管厚薄，我都會買回家。別的小朋友把零用錢花在小人書、零嘴上，而我卻樂於為《古文觀止》「傾家蕩產」。想來，「古文觀止」這四個字對小時候的我，確有一種說不清道不明的吸引力，而且這種吸引力竟然綿延至今。

閱讀《古文觀止》，總能給我帶來休閒娛樂般的體驗。午後，雨天，或者臨睡前，隨意翻開其中一篇，仿佛拆盲盒：有的短小精悍，如劉禹錫的〈陋室銘〉，全文只有八十一個字；有的大氣恢宏，故事性也很強，如司馬遷的〈報任安書〉，「人固有一死，死，或重於泰山，或輕於鴻毛，用之所趨異也」。千古絕唱，當之無愧。

更有意思的是，我們總能在這些文章中找到熟悉的典故，比如錦上添花、杯弓蛇影、指鹿為馬等。大家雖然知道這些成語，但並非都瞭解它們的出處。其實，答案都藏在《古文觀止》裡。

小時候，我很喜歡玩掃雷遊戲。掃雷最好玩的就是散點，每一次胡亂點擊，都可能引起大面積的「爆炸」，爽感便由此而來。閱讀《古文觀止》同樣如此。翻開任何一篇，都可能會觸發歷史機關，炸出典故、文化，以及無數曾經鮮活並充滿智慧的生命個體。

但是很可惜，並不是所有人都有能力領略古文的魅力。一方面，古代書寫不便，古人寫文章言簡意賅；另一方面，古文離我們年代久遠，字義演變，難以理解。這就需要一個合格的解讀者，解讀者不但要有強大的知識儲備，把每篇古文原意吃透，還得具備開闊的視野、靈活的思辨能力，才能發掘古文的現實價值，以滿足當今讀者的需求。在我的朋友圈裡，恰好就有這麼一個人，他或許是解讀《古文觀止》的不二人選。

這個人就是邵鑫。邵鑫是「八五後」（編按：出生於一九八五年以後），山東人，北京大學中文系本碩，從小就是學霸，高考三個志願全填北大。他跟我說，小時候家裡有一本金批《水滸傳》，他閱讀次數過多，真的翻爛了，長大後，更是對古文經典愛不釋手。因此，我說他講古文有「童子功」。

我與邵鑫結緣，始於山東衛視一檔叫作《超級語文課》的公開課節目。當時，我是課評員，邵鑫是參賽選手。節目會聚了全國範圍內的優秀語文教師，他們不僅要直面像我這樣挑剔的課評員，還需要努力爭取三十位各年齡段學生的青睞，經過投票方能進入下一輪。

邵鑫一亮相，講的就是一篇難度很大的古文：〈干將莫邪〉，出自東晉干寶的《搜神記》。

成章。

我和坐在前面的學生聽得津津有味，我心想，古文原來還能這樣講。當晚，我就邀他一起吃飯，請他開一門古文課。至於講什麼內容，我倆異口同聲：《古文觀止》。一切都是那麼順理成章。

課程上線後，我自己就是忠誠的聽眾，不僅每天聽，還在朋友圈裡反覆「安利」（編按：推薦分享的意思）。聽過我講書的朋友知道，我講一本書往往要用六十分鐘，而邵鑫講一篇古文就需要同樣的時間，可見其在深度挖掘上的用心。

邵鑫和我還有個共同點：平民視角，有時甚至是孩子視角。我們不會假設所有人都「應該知道」。有些老師容易陷入「知識的詛咒」，自己特別明白，但講不明白。邵鑫始終記得自己當年讀古文時在哪些地方產生過困惑，這對他今天的講解至關重要，因為只有這樣，他才可以推己及人，才會知道別人在讀這篇文章時可能會遇到什麼問題。

說到這裡，需要強調一下，這本書並非簡單的「課轉書」，而是課程的「升級版」。邵鑫用一年多的時間把每篇講稿重新寫了一遍，邏輯更清晰，語言更生動，並對目錄做了主題編排，力求精益求精。此外，編輯團隊還特別邀請了中國古代散文學會副會長阮忠老師對全書逐字審訂，以確保準確、嚴謹。紙質書還增加了注釋，方便讀者深入咀嚼、仔細品味古文的魅力，做到知其然知其所以然。如果你已經聽過邵鑫的課，你會發現這本書裡新增了不少邵老師的獨家解讀，與課程完美互補。如果你沒有聽過邵鑫的課，那麼這本書可作為你瞭解中國傳統文化和古代聖賢智慧的啟蒙讀物。

在我的直播間裡，經常有家長問：「如何培養孩子的閱讀熱情？」「怎麼提高孩子的語文成績？」我想告訴家長朋友，語文成績的提高真的不是靠簡單的刷題。如果有捷徑，那就是多讀書——讀近代的書，讀古代的書。對孩子來說，閱讀《古文觀止》還有一大好處，裡面既有議論文，又有記敘文。很多孩子之所以不會寫議論文，是因為他們根本不知道怎麼去議論。只要多讀幾遍《古文觀止》，孩子就會恍然大悟：原來這就是議論。還有的孩子不會寫人、不會寫景、不會記事，這些問題透過閱讀《古文觀止》也都能得到解決。我覺得這才是培養閱讀興趣、提高語文成績的好方法。

我希望成年人也讀一讀《古文觀止》，每個人都需要找到文化的支撐。有了文化的支撐，人的內心就會有力量。如果對中國過去的背景一無所知，那我們根本不知道作為中國人為什麼值得驕傲。

讀古書，你會驚訝地發現：孔子的人格原來這麼成熟！如果把《孟子》《老子》《莊子》等都讀完，你會慢慢感受到先賢帶給我們的強大力量。這種力量不光能夠支撐我們去創業、去成事，還能夠支撐我們去面對生死。試想，古往今來，那麼多仁人志士，哪個憑藉的不是從先賢那兒學來的這一口氣？

曾國藩發現，不讀書的人很難打勝仗，他就下令把兵痞全部開掉，讀書人帶莊稼漢。所以，要檢驗一個人書讀得怎麼樣，不是看他能夠背誦多少，他的口頭禪是什麼，而是正如「湘軍之父」羅澤南在給曾國藩的信中寫的那句寄語：「亂極時站得定，才是有用之學。」這個才是我們讀書最重要的目標。

邵鑫選入這本書的文章，都是《古文觀止》裡的精華。看懂這些文章，再去看其他古文就容易多了。這些文章中，有我特別喜歡的〈陳情表〉，作者是魏晉時期的李密。〈陳情表〉被譽為千古最動人的文章之一，「臣無祖母，無以至今日；祖母無臣，無以終餘年」，每次讀到這裡，我都會感歎古人的感情表達是多麼自然淳樸。試想，李密要靠一篇文章打動皇帝，打動不了，他可能要被殺頭，而李密竟然能夠寫得那麼情真意切，不僅讓皇帝不生氣，還能讓皇帝體認他的孝心，這是何等的表達能力！有人曾問我：「樊老師，我不善於表達，該怎麼辦？」其實，很簡單，那就是多讀書，多讀古文。表達的目的是與別人溝通，溝通的目的是讓別人與我們共情。這樣，大家才能一起做事。古人、古文為我們提供了豐富的技巧和方法。

我之所以能夠說服邵鑫開這門課，再寫這本書，也跟我多次讀李密的〈陳情表〉並深受感染有關。

前言

《古文觀止》是本名氣很大、口氣也很大的書。這一點，從書名上就可以看出來。自此書誕生以來，中國人要讀古文，基本繞不開它。但在今天，真正愛讀它的人並不多。

我身邊也有一些《古文觀止》的擁躉，但閱讀的理由常常是「課本要學」「考試會考」，僅此而已。每念及此，痛惜不已。文章是有靈魂的，若把應試作為閱讀古文的導向，則把原本熠熠生輝的千古名篇變成了行屍走肉，無異於焚琴煮鶴、買櫝還珠。況且任何事情一旦淪為苦差事，則往往不會有好結果。北宋程頤在解《孟子》時說：「君子未嘗不欲利，但專以利為心則有害。」抱著功利心讀古文，算是白讀了。

那麼，怎麼才算不白讀？在我看來，須發掘古文自身的魅力，保持好奇心和求知欲，透過精細解讀文本，動腦分析，用心感受，思接千載，視通萬里，實現與古人的心靈對話，最終以古人智識壯我之血脈，以歷史洞見為未來開路。

今天，《古文觀止》的閱讀價值，不應作為考試工具書，而應作為傳承古人智能和體察文章之道的美味佳餚。以此為考慮，我從《古文觀止》中挑選了二十四篇文章，從思維、應變、說話、文章這四個維度，進行了精細解讀。

本書是以「北大才子邵鑫精講《古文觀止》」這一課程為基礎創作的，但與課程內容有很大不同。其一，為了給讀者良好的閱讀體驗，我逐字逐句進行了重新創作，並在編輯老師的協助下刪繁就簡，相比課程原本口語化、碎片化的表達方式，本書邏輯更合理，表達更清晰，文字更耐讀；其二，經典常讀常新，時隔一年多再次回顧，我對部分文章有了新的理解和感悟，也一併將它們寫進了書中；其三，當初囿於課程時間限制，無法對一些精采細節展開詳細論述，在創作本書時，我對它們進行了比較深入的考訂，彌補了此前的缺憾。

付梓在即，感謝我的大學導師盧永璘教授對我的培養和教誨，感謝中國古代散文學會副會長阮忠教授為本書審訂並作序，感謝帆書App創始人樊登先生的邀請和作序推薦，也感謝為本書付出心血的每一位出版人。限於精力和能力，書中仍有許多不足，盼讀者多多指正。

壹、思維

去解決最主要的衝突，
去擊中最關鍵的癥結。
制勝的根本是你具備了
獨立思考問題和解決問題的能力。

01 〈鄭伯克段于鄢〉：透過說話看性格

〈鄭伯克段于鄢〉這篇文章久負盛名，很多古文選本都有收錄，它是《古文觀止》的第一篇文章。當年，我在北大中文系上的第一堂古文課就是講它。可說實話，那堂課給我的感覺不太好——不是這篇文章不好，而是教室太擠了。剛上大學的我，以為大學也像中小學一樣會提前分配好座位。等我踩著上課鈴聲走進教室，才發現幾無立足之地。後來才知道，給我們上課的是蔣紹愚教授，他德高望重，著作等身，還是我們教材的編者，很多學生慕名來聽。原本坐五十人的教室擠進來上百號人，我被夾在門邊角落裡站著聽了兩個小時，四肢僵硬。更尷尬的是，蔣老師是南方人，帶些家鄉口音，讓我這個從未離開過北方的山東小夥兒很不適應。整堂課下來，聽得迷迷糊糊，連猜帶蒙。此後很長一段時間，提到〈鄭伯克段于鄢〉，我都有心理陰影。可有時候怕什麼來什麼，不管讀什麼古代文選，總也繞不開它。也罷，既然躲不過，那就咬牙下苦功夫吧——這一研究不得了，它竟然成了我的「心頭好」。

〈鄭伯克段于鄢〉原文

初，鄭武公娶于申[1]，曰武姜。生莊公及共叔段。莊公寤生[2]，驚姜氏，故名曰「寤生」，遂惡之。愛共叔段，欲立之。亟[3]請於武公，公弗許。

及莊公即位，為之請制[4]。公曰：「制，巖邑[5]也，虢叔[6]死焉，他邑唯命。」請京[7]，使居之，謂之京城大[8]叔。祭仲[9]曰：「都城過百雉[10]，國之害也。先王之制：大都，不過參[11]國之一；中，五之一；小，九之一。今京不度，非制也，君將不堪。」公曰：「姜氏欲之，焉辟[12]害？」對曰：「姜氏何厭之有？不如早為之所，無使滋蔓[13]。蔓，難圖也；蔓草猶不可除，況君之寵弟乎！」公曰：「多行不義，必自斃。子姑待之。」

既而大叔命西鄙[14]北鄙貳於己。公子呂[15]曰：「國不堪貳，君將若之何？欲與大叔，臣請事之；若弗與，則請除之。無生民心。」公曰：「無庸，將自及。」大叔又收貳以為己邑，至于廩延[16]。子封曰：「可矣，厚將得眾。」公曰：「不義不暱[17]，厚將崩。」

1 申：姜姓國，故址約在今河南南陽。
2 寤（ㄨˋ）生：難產，指生產時嬰兒的腳先出來。寤，通「牾」，倒著。
3 亟（ㄑㄧˋ）：多次。
4 制：地名，在今河南滎陽。西周時屬東虢（ㄍㄨㄛˊ），後東虢被鄭國所滅，制地遂屬鄭。
5 巖邑：險要的城邑。
6 虢叔：周文王的弟弟，東虢國的國君。
7 京：鄭國的舊都，在今河南滎陽。
8 大：同「太」。下同。
9 祭（ㄓㄞˋ）仲：春秋時鄭大夫。
10 雉（ㄓˋ）：量詞。古代計算城牆面積，長三丈、高一丈為一雉。
11 參：同「三」。
12 辟：通「避」。
13 滋蔓：滋長蔓延。
14 鄙：邊邑。
15 公子呂：字子封，鄭大夫，鄭桓公的兒子、鄭武公的弟弟、鄭莊公的叔叔。

大叔完聚，繕甲兵，具卒乘，將襲鄭；夫人將啟之。公聞其期，曰：「可矣！」命子封帥車二百乘以伐京。京叛大叔段，段入于鄢[18]，公伐諸鄢。五月辛丑，大叔出奔共[19]。

書[20]曰：「鄭伯克段于鄢。」段不弟，故不言弟；如二君，故曰克；稱鄭伯，譏失教也，謂之鄭志；不言出奔，難之也。

遂置姜氏于城潁[21]而誓之曰：「不及黃泉，無相見也！」既而悔之。

潁考叔[22]為潁谷封人[23]，聞之，有獻於公。公賜之食，食舍肉。公問之，對曰：「小人有母，皆嘗小人之食矣，未嘗君之羹[24]，請以遺[25]之。」公曰：「爾有母遺，繄[26]我獨無！」潁考叔曰：「敢問何謂也？」公語之故，且告之悔。對曰：「君何患焉？若闕[27]地及泉，隧而相見，其誰曰不然？」公從之。公入而賦：「大隧之中，其樂也融融。」姜出而賦：「大隧之外，其樂也泄泄[28]。」遂為母子如初。

君子曰：「潁考叔，純孝也。愛其母，施及莊公。《詩》曰：『孝子不匱，永錫爾類。』[29]其是之謂乎！」

本文出自《左傳・隱公元年》。

16 廩（ㄌㄧㄣˇ）延：鄭邑名，在今河南延津東北、古黃河南。
17 義：正當。暱：親近。
18 鄢：鄭地名，在今河南鄢陵西北。
19 共：古國名，在今河南輝縣。
20 書：指《春秋》原文。
21 城潁：鄭邑名，在今河南臨潁西北。
22 潁考叔：鄭大夫，至孝，為時人所稱。
23 潁谷：鄭邊邑，在今河南登封西南。封人：古官名，管理疆界的官。
24 羹：肉汁。此處指肉食。
25 遺（ㄨㄟˋ）：留給。
26 繄（一）：句首語氣詞。
27 闕（ㄐㄩㄝˊ）：通「掘」，挖掘。
28 泄泄（一ˋ 一ˋ）：形容舒坦快樂的樣子。
29 見《詩經・大雅・既醉》。匱：窮盡。錫：通「賜」，給予，賜給。這裡有影響之意。

一、破題：鄭伯克段于鄢

先說標題「鄭伯克段于鄢」。這裡的「鄭伯」和「段」是一對親兄弟：哥哥後來做了鄭國的國君，即鄭莊公，被稱為「鄭伯」；「段」是弟弟的名字。

值得注意的是，這個標題並不是《左傳》作者左丘明取的，而是《春秋》的原文。《左傳》是左丘明為《春秋》做的注解，我們要解讀的這篇文章，原本是對「鄭伯克段于鄢」這六個字的注解。

那麼問題來了，這六個字有什麼好解釋的？當然有，因為短短六個字裡，藏著三個謎團。

首先，鄭莊公被稱為「鄭伯」，是一種貶低。儘管鄭國是伯爵國，但成康以後，凡是周王室的執政卿士都可以稱「公」，享受公爵待遇。鄭國的地位在東周初年舉足輕重，前三代君主（鄭桓公、鄭武公、鄭莊公）都在王室擔任卿士，都稱為「公」。左丘明認為，《春秋》在此處稱鄭莊公為「鄭伯」，主要是因為鄭莊公在處理弟弟的問題上犯了錯。

其次，「克」字一般用在戰爭中，戰勝敵人叫「克」，這個意思沿用至今，比如克敵制勝。鄭伯是親哥，段是親弟，哥哥打弟弟，居然用「克」，很不尋常。到底發生了什麼，使得兩兄弟像仇敵一樣打得你死我活？

最後，《春秋》惜字如金，能不寫的絕對不寫，為什麼要特意說明鄭伯是在「鄢」這個地方把段打敗的呢？

這就是《春秋》的特點：微言大義——話不明說，藏在字裡行間，觀者自己琢磨。《左傳》就是明白人左丘明替大家琢磨後，做出的一種解釋。

〈鄭伯克段于鄢〉是《左傳》的第一個故事。大家讀書時一定要注意「第一」，因為古人是非常講究次序的，放在第一，往往有特殊意義。

以《詩經》為例。第一篇〈關雎〉講什麼呢？「關關雎鳩，在河之洲。窈窕淑女，君子好逑。」從小鳥求偶講到男女相愛。這就有意思了，孔子說「詩三百，一言以蔽之，曰思無邪」，結果一上來就談情說愛，好像不大講究。可細想，男女相愛的自然結果就是組成家庭。中國社會是家本位，家庭是基礎單元。找什麼人組成家庭，透過什麼方式組成家庭，很重要。要正天下之氣，必先正家風；要正家風，必先正夫婦之德。《論語》講「君子務本」，按這個邏輯，找對了老婆，才能天下太平。

如果說《詩經》講的是國風、民風、家風，那麼《春秋》講的是事件，是歷史。《春秋》的歷史可用四個字概括：禮崩樂壞。借用《論語》的說法：君不君，臣不臣，父不父，子不子。而周朝禮制的根本是嫡長子繼承制，兄弟爭立，導致春秋時期天下大亂。

因此，《左傳》的第一個故事就講兄弟失和。其實，中國古代的亂世大多數是從家亂開始的，正所謂禍起蕭牆。夫婦失德也好，兄弟失和也罷，國亂往往源自家亂。亂臣賊子，亂臣即賊子，賊子即亂臣。孔子深刻認識到這一點，《春秋》微言大義，褒貶分明。因此，孟子說「孔子成《春秋》，而亂臣賊子懼」。

綜上，要解開所有謎團，關鍵是弄清楚鄭莊公和段之間到底發生了什麼。

二、母親引發的爭端

> 初，鄭武公娶于申，曰武姜。生莊公及共叔段。莊公寤生，驚姜氏，故名曰「寤生」，遂惡之。愛共叔段，欲立之。亟請於武公，公弗許。
>
> ——〈鄭伯克段于鄢〉

孩子出問題，根源在父母。這篇文章開門見山地告訴我們，兄弟倆有怎樣的父母。他們的父親叫鄭武公，是鄭國的第二任國君。鄭武公非常厲害，在位期間，鄭國的版圖得到了空前擴張。鄭武公娶了一個妻子，原文是「鄭武公娶于申，曰武姜」。古代一般不記錄女子的名字，「武姜」裡的「武」，是隨夫的諡號，而「姜」則是申國的國姓。國與國之間經常透過聯姻的形式維持和平，周王室（姬姓）與姜姓申國世代通婚，武姜以相當於申國公主的身分嫁給周王室子弟鄭武公。

《左傳》特意提到武姜的出身，有什麼深意？作為《春秋》的注解，《左傳》雖然詳細，卻也繼承了《春秋》微言大義的「優點」，很多事情點到為止。本篇既然要講兄弟失和，當然要研究他們的原生家庭，那麼作為母親的武姜，其為人和出身就非常關鍵了。深入研究，我們會發現申國是一個很特殊的存在。在西周年間，申起初並未被納入周王朝的版圖，其遠在西北，故又被稱為申戎——「戎」是中原政權對西北游牧民族的通稱。申國算是和西周王朝關係搞得比較好的，還經常聯姻，幫忙鞏固邊防。關係差的，就經常打仗，比如犬戎，周人直接以「犬」稱之。

西周是怎麼滅亡的呢？很多人會說：烽火戲諸侯！西周的末代天子周幽王，為博褒姒一笑，點燃烽火臺，而失信於各諸侯。有沒有這回事？大概是有的。這是不是西周滅亡的主要原因？恐怕不是。周幽王最大的錯誤，不是討好褒姒，而是因為寵愛褒姒而廢了自己的正妻——申后，還順帶廢了申后所生的太子（姬宜臼）。申后是申國的公主。於是乎，被拋棄的申后只得帶著孩子回娘家。申后的父親申侯哪能忍受這樣的奇恥大辱，一怒之下，非但不守西北邊疆了，還聯絡周邊諸侯及犬戎伐周，周幽王被殺於驪山下，西周滅亡。

由此，〈鄭伯克段于鄢〉第一句的深刻含意就交代清楚了：申國的勢力不容小覷，申國的公主惹不起。同時，我們知道，申國跟周王朝並非一族，武姜可能從骨子裡不把周王朝的嫡長子繼承制當回事。對自己所生的兩個兒子，姜氏並沒有一碗水端平，更沒有遵循周禮。她非常喜歡小兒子，卻不喜歡大兒子莊公。為什麼呢？

文中有四個字：莊公寤生。關於「寤」，《詩經．關雎》提到過，「寤寐思服」，就是睡著了想她，睡醒了也想她——「寤」就是睡醒了。

那麼，到底什麼是「寤生」？有很多有趣的觀點。其一，說莊公出生時眼睛是睜著的——小寶寶一出生，眼睛就瞪得像銅鈴；其二，說姜氏生莊公時一度疼到昏死，好不容易才醒過來；其三，說姜氏是在睡夢中生的莊公，醒了之後才發現生了一個孩子——這種無痛分娩的說法有些離譜；其四，寤是個通假字，通「牾」，意思是倒著，寤生即出生時腳先出來，也就是我們今天所說的難產。哪種說法是對的？見仁見智，但我們看姜氏的態度，就明白她生大兒子時很可能難產：「驚姜氏，故名曰『寤生』，遂惡之」。

在古代的醫療條件下，難產是非常危險的，姜氏和孩子雖然最終都保住了，但估計也經歷了九死一生。俗話說，有的孩子是來報恩的，有的則是來報仇的。在姜氏看來，大兒子絕對是個來報仇的主，於是一氣之下，直接給他取了「寤生」這個名字。這麼看，莊公真是個可憐孩子，出生時差點兒沒命，連自己的名字的意思也是「難產」。

在莊公三歲那年，母親姜氏又生了一個兒子。這個孩子生得格外順利，姜氏對他疼愛有加，取名為「段」。因為是弟弟，所以叫叔段，又因為叔段後來逃到了共國，所以史稱「共叔段」。

段長大之後，一表人才。《詩經》裡的「鄭風」就是鄭地民歌，其中有〈叔于田〉和〈大叔于田〉兩篇民歌，古代學者一般認為裡面的「叔」和「大叔」都是指共叔段。這兩篇作品講共叔段打獵，不僅本領高強，長得也非常英俊，老百姓都很喜歡他。於是，姜氏非常想讓自己的小兒子共叔段成為鄭國的國君，而且「亟請於武公」。

此處的「請」表示請求，「亟」表示多次。可以想像姜氏每天都在鄭武公耳邊念叨，說大兒子難產不吉利，應該立小兒子段為繼承人。可是，鄭武公作為鄭國的一代明君，並不同意。他深知要以大局為重，必須遵循嫡長子繼承制，才能保障鄭國的長治久安。

然而，出身申國的姜氏沒有意識到這件事情的嚴重性，她有個執念，就是把段推上國君之位。鄭武公活著的時候，姜氏只能吹吹枕邊風，武公一死，她便開始真正實施。

三、鄭莊公是個狠角色

> 及莊公即位，為之請制。公曰：「制，巖邑也，虢叔死焉，他邑唯命。」請京，使居之，謂之京城大叔。
>
> ——〈鄭伯克段于鄢〉

鄭武公死後，嫡長子即位，就是莊公。根據歷史記載推算，莊公即位時只有十三歲，雖然當上了鄭國的國君，但畢竟羽翼未豐，而姜氏在鄭國經營已久，背後還有惹不起的申國撐腰。於是，姜氏就開始「逼宮」了，她是怎麼做的呢？《左傳》講了四個字：為之請制。

前面說過，周王朝的統治方式有點兒類似於家族管理，新君即位後，通常要把兄弟們封到各處幫自己守地盤。姜氏就瞄準了這個時機，替小兒子段提出了封地請求，而她索要的地盤叫「制」。

制是什麼地方？它的另一個名字大家可能熟悉一點兒：虎牢關。《三國演義》的三英戰呂布就發生在這裡。虎牢關是鄭國通往東周王都洛邑（今河南洛陽）的最後一道天險，此地山河表裡，易守難攻，是非常險要的關隘。從名字上也可見一斑：虎牢關，是囚虎之牢。制，乃國之咽喉。當年周天子把周文王的弟弟虢叔封到這裡，替周朝把守東大門，東虢國建立。後來，東虢國被鄭武公吞併，成為鄭國最為險要的一座城池。

這麼看，姜氏要求莊公把制封給段，用意明顯。如果段真的占據此處，對莊公來說必然後患無窮。此時莊公面臨兩難選擇：如果答應，無異於養虎為患；如果不答應，則給了姜氏發難的藉口。

鄭莊公，如今的少年君主，自幼在歧視和危機的夾縫中生存，早已練就強大的心理素質和應變能力。面對咄咄逼人的母親，年少的他表現出了遠超年齡的老辣。

《左傳》記載，莊公回了母親三句話。

第一句：制，巖邑也。這就是說，制是一座非常險要且堅固的城池。這句話背後的意思是什麼呢？因為險要，因為堅固，所以不能分封，否則很容易失控。面對母親的無理要求，鄭莊公並沒有直接表態說「不給」，而是客觀講述了制這個城池的特點，很委婉地表達了自己的態度。請大家注意鄭莊公的講話方式，很有智慧，不直接表態，而是儘量客觀闡述事實。至於自己的態度嘛，就在事實背後，讓對方自己體會。比如，小孩子想吃雪糕，有的媽媽就會說「不准吃」，而有的媽媽會說「上次吃完雪糕，你肚子疼了一晚上」。同樣是不讓吃，哪種方式更能讓孩子接受？當然是第二種，因為媽媽陳述的是客觀事實，不直接拒絕小孩子吃雪糕的要求。如果直接表明自己的主觀態度，孩子就會有意見：連雪糕都不讓吃，媽媽難道不喜歡我嗎？

講完第一句之後，鄭莊公又補上了第二句：虢叔死焉。意思是，虢叔就死在制這個地方。這仍然是陳述客觀事實，沒有直接表態。我們在前面說過東虢國被滅，可虢叔死在這裡跟姜氏為段「請制」有什麼關聯呢？這裡面有兩層深意。

一是，制並不吉利。虢叔和段的身分相似，都是被哥哥分封去守疆土。既然虢叔在制的下場這麼慘，那麼段呢？鄭莊公的言外之意是：您確定要讓您的寶貝兒子去那個別人翻過車的地方？

二是，制並不保險。雖然這裡地勢險要，但真的可以高枕無憂嗎？虢叔的下場是什麼？還不是被鄭武公滅掉了。鄭莊公的言外之意是，就算段得到了這個地方，他也不見得就能掀起什麼大浪，我父親能滅了東虢國，我難道就不能？

最後，莊公說了第三句話：他邑唯命。意思是除了制，其他城池隨便挑。顯然，這是給姜氏遞了一個臺階。我們在拒絕別人時，不要把路堵死，可以提供另外的選項。比如，媽媽說完吃雪糕會肚子疼後，還可以補一句：「渴了，媽媽給你買汽水；熱了，媽媽帶你吹冷氣。」

鄭莊公的這三句話看似簡單，實則精采：別說這個地方不能給段，就算給了，對段也沒好處，別的地方隨便挑。這樣，莊公既拒絕了母親的要求，又不顯得尷尬。讀到這裡，大家認為十三歲的鄭莊公是個怎樣的人？——少年老成，果決有謀，能屈能伸。

面對這麼會說話的大兒子，姜氏也不能太任性，於是借坡下驢，提出了一個新要求，即「請京」。這裡的京當然不是鄭國的國都，而是一座名叫「京」的城池。為什麼叫京呢？因為它是鄭國的舊都，鄭國最初替東周把守東大門，都城也離王都洛邑比較近，就在京。後來鄭國東擴，為了更好地控制新地盤，都城就從京向東搬遷，鄭國給新的國都取名為「新鄭」。如今既然得不到制，姜氏也毫不客氣，想把鄭國的舊都京要來給小兒子。得到京，就得到了一個足以和國都新鄭抗衡的大城。更關鍵的是，京還在從新鄭到東周王都洛邑的必經之路上。可以說，姜氏想幫著小兒子造反的心思已經昭然若揭。

對這一點，心思縝密的鄭莊公何嘗看不出來，但他並沒有說破，也沒有拒絕，答應了母親的要求，把京封給了弟弟段，還賜給他一個特別的名號：「京城大叔」。這裡的「大」要讀作「太」，指至高無上，有點兒一人之下萬人之上的意思。這就奇怪了，鄭莊公明知道母親想幫著弟弟造反，非但不管，還給弟弟封了個「九千歲」的名號，這是怎麼回事？

莊公這樣做，一個叫祭仲的大臣看不下去了。

四、祭仲是什麼性格？

祭仲曰：「都城過百雉，國之害也。先王之制：大都，不過參國之一；中，五之一；小，九之一。今京不度，非制也，君將不堪。」公曰：「姜氏欲之，焉辟害？」對曰：「姜氏何厭之有？不如早為之所，無使滋蔓。蔓，難圖也；蔓草猶不可除，況君之寵弟乎！」公曰：「多行不義，必自斃。子姑待之。」

——〈鄭伯克段于鄢〉

祭仲見到莊公，說了三句話。

第一句：都城過百雉，國之害也。我們先區分兩個詞：國和都。春秋時期，諸侯國的國都叫「國」，諸侯國內某封地的中心城市叫「都」。例如，鄭國的國都新鄭，就叫「國」；京作為鄭國內部叔段封地的中心城市，就叫「都」。國和都的關係，類似於今天的國家首都和省會城市。祭仲所說的「都城過百雉」中的「城」並不是指城市，而是指城牆。這句話的意思是，一旦某個封地城市的城牆長度超過了三百丈，就會對國都造成威脅。為什麼古代這麼看重城牆的長度呢？

是因為在古代戰爭中城牆的作用至關重要。城牆越長，防禦力越強嗎？確實，古代打仗，城牆是非常重要的防禦屏障。城牆越長，意味著地盤越大，物資越多，人力也越強。所以春秋時期明確規定了各級別城池的城牆長度，而城牆長度達三百丈是各國國都才有的特權。一旦封地城市的城牆超過了三百丈，就僭用了國都的規格，很可能擁兵自重，形成割據，對國都造成很大威脅。

因此，祭仲一上來就對莊公說「都城過百雉，國之害也」。言外之意是，把京這樣的大城封給段，於禮不合，會對國都造成很大的威脅。祭仲的這句話是主觀判斷，相對冷靜，沒有指名道姓。人在表達時會說兩種話，一種是客觀事實，另一種則是主觀判斷。客觀事實讓人信服，而主觀判斷則容易引起質疑。如果想讓人相信自己的主觀判斷，就必須用客觀事實來佐證。

於是，祭仲給出了第二句話：「先王之制：大都，不過參國之一；中，五之一；小，九之一。」意思是先王留下了明確的制度，哪怕是最高級別的封地城市，城牆也不能超過國都的三分之一；中等的不能超過五分之一；小的不能超過九分之一。這就不是主觀判斷了，先王制度是可以查證的，屬客觀事實。這個事實一擺出來，也就證明前面那句話是真實可信的。

於是，祭仲得出了作為結論的第三句話，也是他這次覲見莊公要表達的主要觀點。這句話說得很巧妙，前半句「今京不度，非制也」完全是客觀事實，後半句「君將不堪」則完全是主觀判斷：現在京的規模不符合先王制度，您將會承受不住。

祭仲繞了半天，其實就想表達「君將不堪」。但繞完這一大圈子，這個觀點就顯得非常客觀和可信。哪怕是「君將不堪」這個說法，也是一種很含蓄的表達。透過這段話，我們可以看出祭仲是個性格非常沉穩的人。他實際上要勸諫鄭莊公留心叔段造反，但並沒有明說，更沒有輕易表明自己的態度。畢竟，作為臣子，伴君如伴虎，在沒有摸清鄭莊公對弟弟的真實態度之前，祭仲絕不能輕易表態，否則，很可能招來殺身之禍。面對鄭莊公這種城府極深的君主，就算猜中了他的心事，也有可能被當成棋子。

《韓非子》裡就講過這樣一個故事，莊公的父親鄭武公當年要攻打胡國，卻先跟胡國聯姻，把自己的女兒嫁到胡國，好讓胡國人放鬆警惕。

過了一段時間，鄭武公就叫來一幫大臣，問道：「我最近想要討伐周邊國家，你們覺得哪個國家可以討伐？」一個叫關其思的大夫站出來說，打胡國，他們現在很鬆懈。很明顯，他看出了鄭武公的意圖。誰知鄭武公勃然大怒：「胡國是我們的兄弟，怎麼能打胡國呢？而且我女兒還在胡國呢！拉出去，斬！」

關其思被殺的消息傳到胡國，胡國人徹底「躺平」了。不久，鄭武公卻突然發兵，輕而易舉地把毫無準備的胡國滅掉了。

講完這個故事，大家就能明白，為什麼臣子對君王說話會經常拐彎抹角。正所謂「螳螂捕蟬，黃雀在後」，前一秒你還以為自己是隻獵犬，下一秒你才發現自己只是個誘餌。在獲取真正信任前，君王拋來的每道題都有可能是「送命題」。

因此，從祭仲的說話方式上，可以看出他謹慎老到的性格，還可以推斷祭仲和新君莊公之間恐怕並沒有建立起足夠的信任和默契，雙方還處在溝通試探和相互磨合的階段。

面對祭仲半帶試探的勸諫，莊公把球踢了回去：姜氏欲之，焉辟害？——姜氏想要啊，我能有什麼辦法來避禍呢？這句話裡的「辟害」很值得玩味，莊公到底避什麼禍？表面上看，是說放任弟弟在京發展勢力，會給自己惹禍，但經過前面的分析我們知道，此刻就算鄭莊公亮明態度，對段進行壓制，難道姜氏不會借機作亂嗎？這又何嘗不是可怕的禍患呢？

值得注意的是，此時莊公直呼姜氏，沒有任何敬愛，說明他對母親已經失望透頂。可這個冷冰冰的稱呼，正是姜氏多年來的歧視和偏心造成的。因此，「姜氏」這個稱呼也向祭仲透露了莊公的真實意圖：當然憤恨，但時機尚不成熟！

祭仲顯然捕捉到了莊公的心思，於是也放心地說出自己的想法：姜氏哪會滿足呢？一味退讓，只會讓他們變本加厲。「不如早為之所，無使滋蔓」——雖然意思已經明確，但仍然帶著鮮明的表達藝術——祭仲並沒有直接建議莊公處置姜氏和段，只是打了個比方：斬草要除根！一旦野草蔓延，要除掉都很困難，何況是您受寵的弟弟呢！

由此我們可以知道，祭仲這個人，政治鬥爭經驗是很豐富的，手段也非常狠毒，他的性格和鄭莊公有些相似。只是，祭仲還是低估了莊公的耐性和城府。在聽完祭仲的建議後，莊公只是輕描淡寫地說了句「多行不義，必自斃。子姑待之」。多行不義必自斃這個成語就出自這裡，意思是壞事兒做多了，一定自取滅亡。「子姑待之」，意思是你就等著看好了。

莊公明明怨恨偏心的母親和驕縱的弟弟，也知道他們的勢力很可能越來越大，為什麼卻選擇隱忍不發？一方面，可能是因為自己羽翼未豐，時機尚不成熟；另一方面，莊公可能在下一盤更大的棋。他讓祭仲等著看，等什麼呢？只有讀懂了這一點，才能真正明白鄭莊公的怨恨和城府究竟有多深。

五、公子呂是什麼性格？

既而大叔命西鄙北鄙貳於己。公子呂曰：「國不堪貳，君將若之何？欲與大叔，臣請事之；若弗與，則請除之。無生民心。」公曰：「無庸，將自及。」大叔又收貳以為己邑，至于廩延。子封曰：「可矣，厚將得眾。」公曰：「不義不暱，厚將崩。」——〈鄭伯克段于鄢〉

《左傳》講故事非常巧妙，無關緊要的一概不提。段得到京之後，其實已經過去多年，文章卻只用「既而」兩字輕輕帶過。多年後，作為京城大叔的段越來越囂張，僅僅掌控分封的地盤已經不能滿足他的野心。京地處鄭國西部偏北，於是段乾脆直接命令鄭國西部和北部的邊境城池「貳於己」。這裡的「貳」，就是同時服從於兩方，不但聽命於莊公，還要聽命於大叔，這已然是挑戰莊公的國君地位。可莊公仍然無動於衷，又有一位大臣看不下去了。

那就是公子呂。「公子」最初的意思可不是帥哥，而是「公」的兒子。公子呂是鄭桓公的兒子，也是鄭武公的弟弟、鄭莊公的叔叔，名呂，字子封。「公子」這個身分非常重要，表明了君臣之間的親屬關係，也決定了他們之間的對話態度。我們會發現，公子呂在跟鄭莊公講話時，完全沒有祭仲那般小心翼翼。

公子呂的第一句話就很野：國不堪貳，君將若之何？一個國家怎麼能有兩個君主呢？你還想不想幹了？聽聽這句話，像不像《三國演義》裡張飛對劉備說話的口氣？而且邊境出事後，也是公子呂跑來說，他大概是個能征善戰的猛將，加上與鄭莊公的叔侄關係，說話才無所顧忌。

公子呂給鄭莊公當頭一棒後，越說越氣。「欲與大叔，臣請事之；若弗與，則請除之」這句更狠，已經帶著股驢脾氣了：你要是不想幹了，我就去幫你弟弟跟你對著幹；你要是還想幹，就別磨磨嘰嘰，趕緊滅了他！直到把不爽發洩完，公子呂才補上一句很重要的話：「無生民心。」

我每次對比祭仲和公子呂說的話，就覺得特別有趣。祭仲是先鋪墊一大堆客觀理由，最後才小心翼翼、扭扭捏捏地說出自己的意見；公子呂則完全相反，一上來就是一通牢騷，最後才補上一句正經理由。這體現了兩個人的不同性格，當然有身分差異的原因。我們今天又何嘗不是如此？越是親近的人，講話往往越沒有顧忌。《左傳》筆力，可見一斑！

聽完公子呂的話，鄭莊公依然非常淡定：「無庸，將自及。」意思是不用管他，他會自取滅亡。鄭莊公的這個態度，讓在「作死」邊緣瘋狂試探的段更加放肆了。又過了一段時間，段開始公然搶奪哥哥的地盤，命令西部和北部邊民只聽命於自己，將西部和北部地區納入自己的封地範圍。這樣，鄭國北部大都在段的控制之下，他的勢力甚至已經「至于廩延」。廩延是鄭國北方戰略要地，在今河南延津東北。東漢末年曹操與袁紹爭奪北方，延津就是軍事要地，袁紹的大將文醜就是在延津之戰中被斬。段原本只是占據以京為中心的西部封地，這時連北方的廩延都處於他的控制之下了！

莊公卻依然不聞不問。公子呂這次是真憋不住了：「可矣，厚將得眾。」行了！你裝模作樣也要有個限度吧！再這麼下去，人都去你弟弟那兒了！

誰知鄭莊公還是一臉淡定：「不義不暱，厚將崩。」意思是，不義又不暱，人越多他就越慘。什麼是不義不暱？為什麼這四個字會給鄭莊公這麼大的信心和勇氣？

義的意思是正當，不義也就是不正當。什麼不正當？表面上，好像是說段得到那些地盤不正當，在道義上是站不住腳的。但背後還有一層意思，就是如果段真的造反，兩邊打起來，誰是正義一方？當然是鄭莊公。名不正言不順，就不會有人支持，這是鄭莊公不怕弟弟造反的第一個判斷。

暱的意思是親近，不暱就是不親近。誰跟誰不親近？表面上，好像是說段跟自己的哥哥不親近，作為弟弟卻總想著謀權篡位。但背後還有一層意思，就是段跟自己手下的人不親近，只知道耀武揚威和搶奪地盤，卻不知道籠絡人心。看上去人多勢眾，內部卻不一定團結，這是鄭莊公不怕弟弟造反的另一個判斷。

講到這裡，可見鄭莊公這些年其實根本沒有閒著。他一面縱容弟弟驕橫胡來，一面不斷發展自己的勢力，籠絡各路人馬。我有理由相信，在段的身邊，還有姜氏的身邊，鄭莊公早已安插了眼線。他們的一舉一動，都被莊公看在眼裡，也捏在手裡。莊公只是冷笑著在等，等無知的弟弟野心膨脹，等偏心的母親助紂為虐，等他們公然叛亂，然後將他們一舉殲滅！

如若不信，就看看後續的故事吧。隱公元年（前七二二年），即鄭莊公繼位第二十二年，已經三十二歲的段膨脹到了極點，也自認為做好了所有準備，要發兵把三十五歲的哥哥鄭莊公趕下臺。然而他萬萬想不到，「好哥哥」隱忍二十多年，就是在等這一天。

六、鄭莊公下了一盤多大的棋？

> 大叔完聚，繕甲兵，具卒乘，將襲鄭；夫人將啟之。公聞其期，曰：「可矣！」命子封帥車二百乘以伐京。京叛大叔段，段入于鄢，公伐諸鄢。五月辛丑，大叔出奔共。

書曰：「鄭伯克段于鄢。」段不弟，故不言弟；如二君，故曰克；稱鄭伯，譏失教也，謂之鄭志；不言出奔，難之也。

遂置姜氏于城潁而誓之曰：「不及黃泉，無相見也！」既而悔之。

——〈鄭伯克段於鄢〉

段修築了城牆，聚齊了軍隊，修整鎧甲武器，準備好兵馬戰車，將要偷襲鄭國的國都新鄭。原文使用了「襲」，在古文中專指偷襲，而非光明正大出兵。為什麼要偷襲？因為不義，一旦正式發兵，勢必引起全國討伐。這就呼應了前文鄭莊公的第一個判斷。

在段發兵偷襲莊公的同時，沉寂許久的母親姜氏也露面了。文中說，「夫人將啟之」。「啟」就是開門，開哪兒的門？當然是鄭國國都新鄭的城門。《左傳》用如椽巨筆跳過了中間的細節：姜氏居於新鄭，段居於京，二人分處兩地，如何保持溝通？所有過程留給我們想像，卻突然道出四個字：公聞其期。期，就是約定。也就是說，段和姜氏之間的約定和小動作，早就被莊公看得一清二楚。讀到這裡，大家還沒明白發生了什麼嗎？

沒錯，不管是段還是姜氏，早就被鄭莊公監視得死死的，一舉一動盡在莊公掌握。這就是為什麼不管段和姜氏多麼囂張，不管祭仲和公子呂怎麼勸說，莊公永遠那麼淡定。這就是前面莊公所說的「不暱」，戰爭一起，只要莊公一聲令下，聚攏在段身邊的勢力就會立刻土崩瓦解。這也呼應了前文莊公的第二個判斷。

說到這裡，我們還剩下一個很重要的問題：莊公既然早就胸有成竹，為什麼不主動削弱弟弟和母親的勢力，而要縱容段發動叛亂？還是因為《春秋》微言大義。前面我們說過，「鄭伯」這個稱呼是帶貶義的，是對鄭莊公的不滿和批評。為什麼要批評他？因為鄭莊公本可以早點兒讓弟弟收手，他卻等弟弟闖了大禍，再將母親和弟弟一網打盡，讓外界覺得自己只是一個無辜的受害者。《春秋》用「伯」來稱呼莊公，就是批評他作為哥哥不稱職——「伯」本就是大哥的意思，這樣一個「伯」，還真是個「好大哥」！

在得知段和姜氏的約定之後，莊公終於露出了他的獠牙。《左傳》裡莊公只說了兩個字，無比冷靜，也無比兇狠：「可矣！」莊公迫不及待地「命子封帥車二百乘以伐京」。從普普通通的句子裡，依然能看出莊公的憤恨和兇狠。首先，伐京說明莊公根本沒有等段率軍出擊，而是在獲取證據和情報後第一時間就主動出擊，打段一個措手不及。其次，莊公派遣的征討大將是誰呢？就是前面堅定要求「除之」的子封，沒有給段留任何機會。最後，從兵力部署看，春秋初期卿大夫的兵力一般不超過一百乘，所以有「百乘之家」的說法，子封攻打京的兵力多達二百乘，顯然有很強的震懾作用。

反觀段則不堪一擊。《左傳》甚至都沒有提到他有任何抵抗，只交代了一句「京叛大叔段」。這再次表明雙方實力的懸殊，莊公早就部署好了一切，可憐的段還在沾沾自喜，殊不知哥哥才是幕後導演。無奈之下，段只得逃亡，要往哪裡逃呢？前面說過，從表面上看，段的勢力在西部和北部，按理說他應該往那裡跑，《左傳》卻寫他一路向南，逃到了鄭國以南的「鄢」。為什麼會有這樣一條奇怪的逃亡路線呢？很明顯，其他方向已經走不通了。我們可以想像，老謀深算的鄭莊公一定也在西部和北部安插了人手，段還以為都是自己的勢力，但其實全是哥哥安排的「演員」。

你以為莊公的算計到這裡就結束了嗎？當然不是，別忘了，鄢可是《春秋》專門寫到的。為什麼要寫「鄭伯克段于鄢」，而不是「鄭伯克段于京」呢？因為鄢原本是鄭國的附屬國，先把段趕到鄢國去，再以討伐段為由，將鄢國吞併，這才是鄭莊公的最後一步棋。可憐而無知的段，連逃亡都在被哥哥當棋子。

對鄢國的討伐是鄭莊公親自帶兵發起的，足以說明這才是他真正的目的和殺招。《左傳》記載：「公伐諸鄢。五月辛丑，大叔出奔共。」鄢國被滅，段再次出逃，一直逃到鄭國北部一個叫共國的小國。

段為什麼要往共國跑，而鄭莊公不繼續攻打共國呢？這就要講到共國的獨特性了。今天很多人對共國不瞭解，但它在中國歷史上有非常重大且獨特的意義。西元前八四一年，周厲王的暴政引發「國人暴動」，厲王逃走，太子年幼，天下無主，於是各諸侯國選舉了共國的國君共伯（名和）做了代理天子，「攝行天子事」。後來就以共和作為年號，這一年被稱為共和元年，成為中國歷史有確切紀年的開始。

共伯這個人高風亮節，大有周公的風範。共伯掌權十四年，太子長大成人，共伯便將王權還給太子，即後來的周宣王，自己則重返共國。由於共伯做過代理天子，他回去之後，共國的城牆就按照「天子之城」的規格重新修建，比任何一個諸侯國的城牆都要穩固。前面我們說過，城牆是非常重要的防禦屏障，共國城牆堅固，外加這麼一段光榮的歷史，因此儘管逐漸沒落，卻在很長一段時間裡成了各國流亡者的最佳避難地。段逃到共國以後，才算是真正安定下來，後來人們再提到他，就稱他為「共叔段」，這個稱呼顯然有諷刺之意。

莊公和段的故事可以告一段落了，但還有一個人要繼續交代。誰呢？就是罪魁禍首，莊公和段兩兄弟的母親姜氏。此前鄭莊公礙於實力和面子，一直在偏心的母親面前忍氣吞聲。這時莊公的羽翼已經豐滿，弟弟段已被趕走，姜氏的罪證也確鑿，莊公便光明正大地收拾自己的母親了——「遂置姜氏于城潁」。莊公把姜氏放逐到城潁，這個地方在鄭國的南部邊陲。莊公的心思是可以想見的，就是防止這對母子再聯繫，密謀造反。鄭莊公還發誓：「不及黃泉，無相見也！」古人挖墓的時候，黃土下會挖出水，後來就把黃泉當作人死以後居住的地下世界。鄭莊公這句話非常決絕，意思是他餘生都不會再見姜氏！

《左傳》卻說「既而悔之」：過了一段時間，莊公後悔了。那麼，他為什麼後悔呢？有兩種推測：要麼是莊公良心發現，後悔了；要麼是莊公受到了外界的壓力，畢竟放逐母親並永世不見，會背負巨大的罵名。哪一種更有可能？

我傾向於後者。首先，從莊公和姜氏兩個人之前的所作所為來看，莊公是很難原諒姜氏的，否則也不用隱忍二十多年，更不會驅逐自己的弟弟。其次，莊公之所以一直縱容段，是因為他重視自己的名聲，而《左傳》之後的記載也印證了這一點。

七、潁考叔如何破解雙重難題？

> 潁考叔為潁谷封人，聞之，有獻於公。公賜之食，食舍肉。公問之，對曰：「小人有母，皆嘗小人之食矣，未嘗君之羹，請以遺之。」公曰：「爾有母遺，繄我獨無！」潁考叔曰：「敢問何謂也？」公語之故，且告之悔。對曰：「君何患焉？若闕地及泉，隧而相見，其誰曰不然？」公從之。
>
> ——〈鄭伯克段于鄢〉

文章接著提到了一個名叫潁考叔的人，他聽說了鄭莊公的事，就跑來見莊公。潁考叔原文稱「潁谷封人」，就是在潁谷管理疆界的官員。潁谷在鄭國的西部，西部邊境都聽說了，可見鄭莊公家裡的這檔子事已經在鄭國傳遍了。所以我推測，鄭莊公是因為自己的名聲受影響，才開始後悔。

但要勸諫，對潁考叔來說無疑是個難題。常言說「家醜不可外揚」，雖然鄭莊公的家醜已經傳出去了，但潁考叔也不能明說，稍有不慎就可能引來殺身之禍。他既要聊這件事，又不能說自己已經知道。大家不妨想想，要勸鄭莊公，該怎麼開口。

回到《左傳》。潁考叔的勸諫分為五步，步步驚心，步步精采。

第一步，「有獻於公」，就是給鄭莊公進獻禮物。為什麼要做這件事？因為想要勸諫，先得見面，而要見面，總得有個理由吧！不能提莊公家裡的事，那要找什麼理由呢？前面說過，潁考叔是個邊境官員，那麼覲見莊公最好的理由，就是為他送上稀有物品或地方特產。

第二步，「公賜之食，食舍肉」。周朝重禮，正式場合更是如此。國君接見臣子，一定會賜食，而在所有食物中，肉是高級配置，也是身分的象徵和殊榮。結果，潁考叔做出了一個十分反常的舉動——把肉挑出來，不吃。這就讓鄭莊公好奇了。

第三步，「公問之，對曰：『小人有母，皆嘗小人之食矣，未嘗君之羹，請以遺之』」。面對莊公的詢問，潁考叔回答說，家裡有老母親，沒吃過君王賞賜的肉，所以想帶回去給她。

在這裡，潁考叔特意提到「小人有母」，顯然是說給莊公聽的。人都是有母親的，但像莊公這樣的人，聽到這句的時候，心裡一定會咯噔一下。潁考叔裝作毫不知情，大方地在莊公面前「秀孝心」，有兩個目的，一是引出莊公和姜氏的話題，二是喚醒莊公心裡對母親的感情。

這時，鄭莊公說出了自始至終最有人情味的一句話。之前莊公說的話總是短促而冷漠：

「虢叔死焉，他邑唯命」「姜氏欲之，焉辟害」「子姑待之」……連語氣詞都很少見。唯一一次帶著語氣的，是在報仇前說的「可矣！」，語氣的背後是憤恨的情感。聽完潁考叔的話，莊公卻說了八個字：「爾有母遺，繄我獨無！」這裡的「繄」是個語氣詞，類似於「唉」。莊公說：你有母親，可以給她肉吃，唉！為什麼我沒有母親呢？

我願意相信，此刻的莊公固然有為自己的名聲考慮，但也一定有發自肺腑的感嘆。畢竟，再怎麼怨恨，又如何能抵擋人類渴望母愛的天性呢？

第四步，潁考叔曰：「敢問何謂也？」到了此時，應該說潁考叔已經成功一大半了，但伴君如伴虎，仍然大意不得。於是潁考叔繼續裝傻充愣：什麼意思？您為什麼說自己沒有母親呢？

這就是潁考叔的談話智慧，儘管談話主導者是自己，卻讓莊公主動講。於是，鄭莊公就把來龍去脈講了出來，並告訴潁考叔自己有些後悔。至此，潁考叔最難的一關算是過去了。但情況仍不樂觀，因為鄭莊公發過誓：「不及黃泉，無相見也！」如果去見姜氏，莊公無疑打了自己的臉；如果不去見，則會繼續被人說三道四。這也是莊公遲遲沒有行動的原因。而對這個難題，潁考叔顯然早就想好了解法。

第五步，對曰：「君何患焉？若闕地及泉，隧而相見，其誰曰不然？」潁考叔非常聰明地玩了一把文字遊戲。莊公的誓言是：「不及黃泉，無相見也！」那麼，只要能夠到黃泉，不就可以見面了嗎？雖然我們用黃泉來指人死後的世界，但在現實中也可以挖出黃泉來呀。於是潁考叔建議鄭莊公挖條地道，挖出「黃泉」，再和姜氏在地道裡見面，這就不算違背誓言了！

潁考叔這個人太有腦子了，靈活應變，關鍵是能讀懂人心。顯然，莊公對潁考叔的主意相當滿意，於是文章寫道：「公從之。」

八、鄭莊公與姜氏的真實結局

> 公入而賦：「大隧之中，其樂也融融。」姜出而賦：「大隧之外，其樂也泄泄。」遂為母子如初。
>
> ——〈鄭伯克段于鄢〉

鄭莊公和姜氏見面，是一段值得玩味的敘述。按理說，母子二人如果真的冰釋前嫌，應當抱頭痛哭。但事實上，兩個人卻唱起來了，還是歡樂的「抒情歌曲」。兩個人走進地道，莊公唱道：「在裡面真開心！」等一起走出地道，姜氏也唱道：「在外面真開心！」大家有沒有覺得，這個場景特別像演戲呢？

仔細一琢磨，這兩句好像也沒那麼簡單。姜氏被莊公放逐，莊公雖然迫於壓力才把姜氏接回來，卻說：「裡面不錯吧！」有種調侃甚至威脅的味道。姜氏呢，事已至此也不得不低頭，於是回應「外面很好啊」……

可能是我想多了，因為故事的結尾說：「遂為母子如初。」兩個人又恢復了母子關係，像當初一樣。可問題是，當初兩個人是母慈子孝嗎？

值得注意的是，整篇故事從初字開始，又以初字結尾。轉了一圈，好像什麼都變了，又好像什麼都沒有發生。真可謂別出心裁，餘音繞梁。

02 〈燭之武退秦師〉：分析利弊是關鍵

我在學生時代喜歡參加辯論賽，是因為在《文心雕龍》裡讀到了一句很酷的話：一言之辯，重於九鼎之寶；三寸之舌，強於百萬之師。如果選一篇和這句話一樣酷的文章，我首選〈燭之武退秦師〉。

這是發生在鄭國的故事，此時鄭國早已不如鄭莊公在位時那般強大。鄭莊公去世後，幾個兒子為爭奪國君之位打得不可開交，鄭國的國力日漸衰弱，鄭國不但失去了霸主地位，後來還一度淪為齊國、楚國等強國的小跟班，並成了晉國、秦國等新興勢力眼中的一塊肥肉。

〈燭之武退秦師〉原文

晉侯、秦伯[1]圍鄭，以其無禮於晉，且貳[2]於楚也。晉軍函陵[3]，秦軍氾南[4]。

佚之狐[5]言於鄭伯[6]曰：「國危矣，若使燭之武[7]見秦君，師必退。」公從之。辭曰：「臣之壯也，猶不如人；今老矣，無能為也已。」公曰：「吾不能早用子[8]，今急而求子，是寡人之過也。然鄭亡，子亦有不利焉。」許[9]之。

1 晉侯：晉文公。秦伯：秦穆公。
2 貳：有二心。
3 函陵：鄭地，在今河南新鄭北。
4 氾（ㄈㄢˋ）南：鄭地，在今河南中牟南。
5 佚之狐：鄭大夫。
6 鄭伯：鄭文公。
7 燭之武：鄭大夫。
8 子：古代對男子的尊稱。

夜，縋[10]而出，見秦伯。曰：「秦、晉圍鄭，鄭既知亡矣。若亡鄭而有益於君，敢以煩執事。越國以鄙遠，君知其難也，焉用亡鄭以陪鄰？鄰之厚，君之薄也。若舍鄭以為東道主[11]，行李[12]之往來，共[13]其乏困，君亦無所害。且君嘗[14]為晉君賜矣，許君焦、瑕[15]，朝濟而夕設版[16]焉，君之所知也。夫晉，何厭之有？既東封[17]鄭，又欲肆[18]其西封。若不闕[19]秦，將焉取之？闕秦以利晉，唯君圖之。」

秦伯說[20]，與鄭人盟，使杞子、逢孫、楊孫[21]戍之，乃還。子犯[22]請擊之。公曰：「不可！微[23]夫人[24]之力不及此。因人之力而敝[25]之，不仁；失其所與，不知[26]；以亂易整，不武。吾其還也。」亦去之。

本文出自《左傳‧僖公三十年》。

9 許：答應。
10 縋（ㄓㄨㄟˋ）：用繩子拴住人或物從高處往下放。
11 東道主：指負責接待的主人。因鄭國在秦國東面，所以被稱為「東道主」。
12 行李：使者。
13 共：同「供」。
14 嘗：曾經。
15 焦、瑕：均為古地名。
16 設版：指築防禦工事。版，古代築土牆所用的夾板。
17 封：疆界。
18 肆：擴張。
19 闕（ㄑㄩㄝ）：損害。
20 說（ㄩㄝˋ）：同「悅」。
21 杞子、逢孫、楊孫：均為秦大夫。
22 子犯：晉大夫狐偃，字子犯。
23 微：非。
24 夫（ㄈㄨˊ）人：那個人，指秦穆公。夫，相當於「那」。
25 敝：敗壞、損害。
26 知：同「智」。

一、破題：燭之武退秦師

晉侯、秦伯圍鄭，以其無禮於晉，且貳於楚也。晉軍函陵，秦軍氾南。

——〈燭之武退秦師〉

標題中的「秦師」指秦國軍隊。秦軍要打誰？燭之武又是何人，如何能以一人之力退一國之軍？讓我們細細探究。

開篇寫道：晉侯、秦伯圍鄭。晉侯就是晉文公重耳，秦伯則是秦穆公。要知道，這兩位可都在歷史上入選過「春秋五霸」。鄭國到底犯了什麼事要遭此劫難？一切還要從重耳的經歷說起。

和齊桓公一樣，晉文公重耳的即位也不順利。在成為國君前，他曾輾轉流亡多個國家，到過狄國、衛國、曹國、宋國、鄭國、齊國、楚國、秦國，簡直稱得上古代的「窮遊達人」。而且，重耳的流亡經歷跌宕起伏。運氣好的時候，倒也能得到當地國君的禮待，甚至在齊國還娶了妻子，一度沉醉於溫柔鄉中不思進取。但重耳運氣差的時候居多，常常吃不飽飯，甚至還因為自己的「駢脅」（肋骨生理缺陷）被曹國的國君偷窺，受盡屈辱。等重耳流亡到鄭國時，鄭國大夫叔詹看出他的潛力，勸鄭文公對重耳以禮相待，遭到了鄭文公輕蔑的拒絕。在鄭文公看來，重耳只不過是叛父外逃的不忠不孝之徒，不配禮遇。

數年之後，重耳在秦穆公的幫助下重回晉國即位，成為有雄才大略的晉文公。於是就有了文章開頭的一幕——晉文公聯合秦穆公，共同發兵圍攻鄭國，其中一個理由就是要算一算鄭文公當年「無禮於晉」的舊帳。

那「貳於楚」又是怎麼回事呢？當年齊桓公在位時，鄭國和周邊國家都將齊國尊為盟主；齊桓公死後，齊國實力衰退，楚國實力大漲，鄭文公便私自叛盟，跑去當了楚國的小弟。晉文公即位後，以齊桓公接班人自許，於是鄭國的叛盟便成了晉秦聯軍此次討伐鄭國的第二個理由。

當時的形勢如何呢？原文寫道：「晉軍函陵，秦軍氾南。」雖然是簡單的一句話，但仍然能讓我們感受到晉秦聯軍的來勢洶洶。函陵和氾南都位於鄭國境內，而且分別位於新鄭（鄭國國都）的北部和南部。晉秦兩軍一北一南，把新鄭夾在中間。這也充分說明鄭國面臨兇險局勢，危在旦夕。

二、戰略大師佚之狐

> 佚之狐言於鄭伯曰：「國危矣，若使燭之武見秦君，師必退。」公從之。
>
> ——〈燭之武退秦師〉

挽救鄭國成了擺在鄭國君臣面前的難題。緊要關頭，鄭國大夫佚之狐卻對鄭文公表示，他有一個退敵之策。

佚之狐首先強調了當前局勢的嚴峻：國危矣。在佚之狐看來，此次新鄭被晉秦聯軍圍攻，恐怕凶多吉少。

當危險到來時，要冷靜分析，尋找機會。我們喜歡用「危機」這個詞，是因為危險背後往往藏著機會。在佚之狐看來，儘管晉秦聯軍來勢洶洶，但鄭國仍有一線生機。

仔細分析晉秦聯軍攻打鄭國的兩個理由：替晉文公出氣和討伐鄭國叛盟，會發現問題。首先，晉文公一代雄主，豈會因個人恩怨就興師動眾？後面我們還會講〈寺人披見文公〉，寺人披對重耳做的事可比鄭文公做的過分多了，但依然得到寬恕甚至受到重用。「無禮於晉」顯然只是個藉口，再說，「無禮於晉」也好，「貳於楚」也罷，跟秦國又有什麼關係呢？秦穆公為何不遠千里來幫忙呢？

要回答這個問題，就要瞭解晉秦兩國的地理位置和歷史淵源。這兩個國家的位置都偏西，之間的關係非常微妙，可以說「相愛相殺」。一方面，由於西部發展空間有限，晉國和秦國都想東擴疆界，從而進入中原，而只有相互支持，它們的後方才能保持穩定。此次圍攻鄭國，正是晉文公和秦穆公向中原滲透的重要舉措，假如能夠拿下鄭國，就可以把那裡作為在中原發展的「橋頭堡」。所以，秦穆公選擇親自督軍作戰。

另一方面，晉國和秦國並非鐵板一塊。秦在西而晉在東，秦國要東擴就必然會損害晉國利益，晉國要西擴也必然會損害秦國利益，所以兩國歷史上摩擦不斷。而且，此次圍攻鄭國，秦軍和晉軍分別駐紮在新鄭南部和北部，相隔甚遠。這些都給鄭國留了可操作的空間。

於是，佚之狐制定了總的退敵戰略，即拆散晉秦聯盟，勸說秦穆公退兵。只要說服秦穆公退兵，晉國孤掌難鳴，就只能撤退，鄭國之圍自破。《孫子兵法》中說「上兵伐謀，其次伐交」，選擇拉攏秦國，可以說是佚之狐非常高明的戰略。

戰略既定，接下來便是執行了。畢竟，要說服秦穆公退兵絕非易事，鄭國還需要找到一位出色的說客來完成這項艱巨的任務。而佚之狐推薦的這位說客叫燭之武。

燭之武是誰？《左傳》此前從未記載，甚至連「燭」這個姓氏都沒有。「燭」是鄭國的一個地名，在新鄭東北，「燭之武」的意思是燭地一個名為武的人。姓氏是古人身分的象徵，這個名為武的人連姓氏都沒有，表明他出身低微。

後世作品倒流傳了一些關於燭之武的故事，比如《東周列國志》裡就說他曾任圉正，這是個什麼職位呢？「圉」是馬廄，「圉正」就是管理馬廄的官。當然，這都是後人的演繹。假如對標《西遊記》，這個職位跟「弼馬溫」差不多。看來，喜歡安排能人去養馬的，不只是玉皇大帝。

顯然，佚之狐看好燭之武，一句「師必退」便是他信心的體現。那麼，燭之武到底有何本領，能讓佚之狐如此篤定？而一向被冷落的燭之武，又是否願意幫助鄭國退敵呢？

三、燭之武出山

> 辭曰：「臣之壯也，猶不如人；今老矣，無能為也已。」公曰：「吾不能早用子，今急而求子，是寡人之過也。然鄭亡，子亦有不利焉。」許之。——〈燭之武退秦師〉

大敵當前，鄭文公迅速採納了佚之狐的意見，找來燭之武並請他出面說服秦穆公。可此時的燭之武早已不再年輕，長期遭受冷落使他不復當年熱血。他淡然表示，自己年輕的時候都不中用，何況這麼一大把年紀了，還是找別人吧。

很明顯，燭之武並非幹不了，而是在發牢騷。他之所以提「臣之壯也，猶不如人」，是在吐槽自己多年來受委屈：你早幹什麼去了？

別看鄭文公此前各種不可靠，面對燭之武的抱怨，鄭文公給出了教科書般的回答。

首先，鄭文公非常誠懇地道歉：「吾不能早用子，今急而求子，是寡人之過也。」與其解釋或掩飾，不如坦誠面對，承認錯誤。軟話一說，燭之武的牢騷就消了一大半。

其次，鄭文公給出了燭之武必須幫忙的理由：假如鄭國被滅了，你也別想好過！沒錯，這是一種隱形的威脅，只不過大敵當前，求人辦事的鄭文公是硬話軟說罷了。

鄭文公不愧是一國之君，在他的軟硬兼施下，燭之武答應出山。牢騷歸牢騷，於公於私，自己的國家還得救。事不宜遲，燭之武連夜出城面見秦穆公，而他出城的方式很不一般。

四、不按常理出牌的燭之武

> 夜，縋而出，見秦伯。曰：「秦、晉圍鄭，鄭既知亡矣。若亡鄭而有益於君，敢以煩執事。越國以鄙遠，君知其難也，焉用亡鄭以陪鄰？鄰之厚，君之薄也。」
>
> ——〈燭之武退秦師〉

《左傳》特意提到燭之武出城時的細節：「夜，縋而出」。這裡的「縋」，就是用繩子拴住身體從高處吊下去。這個細節很值得琢磨。首先，連夜出城，說明這件事情緊急且機密；其次，燭之武不從城門走，而是用繩子把自己從城牆吊下來，足見鄭國早已被圍得水洩不通。《左傳》以「夜」「縋」二字，點出了局勢的兇險，也讓我們看到了燭之武是怎樣以身犯險的。

秦穆公接見了燭之武。一個老頭子，大半夜不睡覺，在鄭國即將覆滅時跑來，自然是要替鄭國求情的。可令人意外的是，燭之武第一句就不按常理出牌：鄭國死定了，咱們聊聊秦國吧。

這一招相當高明。很多人在勸說別人時，總是不停說自己怎樣怎樣，殊不知對方也許根本不在意你的感受。假如燭之武講的是鄭國如何如何，秦穆公是很難提起興趣的，但說到秦國則不然。所以，勸說別人時，不要一味打感情牌，分析利弊才是關鍵，尤其要聊對方在意的話題，分析跟對方相關的利弊。假如今天要寫一篇文章來勸秦穆公退兵，估計很多人寫的題目都是「論不能滅掉鄭國的十個理由」之類，而燭之武的題目卻是「滅掉鄭國以後，秦國會怎樣」。如果你是秦穆公，哪個題目更讓你感興趣？

在成功引起秦穆公的興趣後，燭之武展開了他的精采論辯。

燭之武告訴秦穆公，滅不滅鄭國一點兒都不重要，重要的是怎樣對秦國更好。假如滅掉鄭國對秦國有好處，那攔也攔不住。可事實真的如此嗎？

前文說過，秦國遠離中原，之所以與晉國結盟圍攻鄭國，就是想在攻下鄭國後分一杯羹，為將來入主中原奠定基礎。可問題是，就算真給秦國一塊地，那也只是塊遠離本土的「飛地」，跟秦國本土之間還隔著一個虎視眈眈的晉國，這就是「越國以鄙遠」，其管理難度可想而知。所以，鄭國的土地看似有秦國的份兒，實則都可能落入晉國之手，秦穆公跑來打鄭國，實際是在給晉國做嫁衣。這種「毫不利己，專門利人」的事情，秦穆公何必做呢？而且，晉國強了，秦國不就相對弱了嗎？這麼一看，秦穆公這打向鄭國的巴掌，最終搧的卻是秦國的臉；對秦國來說，滅掉鄭國不但沒好處，反而大大有害！

假如做一件事情只有壞處而沒有好處，那還要不要做？答案是：不一定。因為假如不做的壞處比做的還大，那麼兩害相權取其輕，事情仍然要做。所以，燭之武還有一個問題需要說明：假如不滅鄭國，對秦國是好還是壞。

五、全國為上，破國次之

——若舍鄭以為東道主，行李之往來，共其乏困，君亦無所害。——〈燭之武退秦師〉——

燭之武表示，假如放過鄭國，鄭國願意成為秦國的「東道主」。東道主這個詞我們今天仍然在用，請朋友吃飯時所說的「做東」，就是「做東道主」的簡稱。

說到底，秦國不遠千里來攻打鄭國，還不是為了給自己在東擴道路上留個橋頭堡？那好，鄭國心甘情願做秦國的橋頭堡，不消耗秦國一兵一卒，別人還搶不走，這種好事秦國幹不幹？

燭之武對秦穆公的心思真可謂洞若觀火，每句話都說到了秦穆公的心窩裡。要知道，戰爭是對國力最大的消耗，特別是對秦國這種長途作戰的國家，每打一場仗，每拖延一天，都是巨大消耗。打仗是為了什麼？當然是為了爭奪更多的資源。假如能夠在不消耗我方資源的情況下就得到對方的全部資源，還有什麼比這更美呢？《孫子兵法》中強調「全國為上，破國次之」，就是此意。高手作戰講究不戰而屈人之兵，只有莽夫才會動不動就要拚個你死我活。

燭之武這句話是極厲害的，他的思維方式更是值得我們學習。你永遠叫不醒一個裝睡的人，要勸說誰，就把誰的心思琢磨透。說服別人絕不是改變他的需求，而是順應他的需求，幫助他換個角度看問題。

聽到此，秦穆公怎能不動心？他之所以不表態，是因為還有某些顧慮，而聰明的燭之武早已預判了。

六、我不義，是因為你不仁

> 且君嘗為晉君賜矣，許君焦、瑕，朝濟而夕設版焉，君之所知也。
>
> ——〈燭之武退秦師〉

秦穆公的思想包袱是什麼？前文說過，晉秦聯合出兵圍鄭，秦國倘若撤兵，對晉國如何交代？畢竟，晉國和秦國的關係也很重要，兩國雖然「相愛相殺」，但也要朝夕相處。更何況，秦穆公一心稱霸，又怎能在這個時候背上出爾反爾的罵名？

對秦穆公的顧慮，燭之武只用了一招就完美解決，那便是翻舊帳。前面說過，晉文公重耳是在秦穆公的幫助下才回國即位的，而秦穆公扶持晉君上位不止一次。公子重耳之前，秦穆公還幫助公子夷吾（重耳同父異母的弟弟）回晉即位，這就是晉惠公。秦穆公當然不是要當好人楷模，當年扶持晉惠公也好，如今扶持晉文公也罷，其目的都是得到晉國的資源和支持。公子夷吾在回到晉國之前就曾許諾秦穆公，回去就把晉國位於黃河以西的焦、瑕兩地送給秦國。這便是燭之武所說的「君嘗為晉君賜矣，許君焦、瑕」。

可晉惠公一回國就不認帳了，非但不給，還特意派人加固了兩地的防禦工事，以防秦國來搶。雖然這是晉惠公幹的事情，跟晉文公似乎沒什麼關係，但燭之武只用「晉君」二字便輕輕帶過。他冷笑著提醒秦穆公：你也別覺得撤兵不仁義，當年晉國君主對你幹的那些事，你都忘了嗎？

七、晉國的「黑歷史」

> 夫晉，何厭之有？既東封鄭，又欲肆其西封。若不闕秦，將焉取之？闕秦以利晉，唯君圖之。
>
> ——〈燭之武退秦師〉

提到晉國的「黑歷史」，秦穆公就恨得牙癢癢。要知道，晉國對秦國幹的糟心事可不止一件。

在惠公即位第四年，晉國發生了大饑荒。餓得實在沒辦法，晉惠公只能厚著臉皮去找秦穆公購糧賑災。面對晉國的求助，素有稱霸之志的秦穆公為了收服人心，不計前嫌，派出船隊將大批糧食從秦國都城一路運送到晉國都城，幫助晉國渡過了難關。

誰知次年，輪到秦國鬧饑荒了。秦穆公一面慶幸自己前一年幫助了晉國，一面趕緊派人向晉惠公求助，請求從晉國購糧。可萬萬沒想到，晉惠公恩將仇報，不但拒絕了秦國的請求，還準備趁秦國虛弱，對其發起進攻。秦穆公勃然大怒，哪怕餓著肚子發兵開戰，也要出這口惡氣。

儘管晉文公和晉惠公有所不同，但秦穆公也著實被傷怕了。所以，燭之武說晉國貪得無厭，又一次揭了秦穆公的傷疤。燭之武提醒秦穆公，以晉國人的作風，他們難道會只想向東發展？晉國要向西發展的話，不打秦國還能打誰呢？所以說，秦穆公此時對晉國人的仁慈，就是未來對大秦子民的殘忍！

八、暗潮洶湧的結局

> 秦伯說，與鄭人盟，使杞子、逢孫、楊孫戍之，乃還。
>
> 子犯請擊之。公曰：「不可！微夫人之力不及此。因人之力而敝之，不仁；失其所與，不知；以亂易整，不武。吾其還也。」亦去之。
>
> ——〈燭之武退秦師〉

言說至此，燭之武徹底打消了秦穆公的顧慮。秦穆公表示，秦國非但不會攻打鄭國，還要與鄭國結盟。於是，燭之武完美實現了退秦師的目標，也驗證了佚之狐的眼光獨到。

可故事並沒有結束。燭之武只能幫助鄭國苟延殘喘，免遭滅國之災，卻無法打消晉秦兩國控制鄭國的企圖。秦穆公選擇退兵，也只是為了獨得對鄭國的控制權。退兵前，秦穆公留下三員大將，名為幫助鄭國，實則監控。

消息很快傳到了晉軍那裡。盟友的突然反水，讓晉國人極為憤怒。就連晉文公身邊一向冷靜的首席謀士狐偃也坐不住了，他向晉文公表示，這口氣咽不下去，連秦國人一起打吧！

晉文公重耳卻並不這麼想。他給出了三個理由，認為如果此時對秦鄭聯軍作戰，就是「不仁」「不知」「不武」。

什麼是「不仁」呢？也就是不厚道。不管怎麼講，重耳能成為晉文公，有賴於秦穆公的扶持。況且此時的晉文公已經有了稱霸天下的可能，他斷不能像當年的晉惠公那樣留下恩將仇報的罵名。為了出一口惡氣，就破壞自己的名聲，這在晉文公看來是極不值得的。

「不知」即「不智」。在晉文公看來，秦國目前的選擇只是與鄭國結盟，而不是與晉國為敵。晉國只要不打鄭國，和秦國就依然是朋友。政治是什麼？就是把朋友搞得多多的，把敵人搞得少少的。身為傑出政治家的晉文公，在這一點上尤為精明。在他看來，如果此時攻打秦鄭聯軍，就是把原本的朋友變成了敵人，也是在變相削弱自己。

如果發起進攻，晉國難道就能打贏嗎？儘管晉軍實力強大，但秦軍也不弱。更何況，秦國和鄭國在結盟之前，就已經做好了與晉國作戰的準備，而晉國卻是在聽到消息之後才應對。這就叫「以亂易整」，我方原本的戰鬥部署完全被打亂，臨時發起的進攻又怎能取勝？「不武」，就是根本打不贏。

晉文公不愧為一代雄主，在身邊人都陷入憤怒的時刻，仍然保持著冷靜的頭腦和出色的大局觀。在晉文公的指揮下，晉軍撤走，鄭國最終得以保全。

很多人在讀〈燭之武退秦師〉時，都以為鄭國是最大獲益者，其實不然。鄭國只是暫時得以喘息，而秦國的勢力在向鄭國滲透。而且，你以為晉國真的沒得到什麼好處嗎？以晉文公的精明，他怎麼可能發動一場毫無所得的戰爭？

晉文公表示，想讓晉國退兵也可以，鄭國得答應一個條件，那就是立公子蘭（鄭文公之子，名蘭）為鄭國儲君。原來，當年鄭文公為了防止被奪權，殺掉了欲奪君位的太子華等人，還將剩下的兒子都趕出鄭國。其中，年幼的公子蘭逃到了晉國，在晉國長大，還成了晉文公的心腹重臣。只是此次攻打鄭國，公子蘭因心懷母國而沒有參與。此時鄭文公年事已高，而鄭國還沒有儲君，如果將公子蘭立為鄭國接班人，將來鄭國就會淪為晉國的附庸。

面對來自晉國的巨大壓力，鄭文公不得不答應晉國的要求，將公子蘭迎立為儲君。兩年後，鄭文公去世，公子蘭順利繼位，這就是鄭穆公。至此，晉文公布下的棋局才得以完美展現，但晉秦兩國奪取鄭國的爭鬥並未停止。後續是另外的故事了。

03 〈曹劌論戰〉：至少知道怎麼贏

〈曹劌論戰〉是我中學時代學過的一篇很重要的課文，今天教科書裡仍然有，很多人耳熟能詳。一代又一代人閱讀它，意義到底是什麼？我想，閱讀〈曹劌論戰〉，絕不僅僅是為瞭解古人的戰爭思想，更重要的是學習古人的思維和智慧。

〈曹劌論戰〉原文

十年[1]春，齊師伐我[2]，公[3]將戰。曹劌[4]請見。其鄉人曰：「肉食者[5]謀之，又何間焉？」劌曰：「肉食者鄙，未能遠謀。」乃入見。問：「何以戰？」公曰：「衣食所安，弗敢專[6]也，必以分人。」對曰：「小惠未遍，民弗從也。」公曰：「犧牲[7]玉帛，弗敢加[8]也，必以信。」對曰：「小信未孚[9]，神弗福也。」公曰：「小大之獄，雖不能察，必以情。」對曰：「忠之屬也，可以一戰。戰則請從。」

公與之乘，戰於長勺[10]。公將鼓之[11]，劌曰：「未可。」齊人三鼓，劌曰：「可矣。」齊師敗績。公將馳之，劌曰：「未可。」下視其轍，登軾[12]而望之，曰：「可矣。」遂逐齊師。

1 十年：指魯莊公十年（前六八四年）。
2 我：指魯國。
3 公：指魯莊公。
4 曹劌（ㄍㄨㄟˋ）：《史記》作曹沫，魯國謀士。
5 肉食者：吃肉的人，比喻享厚祿的高官。
6 專：獨享。
7 犧牲：古代為祭祀而宰殺的牲畜。
8 加：虛誇。

既克，公問其故，對曰：「夫戰，勇氣也。一鼓作氣，再而衰，三而竭。彼竭我盈，故克之。夫大國，難測也，懼有伏焉。吾視其轍亂，望其旗靡[13]，故逐之。」

本文出自《左傳・莊公十年》。

9 孚：使人信服。
10 長勺（ㄕㄨㄛˊ）：魯地名，一說在今山東曲阜北，一說在今山東萊蕪東北。
11 鼓之：擊鼓進兵。
12 軾：車前的橫木。
13 靡：倒下。

一、破題：刺客曹劌，何以論戰

曹劌的名字，歷史上有不同的說法。比如《史記》和《孫子兵法》提到他時有時稱為「曹沫（ㄇㄛˋ）」。「沫」和「劌」古代發音相近，歷史上記載的「曹沫」和「曹劌」都是魯莊公時期的士，交集很多，兩個名字卻從未同時出現，所以一般看作一個人。

《史記》和《孫子兵法》裡的曹沫（曹劌），非常勇武。《史記》將曹沫的故事放在〈刺客列傳〉開篇，寫曹沫在齊魯柯地會盟之際劫持齊桓公，迫使他退還了侵占的魯國土地。《孫子兵法》裡說「諸、劌之勇」，把曹劌與專諸這個刺客相提並論。可見，歷史上的曹劌首先是一名出色的刺客，以勇武大義著稱。事實上，「劌」字的本義就是「刺傷」，所以曹劌從名字上看更像大刺客。

《左傳》卻未講述曹劌的刺客經歷，而是寫了他對戰爭的理解和認識。要知道，《左傳》最善於寫戰爭，對戰爭的認知很深刻，詳細記述的「論戰」，無一不是經典，由此可見曹劌不但有勇，而且有謀。

二、齊桓公的怒火

十年春，齊師伐我，公將戰。曹劌請見。

——〈曹劌論戰〉——

前文說過，《左傳》是魯國左丘明為魯史《春秋》做的注解，所以書中的「我（國）」都代指魯國。魯莊公十年春，齊桓公派大軍對魯國發起征討，而曹劌論戰就發生在此時。齊國為何與魯國開戰？兩國孰強孰弱？一切要從齊桓公即位說起。

齊桓公姓姜，名小白，是齊僖公第三個兒子，故稱公子小白。按理，齊國國君這個位置是沒有公子小白什麼事的，因為他還有兩個哥哥：大哥公子諸兒，二哥公子糾。齊僖公死後，公子諸兒即位，就是齊襄公。但齊襄公荒淫無道，惹得天怒人怨，最終在內亂中被殺。為了躲避齊國內亂，公子小白逃到了莒國，公子糾逃到了魯國。內亂平定後，齊國群龍無首，公子小白和公子糾都有望回國即位，於是雙方來了一場「生死競速」——誰先回到齊國，誰就成為齊國下一任國君。

魯國支持公子糾，因為糾的母親就是魯國人。公子糾怕落後於公子小白，便派管仲半途射殺小白。小白詐死，騙過了管仲，並率先回到齊國即位，成為大名鼎鼎的齊桓公。

這件事發生在西元前六八五年，也就是魯莊公九年。公子糾當然不甘心，夥同魯國對齊國發起進攻，結果被齊桓公大敗。壓力之下，魯莊公處死公子糾，稍稍平息了齊桓公的怒火。次年春，野心勃勃的齊桓公借機發難，派兵大舉進攻魯國，魯莊公被迫迎戰。

這並不是一場勢均力敵的戰爭，而是在齊國大勝、魯國大敗的情況下發生的。這一點對我們理解〈曹劌論戰〉尤為重要。雖然魯弱齊強，但當時的魯莊公只是個二十出頭的青年，年輕氣盛，面對齊國大軍壓境，便怒了：你要戰，那便戰！激憤不已的魯莊公召集魯國群臣，連夜制訂作戰計畫。

就在此時，有個門客突然請求面見莊公，此人便是曹劌。

三、曹劌為何越級求見？

其鄉人曰：「肉食者謀之，又何間焉？」劌曰：「肉食者鄙，未能遠謀。」乃入見。問：「何以戰？」

——〈曹劌論戰〉

曹劌要見莊公，有點兒不合規矩。前文說過，周朝有嚴格的等級制度。魯莊公身為諸侯，身旁有眾卿大夫輔佐，是輪不到曹劌這樣的士人來出主意的。但國家形勢危急，曹劌越級求見，魯莊公也就破格見了。

曹劌心繫國家，他深知如果莽然迎戰，魯國必敗。其他人並不理解曹劌為何越級求見，於是問道：「肉食者謀之，又何間焉？」

按照周禮，不同階層的人在正式宴會上的食物是有差別的，大夫以上食肉，士食魚。所以，這裡的「肉食者」可不是指喜歡吃肉的人，而是代指那些身處高位的卿大夫。換句話說，曹劌的鄉人覺得他純粹是狗拿耗子多管閒事：國君身邊有大官們出主意呢，你跟著瞎摻和什麼？

可曹劌的回應斬釘截鐵：「肉食者鄙，未能遠謀。」卿大夫雖然身居高位，卻只盯著眼前的得失，缺乏長遠的見識。這裡的「鄙」，最初指的是偏遠的邊境城鎮，由於小地方的人往往見識少，後來「鄙」就有了見識短淺的意思。在曹劌看來，一個人有沒有水準，不在於他的階層高低，而在於他能看多遠。就像下棋，越是高手，看得就越遠。「遠謀」一詞，堪稱整篇文章的核心。

一個地位並不高的門客有這麼大的口氣，足見其自信和膽識。那麼，曹劌對戰爭的認識，究竟跟別人有什麼不同呢？他的「遠謀」又遠在何處？

令人意外的是，見到莊公後，曹劌並沒有給出任何建議，而是提出了一個重要的問題：「何以戰？」曹劌反問莊公，魯國憑什麼跟齊國打？

這是一種非常重要的思維方式。很多人遇到事情，第一反應就是去想怎麼做，但曹劌不同。他首先想的是，這件事能做成嗎？假如沒把握，那為什麼要做？如果能做成，底氣又是什麼？想贏是沒問題的，可關鍵是憑什麼贏。就像在現實中，很多人一心想成功，卻沒有認真思考自己憑什麼成功。在曹劌看來，假如魯國連打贏齊國的底氣都沒有，那麼這場仗還不如不打。

問題來了：與強大的齊國開戰，魯莊公底氣何在？

四、魯莊公的底氣

> 公曰：「衣食所安，弗敢專也，必以分人。」對曰：「小惠未遍，民弗從也。」公曰：「犧牲玉帛，弗敢加也，必以信。」對曰：「小信未孚，神弗福也。」公曰：「小大之獄，雖不能察，必以情。」對曰：「忠之屬也，可以一戰。戰則請從。」
>
> ——〈曹劌論戰〉

面對曹劌的發問，魯莊公趕緊表示，自己是個好君主。和〈鄭伯克段于鄢〉裡的鄭莊公一樣，魯莊公即位之初也只是個十二三歲的少年，為了穩固根基，很懂得籠絡人心。平時有什麼好吃的、好穿的，魯莊公總會分給近臣，從不獨享。十年過去，魯莊公的恩惠遍及朝中上下，到處都是他的心腹。

朝廷內部團結，君主大權在握，當然是重要的倚仗，但在曹劌看來，還不足以和強大的齊國抗衡。魯莊公所說的「分人」，在曹劌眼中只是小恩小惠，「民弗從也」。值得注意的是，在《左傳》的話語體系裡，「人」和「民」指代不同：「人」主要指卿、大夫、士，「民」則側重平民百姓。魯莊公雖然把朝中大臣團結得不錯，但戰爭真正依靠的是人民群眾。魯莊公壓根兒不惠及魯國民眾，民眾不會念他的好。

被反駁的魯莊公並不甘心，接著給出了第二個理由。他說，自己在祭祀的時候，從來都是誠心誠意，毫不弄虛作假。要知道，周王朝極為重視祭祀，《左傳》裡說「國之大事，在祀與戎」，祭祀和戰爭被視為國家最重要的兩件大事。只是到了春秋時期，由於周天子統治力減弱，許多諸侯國的祭祀已經淪為走過場，祭祀所用的牲畜和玉器絲帛也經常不按照周禮規定的來。但魯國不一樣，它是周公旦的後裔封國，而周公就是整套周禮的制定者，因此魯國格外重視禮儀，不但繼承得最為完整，而且執行得毫不馬虎。魯莊公認為，魯國在祭祀方面的莊重和誠信，讓魯國具有極強的公信力，周天子和魯國的歷代先祖，也必將給予魯國最大的庇佑。

但曹劌的眼光顯然更犀利。周天子自己的公信力都快沒了，遵循周禮能有多大用？即使有，也只是「小信」，絕對無法使內外信服。於是順著魯莊公的話，曹劌也含蓄地幽了一默：咱的神恐怕是指望不上了，想想別的辦法吧。

快想破腦袋的魯莊公給出了第三個理由：「小大之獄，雖不能察，必以情。」這裡的「獄」指案子。魯國大大小小的案子很多，魯莊公一個人肯定無法瞭解全部詳情，即便如此，他也一定會秉公處理，絕不偏私。換句話說，魯莊公在位期間，一直努力維護著魯國的司法公正。

聽到此處，曹劌終於放鬆地露出了笑容：「忠之屬也，可以一戰。」維護國家的司法公正，才是「大惠」和「大信」，才能得到全國人民的支持，這才是一個國君的職責所在。憑藉這一點，不論敵人如何強大，魯國都能做到軍民一心。

什麼才是一個國家抵禦外敵的底氣？在曹劌看來，統治階層的和睦並不是，所謂的外部公信力也不是，廣大人民群眾的支持才是。早在兩千七百多年前，古人就已經意識到人民才是決定戰爭勝負和國家存亡的真正力量，而〈曹劌論戰〉正是這一認識的集中體現。

有了底氣，這場仗就有的打。但接下來還有一個問題：具體怎麼打？

戰爭，要考慮戰略問題和戰術問題。做什麼是戰略，怎麼做是戰術。在確定戰略後，具體戰術的執行很重要。對手是強大的齊國，銳不可當，而且已經連續取得了多場對魯作戰的勝利，魯國該如何應戰？戰場形勢是瞬息萬變的，絕不可紙上談兵。故曹劌也不再多說，只提了一個請求：既然要打，就帶我上戰場。

五、一場讓人看不懂的戰鬥

> 公與之乘，戰於長勺。公將鼓之，劌曰：「未可。」齊人三鼓，劌曰：「可矣。」齊師敗績。公將馳之，劌曰：「未可。」下視其轍，登軾而望之，曰：「可矣。」遂逐齊師。
>
> ——〈曹劌論戰〉

《孟子》說：「天時不如地利，地利不如人和。」得到了魯國人民的支持，魯軍就具備了「人和」這一必要條件，接下來就要考慮「地利」：在哪裡打？

古人作戰，地形極為重要，《孫子兵法》就曾專門論及地形問題。作為迎戰方，魯國可以謀劃與齊軍交戰的地點，而曹劌將戰鬥地點定在了長勺。關於長勺的具體位置，歷來說法不一，有的說在今曲阜北，也有的說在今萊蕪東北。我們且不糾結，單從「長勺」的地名來看，也可以推測出一些信息。中國的地名裡，有很多是以地形命名的，比如曲阜，看名字就知道有綿延（曲）的丘陵（阜），「魯城中有阜，委曲長七八里，故名曲阜」。那長勺呢？可以推測，此地當狀如長勺，長柄寬底，外窄內闊，而這樣的地形恰恰最利於防守。將戰鬥地點選在易守難攻的長勺，正是讓魯軍立於不敗之地的第一步。

地點選好了，進攻的時機也很重要。年輕氣盛的魯莊公並未意識到這一點，而是一上來就準備向齊軍發起衝鋒。「公將鼓之」中的「鼓」並不只是簡單擊鼓，而是進攻信號，古人作戰「擊鼓進軍，鳴金收兵」。曹劌見狀，立即阻止了魯莊公的進攻意圖。在曹劌的指揮下，任由挑起戰爭的齊軍發起衝鋒，魯軍巍然不動，倚仗長勺的地形優勢，抵擋住了齊軍潮水般的進攻。待「齊人三鼓」，即齊軍發起多次攻擊仍無果之後，曹劌才讓魯國軍隊衝了出去。至於殺敵過程，《左傳》隻字未提，只是輕飄飄來了一句「齊師敗績」。這正是《左傳》寫戰爭的高明之處。戰鬥當然有過程，但對占據了人和、地利、天時的一方來說，勝利早已註定。

看到齊軍大敗而逃，魯莊公立刻準備追擊。文中寫「馳之」，是因為當時主要靠戰車作戰，顯然此時的魯莊公是極為興奮的，打算親自帶著大軍追上去。但他又一次遭到了曹劌的阻止。在魯莊公疑惑的眼神中，曹劌先是跳下戰車，仔細觀察了敵軍地面留下的戰車軌跡，又登上戰車，憑軾遠眺，這才放心地對魯莊公說，可以追了。

齊國人終於被趕出了魯國，魯莊公當然開心，但也很疑惑。一會兒不讓衝，一會兒讓衝；一會兒不讓追，一會兒讓追。什麼意思？

六、曹劌的戰爭之道

> 既克，公問其故。對曰：「夫戰，勇氣也。一鼓作氣，再而衰，三而竭。彼竭我盈，故克之。」
>
> ——〈曹劌論戰〉

曹劌認為：在戰略層面，戰爭比人心；在戰術層面，打仗靠勇氣。這是極高維度的認知。正所謂狹路相逢勇者勝，決心、氣勢在戰場上最為重要。小孩子打架，未必真打不過對方，而是一上來就害怕了，於是被對方摁著打，一直不敢還手。所以我們常說，自信很重要，假如你自己都不相信自己，先在氣勢上輸一截，那你往往很難成功。在此前與齊國的戰鬥中，魯國是戰敗方，將士們是缺乏信心的，打起仗來自然信心不足。而曹劌要做的第一件事，就是幫助魯國將士鼓足信心和重拾勇氣。

齊國人遠道而來，銳不可當，要避其鋒芒。「一鼓作氣」，就是說齊國人首次衝鋒時信心最足，戰鬥力最強，但倘若沒有攻下來，信心就會開始動搖，體力也有所消耗。往後拖的時間越久，齊軍越疲憊，越受挫，信心也越不足。魯國則不同，原本沒什麼信心，但借助長勺的地形優勢，仍可以扛住齊軍的攻擊。而每抵擋一次，魯國將士的信心就增加一分，勇氣就上漲一截。這就像學生去考試，本來心裡沒底，但接連取得幾次好成績之後，也會自認為學得不錯。這就叫積小勝為大勝。魯國士氣到達頂峰的時候，齊國的士氣也跌落谷底。等到魯國將士極度確信自己能贏，而齊國將士高度懷疑自己的時候，魯國就可以趁勢發起反攻，齊國的大敗成為必然。

打勝仗的原因找到了，還剩下最後一個問題：曹劌為什麼不讓魯莊公追擊逃跑的齊軍，而是跳上跳下做了許多奇怪的動作？這就涉及戰爭的虛實之道。

七、勝可知而不可為

——夫大國，難測也，懼有伏焉。吾視其轍亂，望其旗靡，故逐之。——〈曹劌論戰〉——

《孫子兵法》說：「昔之善戰者，先為不可勝，以待敵之可勝。不可勝在己，可勝在敵。」什麼意思呢？就是說，我們永遠只能確保自己不輸，而不能確保自己能贏。輸，是因為我們自己犯了錯誤，這是我們可以控制的；贏，則是因為敵人會犯錯誤，這在根本上取決於敵人，並不由我們完全把控。所以很多時候，打仗就是比誰後犯錯誤。高手在打仗時，為了引誘敵人犯錯，可能會做出各種假象。所以《三國演義》寫「空城計」，司馬懿寧肯相信諸葛亮有伏兵，也絕不冒險進攻。在司馬懿看來，如果撤退，那最多是沒有贏，至少輸不到哪兒去，但如果貿然進攻被伏擊，那可能自己的命都沒了。曹劌也一樣，儘管齊軍潰逃，但齊桓公的麾下豈能沒有高手？萬一齊軍的潰逃是引誘魯軍出擊的假象，只是為了讓魯軍脫離有利地形，那魯莊公的追擊可就跳進了陷阱。所以先不著急追，寧肯小贏也不能大輸。

那麼，怎麼判斷齊國軍隊到底是真逃命，還是誘敵深入呢？曹劌非常聰明，逃命是不會提前計畫的，逃跑時也不可能鎮定自若；如果是有計畫的撤退，將士們就不會慌亂，而且一定有人指揮。於是曹劌做了兩件事。第一，看近處齊軍的「轍」，也就是車輪的軌跡，「轍亂」說明齊軍人心惶惶，逃跑路線雜亂無章，顯然不是提前規畫的；第二，望遠處齊軍的「旗」，軍旗是戰鬥中重要的行動指揮棒，「旗靡」說明齊國軍隊無人指揮，成了一盤散沙。一近一遠，一低一高，曹劌透過這樣的小細節迅速判斷出，齊軍的撤退並非誘敵深入，而是真正的逃亡。

〈曹劌論戰〉的精妙絕倫之處不僅是談論戰爭，我們需要學習曹劌的思維方式，即快速抓住問題的本質，從根本上思考和分析問題。真正厲害的人，做事都會研究底層邏輯，不論是在戰場上還是考場上，也不論是在生活中還是工作中。

04
〈子魚論戰〉：該出手時就出手

〈曹劌論戰〉有一個好的結局：曹劌透過自己對戰爭的認識和闡發，最終取信於魯莊公，魯國一舉打敗強大的齊國。

本篇〈子魚論戰〉則有一個不好的結局：雖然子魚對戰爭也有非常深刻的認識，但宋襄公不聽勸告，導致宋國在宋楚泓水之戰中大敗，宋襄公也中箭受傷，次年傷勢復發而死。泓水之戰聞名後世，大家對宋襄公的做法各執己見。有溢美之詞，認為宋襄公是一位仁義之君、真正的貴族；有貶損之詞，認為宋襄公所謂的仁義不合時宜、不分場合。

毛澤東在抗日戰爭時期寫過一篇聞名的論戰文章〈論持久戰〉，其中專門提到宋襄公，把他的仁義稱作「蠢豬式的仁義道德」。

〈子魚論戰〉原文

楚人伐宋以救鄭。宋公[1]將戰。大司馬固[2]諫曰：「天之棄商久矣。君將興之，弗可赦[3]也已。」弗聽。

及楚人戰於泓[4]。宋人既成列，楚人未既濟。司馬曰：「彼眾我寡，及其未既濟[5]也，請擊之。」公曰：「不可。」既濟而未成列，

1 宋公：指宋襄公，名茲父。
2 大司馬固：大司馬，周朝為主掌武事之官。固，指宋莊公之孫公孫固。一說大司馬是子魚；固，堅持：意思是大司馬堅持勸諫。
3 赦：寬免罪過。
4 泓：泓水，宋國水名，在今河南柘城西北。

又以告。公曰：「未可。」既陳而後擊之，宋師敗績。公傷股[6]，門官殲焉。

國人皆咎公。公曰：「君子不重傷[7]，不禽二毛[8]。古之為軍也，不以阻隘[9]也。寡人雖亡國之餘[10]，不鼓不成列。」

子魚曰：「君未知戰。勍敵[11]之人，隘而不列，天贊[12]我也。阻而鼓之，不亦可乎？猶有懼焉。且今之勍者，皆吾敵也，雖及胡耇[13]，獲則取之，何有於二毛？明恥教戰，求殺敵也。傷未及死，如何勿重？若愛[14]重傷，則如勿傷；愛其二毛，則如服焉。三軍[15]以利用也，金鼓[16]以聲氣也。利而用之，阻隘可也；聲盛致志，鼓儳[17]可也。」

本文出自《左傳．僖公二十二年》。

5 未既濟：沒有完全渡過河。
6 股：大腿。
7 重（ㄔㄨㄥˊ）傷：傷害已負傷的人。
8 禽：同「擒」。二毛：頭髮黑白相間，指年老的人。
9 阻隘：險阻之地。
10 亡國之餘：宋是商朝後代，這時周滅商已四百多年。
11 勍（ㄑㄧㄥˊ）敵：實力強大的敵人。勍，強勁、強大。
12 贊：助。
13 胡耇（ㄍㄡˇ）：老人。
14 愛：憐惜。
15 三軍：春秋時指中軍、上軍、下軍或中軍、左軍、右軍。這裡泛指軍隊。
16 金鼓：古代作戰時壯聲勢的響器。擊鼓進軍，鳴金收兵。
17 儳（ㄔㄢˊ）：雜亂不整齊。這裡指還沒有擺好陣勢。

一、破題：子魚論戰

——楚人伐宋以救鄭。宋公將戰。——〈子魚論戰〉

文章開頭就點出了複雜的歷史背景，一場戰鬥涉及三個國家：楚國、宋國、鄭國。宋國為什麼攻打鄭國，楚國為什麼「救鄭」？

魯僖公十七年（前六四三年），春秋時期的第一霸主齊桓公去世，許多國家把目光投向第二強國楚國，例如鄭國。一開始，鄭國是追隨齊國的。但在齊桓公死後第二年，鄭國就急於會見楚國，唯楚國馬首是瞻。第三年，楚國召集諸侯在齊國會盟。陳國、蔡國、鄭國悉數參加，此時楚國已有稱霸之勢。

但有個人不服氣，那就是宋襄公。齊桓公在世時，宋國的兩任國君——宋桓公和宋襄公，在四十年左右的時間裡都聽命於齊國，效犬馬之勞，可謂忠心耿耿。

而齊桓公也特別看好宋國，尤其看好守規循禮的宋襄公。當年葵丘會盟時，齊桓公曾語重心長地對宋襄公說：「幾個兒子中，我尤其喜歡公子昭，希望將來我死後，他繼位。如果屆時有變故，希望你能夠幫助他穩定齊國的局勢。」

齊桓公死後，齊國果然大亂，諸公子為爭奪君位兵戎相見，公子昭逃到宋國。宋襄公對他說：「當年桓公叮囑過我，要保你上位，我一定會鼎力相助。」於是，宋襄公集結了宋、衛、曹、邾四國軍隊護送公子昭回齊國。

公子昭就此即位，成為齊孝公。以前只聽聞像秦穆公這樣的霸主力保晉國公子即位，名不見經傳的宋襄公竟也力保齊國公子即位，這讓很多人對他刮目相看。宋襄公也因此名聲大噪。

宋襄公特別得意，甚至開始以齊桓公霸主接班人的身分自居，希望自己也能像齊桓公那樣領導和懾服周邊小國。

但宋襄公忽略了一個事實：宋、衛、曹、邾這四國為什麼聽命於他？或者說為什麼只有這四國聽命於他？因為這四國正好是當年商朝遺民的居住地。換言之，宋襄公的領導地位只得到了商朝遺民所在的諸國的承認。而且當時齊國恰逢內亂，齊國公子們無心也無力與他國交戰，所以宋襄公不費吹灰之力，成功使公子昭即位。

二、宋襄公是真仁義還是假仁義？

宋襄公有個為眾人所稱道的優點：仁義。為什麼後來很多人都說宋襄公是真仁義？因為宋襄公在成為宋國國君之前，做過一件特別仁義的事情：讓國。

什麼是「讓國」？宋襄公的父親宋桓公有兩個兒子：宋襄公是小兒子，但他是正妻嫡出，根據周朝禮法，理應由他繼位。

大兒子就是這篇〈子魚論戰〉中的子魚。子魚是宋襄公的哥哥，名目夷，字子魚，但子魚是庶出。

宋襄公做太子時，曾向父親桓公提議：「子魚年長，且有仁德，讓他繼承君位吧。」宋襄公如此讓賢，很了不起！子魚卻堅決反對，他不但謙讓，並且「以襄公之道，還治襄公之身」。他說：「庶子繼位不符合禮法。更何況，能主動把君位讓出來，沒有比這更大的仁德了。」子魚為了不當國君，竟逃到其他國家。等宋襄公即位後，他才回來。

對這件事，很多人不能理解，甚至讚美宋襄公的仁義禮讓，嘲笑子魚的泥古不化。見微知著，這其實恰恰體現了子魚的遠見卓識。

三、兄終弟及是友愛楷模，還是災禍之端？

前文提及宋國是商朝遺民之邦。西周初期，商紂王的哥哥微子啟被分封到商朝舊都，所以這個地方叫「商丘」。

王國維在〈殷周制度論〉中說「周人制度之大異於商者，一曰立子立嫡之制」。周朝跟商朝有個特別大的區別，周朝是嫡長子繼承制，但商朝是嫡長子繼承和兄終弟及兩者並行。所以在商朝，國君有時候將君位傳給兒子，有時候將君位傳給弟弟。但到了周朝，君位必須傳給嫡長子；如果傳給弟弟，則會後患無窮。正如《左傳》所言：「並后，匹嫡，兩政，耦國，亂之本也。」而且，以兄終弟及代替嫡長子繼承，之前在宋國確實導致了禍亂。宋宣公認為自己的弟弟比兒子太子與夷賢能，把君位傳給了弟弟公子和，這就是宋穆公。

宋穆公確實賢能，但在他死後，君位的繼承又成了棘手的問題。按照周朝禮法，理應傳給兒子。但宋穆公為報宋宣公捨子立己之恩，把君位傳給了宋宣公之子與夷（宋殤公）。有時候一個人特別仁義，把東西讓給你，但未必合禮儀、法度、規矩。很多時候我們好心辦壞事，這就是原因。

回到本文主題，宋襄公一心想做諸侯國中的第二任霸主，可他發現，不僅楚國想當霸主，就連當年齊國的跟班鄭國也投靠了楚國，於是他萌生了攻打鄭國的念頭。

楚國得知後，非常氣憤，宋國這是不把楚國放在眼裡。於是楚國搶先一步攻打宋國，展開了一場「圍宋救鄭」的軍事行動。這就是宋楚泓水之戰的背景。

四、無奈的子魚

《左傳》記載，泓水之戰之前，子魚曾多次規勸宋襄公。

首先，泓水之戰前一年春，宋襄公為顯示自己的霸主地位，效仿齊桓公九合諸侯，召集諸侯在鹿上（地名）會盟。可宋襄公召集的是哪些諸侯國呢？齊國和楚國。要知道，齊國一直是春秋第一強國，雖然齊桓公已死，但國力猶在，而楚國更是實力不凡。所以子魚強烈反對宋襄公會盟：「小國爭盟，禍也。宋其亡乎？」小國主動跟大國爭奪盟主，這是會完蛋的呀！但宋襄公不聽勸，執意會盟，結果他說的話沒人聽從。他不死心，當年秋天在盂這個地方再次會盟，還要求更多諸侯出席。

子魚立刻表示：「禍其在此乎！」災禍就在這裡。他特別提醒宋襄公注意早有稱霸之心的楚國，建議帶點兒人手以防不測。可宋襄公仍舊不聽勸，認為自己憑仁義行走天下，結果會盟一開始，他就被楚國軟禁了。宋國趕緊聯繫魯國協助調停，直到冬天，楚國才把宋襄公放回來。

可吃了大虧的宋襄公還不悔改，子魚非常無奈：「禍猶未也，未足以懲君。」這麼做，將來倒楣的事兒多著呢……果然，宋襄公聽說鄭伯拜見楚成王，認為他背叛了齊國，不夠仁義，便要出兵攻打鄭國。子魚又趕緊來勸：「所謂禍在此矣！」當然，宋襄公仍是不聽勸。

五、一根筋的宋襄公

> 大司馬固諫曰：「天之棄商久矣。君將興之，弗可赦也已。」弗聽。
>
> 及楚人戰於泓。宋人既成列，楚人未既濟。司馬曰：「彼眾我寡，及其未既濟也，請擊之。」公曰：「不可。」既濟而未成列，又以告。公曰：「未可。」既陳而後擊之，

宋師敗績。公傷股，門官殲焉。

——〈子魚論戰〉——

其實，除了子魚，大司馬公孫固也表示反對：不要跟楚國交戰，宋國不存在稱霸的可能。公孫固給出的理由是：商朝都滅亡幾百年了，您怎麼還想著當霸主呢？當年周滅商之後，周天子為了籠絡民心，將商王後裔也做了分封，宋國便是封國之一。齊桓公、晉文公可以當霸主，至少他們的先祖都為滅商立下了汗馬功勞，可宋襄公的祖上是被滅的，現在有封國就不錯了，居然還想稱霸，其他國家會答應嗎？一根筋的宋襄公不聽勸，執意稱霸，最終導致泓水之戰爆發。

這場戰鬥打得特別滑稽。「宋人既成列，楚人未既濟」，「既」就是完成，「濟」就是渡河。宋國軍隊率先到達戰場，而且已經擺好了陣勢，此時楚國軍隊還沒有全部過河。

顯然此時是宋國進攻的良機，半渡而擊之，楚國的軍隊便首尾不能相顧，容易亂成一團。於是司馬子魚請求出擊：楚國實力強大，我軍弱小，趁楚軍還沒有完全過河，咱們進攻吧！誰知宋襄公果斷拒絕了子魚的提議。戰機稍縱即逝，宋襄公的回答讓子魚一頭霧水。

等楚軍全部渡河，尚未擺好陣勢，子魚不想再貽誤戰機，禁不住又請戰。結果宋襄公還是說：「不可。」

要等什麼時候進攻呢？宋襄公一直等到楚軍擺好陣勢，才表示可以發起進攻了。

結果是什麼？宋軍輸得很慘。第一，「公傷股」，作為一國之君的宋襄公，自己的大腿都被打傷了；第二，「門官殲焉」，連宋襄公的貼身侍衛都戰死了。

此前兩次絕佳的戰機，宋襄公都說「不可」，令人百思不得其解，還以為他有什麼奇招妙計，結果卻一敗塗地。宋襄公究竟在想什麼？

六、宋襄公的問題

國人皆咎公。公曰：「君子不重傷，不禽二毛。古之為軍也，不以阻隘也。寡人雖亡國之餘，不鼓不成列。」

子魚曰：「君未知戰。勍敵之人，隘而不列，天贊我也。阻而鼓之，不亦可乎？猶有懼焉。」

——〈子魚論戰〉

子魚不明白，宋國人也都不明白，都怪罪宋襄公。

可宋襄公並不覺得自己有問題，還振振有詞地說：「君子不重傷，不禽二毛。」這裡有兩個詞要解釋一下。

「不重傷」，就是「已經受過傷的人，君子就不再次傷害了」。

「不禽二毛」：「禽」是通假字，同「擒」；「二毛」指頭髮斑白，有黑白二色，上了年紀。

意思就是「上了年紀的人，君子也不俘虜」。

宋襄公到這時候還覺得自己是真正的君子，不會乘人之危，不會欺負老弱。他繼續說道：「古代用兵，不會把艱險地勢當作依仗。我雖然是亡國之商的後裔，也不會進攻還沒有擺好陣勢的軍隊。」

宋襄公是否真的仁義？我們舉一個例子。當年宋襄公拉周圍幾個小國東部會盟，但滕國和鄫國不給面子沒來，結果宋襄公惱怒，派兵把滕國國君給抓了，而且把鄫國國君當成祭品殺害，可謂心狠手辣。子魚對此非常憤怒：「將以求霸，不亦難乎？得死為幸。」做了這種事還整天想著當霸主，能得好死就不錯了！

顯然，宋襄公只是企圖以仁義之名稱霸而已，既虛偽又愚蠢。他甚至覺得，戰場上自己講仁義，敵人會「謙讓」他。所以子魚直接下了結論：您啊，根本不懂什麼是戰爭！如果敵人因為地形的阻礙而不能列陣，這簡直就是上天對我們的幫助，為什麼不擊鼓進攻呢？敵人如此強大，哪怕沒準備好，我們都不一定打得過。您倒好，明明是弱者，卻一定要等對方準備好了再打，這不是愚蠢又是什麼呢？

毛澤東在〈論持久戰〉中指出：「優勢而無準備，不是真正的優勢，也沒有主動。懂得這一點，劣勢而有準備之軍，常可對敵舉行不意的攻勢，把優勢者打敗。」占據優勢的軍隊，會有沒準備好的時候；不占優勢的軍隊，會有自己準備好而贏得攻擊敵人的時機。對自己來說，是「不打無準備之仗」；對敵人來說，是「出其不意，攻其不備」。

從宋楚兩國的實力來看，楚國顯然是優勢方，正如司馬所說「彼眾我寡」，宋國等楚國準備好了再打，幾乎沒有贏的可能；宋國想打贏，就一定要「出其不意，攻其不備」。宋襄公卻反其道而行之，結果大敗。所以子魚說，宋襄公根本不懂什麼是戰爭。

七、戰爭不是請客吃飯

> 且今之勍者，皆吾敵也。雖及胡耇，獲則取之，何有於二毛？明恥教戰，求殺敵也。傷未及死，如何勿重？若愛重傷，則如勿傷；愛其二毛，則如服焉。三軍以利用也，金鼓以聲氣也。利而用之，阻隘可也；聲盛致志，鼓儳可也。
>
> ——〈子魚論戰〉

子魚進一步指出：現在我們面對的人無論頭髮是黑是白，都是我們的敵人。哪怕是老年人，上了戰場也要生死相搏，跟頭髮白不白有什麼關係呢？

我們平時動員士兵，就是要讓他們懂得退縮是恥辱，喚醒他們殺敵的信心，在戰場上勇往直前！結果您講有些人不能打，有些人不能抓，有些人不能殺，這讓士兵怎麼作戰？敵人受了傷還沒死，為什麼就不能打了？

如果您真的覺得受傷的人可憐，那您一開始就不該打。您如果真的同情上了年紀的人，直接投降就好了。作戰的關鍵是抓住有利條件奪取勝利，那些有利於我方的地形當然可以利用，當敵人陣勢混亂時，當然也應該進攻。

我們常說「該出手時就出手」，而宋襄公恰恰相反。

首先，他在不該出手時強出手。宋襄公完全不顧形勢，在既沒威望又沒實力的情況下強出手，這叫不會審時度勢。

其次，他在該出手時又不出手。假仁假義，沽名釣譽，最後害了自己。戰爭不是請客吃飯，對敵人的寬容就是對自己的殘忍。

05 〈展喜犒師〉：搞懂對方要什麼

〈展喜犒師〉出自《左傳》，和〈燭之武退秦師〉一樣，這也是一個「三寸之舌，強於百萬之師」的經典外交案例。文章中的展喜面對氣勢洶洶的齊國大軍，在展禽的指導下「犒師」，最終不費一兵一卒就使齊軍全數退去。

不過，展喜面臨的情況與燭之武退秦師時並不相同，他所採取的策略和話術，自然也與燭之武有很大的區別。

〈展喜犒師〉原文

齊孝公[1]伐我北鄙[2]，公[3]使展喜[4]犒師，使受命於展禽[5]。

齊侯未入竟[6]，展喜從之，曰：「寡君聞君親舉玉趾，將辱於敝邑，使下臣犒執事。」齊侯曰：「魯人恐乎？」對曰：「小人恐矣，君子則否。」齊侯曰：「室如縣罄[7]，野無青草，何恃而不恐？」

對曰：「恃先王之命。昔周公[8]、大公[9]，股肱[10]周室，夾輔

1 齊孝公：齊桓公的兒子公子昭。
2 鄙：邊疆。
3 公：指魯僖公。
4 展喜：魯大夫，展禽的弟弟。
5 展禽：名獲，字季，又字禽。據傳食邑於柳下，謚惠，故稱為「柳下惠」，也稱為「柳惠」「柳下季」。
6 竟：同「境」。
7 縣罄（ㄒㄩㄢˊ ㄑㄧㄥˋ）：縣，同「懸」。罄，通「磬」，古代打擊樂器，中間是空的，形狀像曲尺，用玉、石製成，可懸掛。

成王，成王勞之而賜之盟，曰：『世世子孫，無相害也。』載[11]在盟府[12]，太師職[13]之。桓公是以糾合諸侯而謀其不協，彌縫其闕而匡救其災，昭舊職[14]也。及君即位，諸侯之望曰：『其率[15]桓之功。』我敝邑用不敢保聚，曰：『豈其嗣世九年，而棄命廢職，其若先君何？君必不然。』恃此以不恐。」齊侯乃還。

……本文出自《左傳・僖公二十六年》。

8 周公：姓姬，名旦，周文王的兒子，武王的弟弟。輔佐武王伐紂，封於魯，魯國始祖。

9 大公：指太公望，姓姜，氏呂，名尚，字子牙，齊國始祖。大，通「太」。

10 股肱（ㄍㄨㄥ）：比喻得力助手，這裡作動詞用，意為輔佐。股，大腿。肱，胳膊由肘到肩的部分。

11 載：指盟約。

12 盟府：指掌管盟約文書檔案的地方。

13 職：掌管。

14 舊職：昔日的職守。

15 率：遵循。

一、破題：展喜犒師

齊孝公伐我北鄙，公使展喜犒師，使受命於展禽。

——〈展喜犒師〉

展喜在歷史上名氣不大，他的大哥展禽則有名得多。展禽的封地在柳下這個地方，他死後私諡為「惠」，所以後人又稱他為「柳下惠」。

關於柳下惠，最廣為流傳的是他坐懷不亂的故事。相傳在一個冬夜，柳下惠為了救路邊一名快要凍死的女子，而將她抱在懷裡一整晚，自始至終也沒有做出任何越軌的行為。這說明柳下惠確實是個正人君子。孔子和孟子都先後稱讚過柳下惠，孟子甚至把柳下惠看作和孔子一樣的聖人，稱他「聖之和者也」（和聖）。

本文雖名為〈展喜犒師〉，但背後替展喜出謀劃策的是柳下惠展禽。「犒師」就是送上酒肉來犒勞軍隊，通常有兩種情況：要麼是犒勞己方或友方軍隊，以鼓舞士氣；要麼是借慰問對方軍隊之名，緩和敵我關係，或進行戰前交涉。展喜犒師便屬第二種，展喜是要借犒師之名，勸說前來攻打魯國的齊孝公退兵。

文章開篇寫「齊孝公伐我北鄙」。值得注意的是，這是齊孝公在同一年裡第二次對魯國發動戰爭了。第一次是在春天，當時齊國軍隊進犯魯國西部邊境。由於魯國西部與衛國很近，魯衛兩國便形成軍事聯盟，擊退了齊軍。但齊孝公仍不死心，在這年夏天再度伐魯，只是換了個方向，從魯國北部邊境發起了進攻。這樣一來，衛國軍隊便援救不及，魯國一度陷入危險境地。

齊孝公為什麼如此急不可耐地攻打魯國呢？

齊孝公名昭，是春秋五霸之首齊桓公的兒子，即位前稱公子昭。齊桓公死後，齊國陷入嚴重內亂，雖然公子昭在宋襄公的支持下即位，但齊國的國力大不如前，諸侯國也不像從前那樣唯齊國馬首是瞻。齊孝公一心想延續父親的霸業，需要殺雞儆猴，於是盯上了魯國。

之所以拿魯國開刀，原因有三。第一，齊桓公死後，魯國先後召集了兩次小型會盟，都沒有跟齊國打招呼，這分明不把齊國這個當年的老大放在眼裡；第二，魯國剛剛經歷了一場旱災，饑荒嚴重，國庫空虛，齊國想趁虛而入；第三，齊魯兩國接壤，不必長途行軍。

得知齊孝公又一次率軍前來，魯僖公做了三方面準備。

首先，繼續請求衛國出兵。但由於長途行軍不便，衛國沒有支持魯國北部，而是直接對齊國本土發起進攻，來了個「圍齊救魯」。這一招使得齊國一時間進退兩難。

其次，請求南方大國楚國的支持。齊國自北向南進攻，而魯國兵糧不足，萬一齊國打進來，魯國需要足夠的時間和空間來進行戰略防守。而楚國兵糧自南向北支援魯國，並不會受北方戰局的影響。這招一出，魯國就有了和齊國長期作戰的底氣。

最後，魯國派出使者展喜，借犒師之名勸說齊孝公退兵。

在閱讀〈展喜犒師〉時，要瞭解魯僖公的三連招，才能明白齊孝公退兵的真正原因。正所謂弱國無外交，假如沒有衛國對齊國本土的進攻和楚國對魯國的援助，哪怕展喜再有口才，齊國軍隊恐怕也不會撤。古人講究先禮後兵，說服永遠以實力為前提。當時的齊孝公已經騎虎難下：打吧，難以取勝；撤吧，遭人恥笑。他需要一個名正言順的退兵理由，而這也正是展喜的使命。

二、納悶的齊孝公

齊侯未入竟，展喜從之，曰：「寡君聞君親舉玉趾，將辱於敝邑，使下臣犒執事。」齊侯曰：「魯人恐乎？」對曰：「小人恐矣，君子則否。」齊侯曰：「室如縣罄，野無青草，何恃而不恐？」

——〈展喜犒師〉

在齊國軍隊尚未進入魯國邊境時，展喜就見到了齊孝公。這個時機是值得注意的，此時齊國仍在魯國境外，雙方尚未開戰，仍有回旋的餘地。此外，這也讓齊孝公產生了錯覺：魯國使者如此迫不及待前來交涉，莫不是魯國怕了？

而展喜接下來的話，讓齊孝公更加確信自己的判斷。只聽展喜說道：「寡君聞君親舉玉趾，將辱於敝邑，使下臣犒執事。」這裡的「寡君」是對魯僖公的謙稱，而「君」和「執事」則是對齊孝公的敬稱，「敝邑」和「下臣」分別是對本國和自己的謙稱。古人非常講究禮儀，哪怕是兩軍作戰，也常自謙敬人。展喜這句話是在說，魯僖公聽說齊孝公這次親自率軍，便派遣他來犒勞齊軍。這顯然是有些討饒的意思。

於是，齊孝公頗為得意地詢問展喜：你們魯國人是不是害怕了？殊不知，展喜等的就是這句話。

前文說，魯僖公派展喜犒勞齊軍，又請展禽指導展喜。為什麼要弄得這麼複雜？很可能是因為展禽此時年事已高，無力親去前線，提前將話術教給展喜。也就是說，展喜勸說齊孝公的話，並非他的臨場發揮，而是事先準備好的。那麼，就需要齊孝公「配合」。因此，展喜早早迎見齊孝公，又擺出一份謙卑姿態，就是要引齊孝公「入戲」。

於是展喜回答道：「小人恐矣，君子則否。」這是展喜借小人角度來陳述一個淺陋的觀點，再借君子角度來陳述自己的真實觀點。類似於今天有人問你怕不怕，你說「孫子才怕呢」，極為篤定。

可齊孝公不淡定了。魯國雖有外援，但畢竟剛剛經歷災荒，「室如縣罄，野無青草，何恃而不恐？」這裡的「縣」是通假字，同「懸」，意思是懸掛；「罄」通「磬」，是掛在架子上的一種樂器。什麼叫「室如懸罄」？用今天的話來說，就是窮得叮噹響。「野無青草」是對糧食歉收的誇張說法，地裡連草都沒有，更不用說糧食了。齊孝公很納悶：魯國人家裡窮得叮噹響，地裡光禿禿，居然說不害怕齊國的進攻，誰給他們的底氣？

三、歷史上的齊魯之盟

> 對曰：「恃先王之命。昔周公、大公，股肱周室，夾輔成王，成王勞之而賜之盟，曰：『世世子孫，無相害也。』載在盟府，太師職之。」
>
> ——〈展喜犒師〉

面對齊孝公的問題，展喜直接回答道：「恃先王之命。」這裡的「先王」，指的是以前的天子周成王。具體是怎麼回事呢？展喜展開闡述。

「昔周公、大公，股肱周室，夾輔成王，成王勞之而賜之盟，曰：『世世子孫，無相害也。』」這裡所說的周公，就是魯國國君的先祖周公旦；而大公，則是齊國國君的先祖姜尚（姜子牙）。周公旦和姜尚是當年周王室的股肱之臣，周武王去世後，兩人一同輔佐年幼的周成王，直到他長大成人。周成王有感於周公旦和姜尚的功勞，就將周公旦的長子伯禽封為魯國第一代國君，將姜尚封為齊國第一代國君，並使兩國結盟，叮囑他們世世代代都不要互相傷害。而且，負責維護盟約的不是別人，正是姜尚。

齊國建立後，姜尚絕大多數時間都留在鎬京，擔任周朝中央政權的「太師」，其中一項重要職責就是負責維護周天子的命令和諸侯之間的盟約。「載在盟府，太師職之。」這裡的「載」就是盟約，而「盟府」則是專門掌管盟約的地方。展喜認為，假如齊孝公帶兵進攻魯國，一來違背了當年周成王的命令，二來愧對齊國先祖姜尚。非但不忠，而且不孝。

何況，維護齊魯之盟的不只有姜尚，還有齊孝公的父親齊桓公。

四、以父之名

「桓公是以糾合諸侯而謀其不協，彌縫其闕而匡救其災，昭舊職也。及君即位，諸侯之望曰：『其率桓之功。』我敝邑用不敢保聚，曰：『豈其嗣世九年，而棄命廢職，其若先君何？君必不然。』恃此以不恐。」齊侯乃還。

——〈展喜犒師〉

齊桓公稱霸打著「尊王攘夷」的旗號，聯合諸侯會盟，共同對抗周邊少數民族政權。這裡，展喜巧妙地偷換了概念，把齊桓公稱霸說成替周天子維護天下的秩序。

但不管怎麼說，齊桓公時期，齊國與魯國的邦交關係確實緩和了，即「彌縫其闕而匡救其災」。

所謂彌縫其闕，意思就是補救諸侯行事的過失。齊桓公即位前後，齊魯兩國的關係有很大裂痕：魯國前任君主魯莊公的父親魯桓公，正是死於齊桓公的哥哥齊襄公之手，此事使得齊魯兩國交惡多年。齊桓公上任後，還發動了對魯國的長勺之戰，但後來積極改善與魯國的關係，並與魯國長期結盟。

所謂匡救其災，則是指扶正挽救諸侯的禍難。齊桓公還曾救扶災難中的魯國。魯莊公死後，他的庶弟慶父作亂，齊桓公出兵趕走慶父，才使魯國局勢得以穩定。

展喜抬出齊桓公，就是想向以孝著稱且想要仿效桓公延續霸業的齊孝公說明，假如對魯國發動攻擊，也是對齊桓公的不敬。如此一來，齊孝公攻打魯國在道義上就站不住腳了，對先王不忠，對先祖不孝，對父親不敬。

接著，展喜便向齊孝公發射「糖衣炮彈」。展喜表示，齊孝公即位時，諸侯都對他寄予厚望，認為孝公必能像父親桓公一樣，匡合諸侯。所以，魯國人得知齊孝公率軍南下，並不認為是來攻打魯國的，都沒有布防。齊桓公死了才九年而已，假如齊孝公這麼「棄命廢職」，怎麼對得起他的先君呢？魯國人相信，英明的孝公一定不會這麼做，所以他們有什麼好害怕的？

展喜的這番話十分高明。他抓住了齊孝公想要快速得到諸侯認可的心理，沒有從魯國自身的利益出發，而是一股腦兒地把維護齊魯兩國的友好關係說成周天子的遺命和齊國國君的職責。

當然，這些理由雖然冠冕堂皇，但在春秋時期早就失去了約束力，就連魯國自己都不遵守盟約，不止一次發動對齊國的戰爭。但這些都不重要，因為此時的齊孝公需要一個說得過去的退兵理由。於是聽完展喜的話，齊孝公就帶著軍隊返回了國都。

讀完〈展喜犒師〉，我們應該明白幾點。

第一，弱國無外交，實力永遠是外交的基礎。正因為得到了衛國和楚國的援助，魯國才有與齊國談判的底氣。

第二，名不正則言不順，言不順則事不成。做事情，正名是第一步。展喜在展禽的指導下勸說齊孝公，正是抓住了齊國出師無名這一點。

第三，勸說之前，一定要站在對方的立場上分析問題，搞懂對方要什麼。齊孝公想要的，無非諸侯的認可和可以接受的退兵理由。

貳、應變

一定要陳述客觀事實，
不要太露骨，
要給對方留有餘地。
不要一開始就說大道理，
要從身邊小事說起。

06 〈王孫圉論楚寶〉：什麼東西最值錢

國寶有時指某些藝術珍品，有時指某些珍稀動植物，有時也指取得巨大成就的人。可到底什麼才是一國之寶？不同的人有不同的看法。多年前的一部電影，裡面有句臺詞說：「二十一世紀什麼最貴？人才。」如今，二十一世紀快過四分之一了，這個時代到底什麼最寶貴？兩千多年前的〈王孫圉論楚寶〉，或許可以帶給我們不少啟發。

〈王孫圉論楚寶〉原文

王孫圉[1]聘於晉，定公[2]饗[3]之，趙簡子[4]鳴玉以相，問於王孫圉曰：「楚之白珩[5]猶在乎？」對曰：「然。」簡子曰：「其為寶也幾何矣？」

曰：「未嘗為寶。楚之所寶者，曰觀射父[6]，能作訓辭，以行事於諸侯，使無以寡君為口實[7]。又有左史倚相[8]，能道訓典[9]，以敘[10]百物，以朝夕獻善敗於寡君，使寡君無忘先王之業。又能上下說[11]乎鬼神，順道其欲惡，使神無有怨痛於楚國。

「又有藪[12]曰雲[13]，連徒洲[14]，金、木、竹、箭之所生也，龜、

1 王孫圉（ㄩˇ）：楚大夫。
2 定公：晉定公，名午，晉頃公之子。
3 饗（ㄒㄧㄤˇ）：用酒食招待客人。
4 趙簡子：晉國正卿，名鞅，又名志父，亦稱「趙孟」。
5 白珩（ㄏㄥˊ）：白色的繫在玉佩上的橫玉。
6 觀射父：楚大夫。
7 口實：話柄。
8 左史倚相：左史，官名，周朝時設立，負責記錄君王之言論。有左史、右史之分，左史記言，右史記事。倚相，左史名。

珠、角、齒、皮、革、羽、毛，所以備賦，以戒不虞[15]者也。所以共幣帛，以賓享[16]於諸侯者也。若諸侯之好幣具，而導之以訓辭。有不虞之備，而皇神相[17]之，寡君其可以免罪於諸侯，而國民保[18]焉。此楚國之寶也。若夫白珩，先王之玩也，何寶焉？

「圉聞國之寶，六而已。聖能制議百物，以輔相國家，則寶之；玉足以庇蔭嘉穀[19]，使無水旱之災，則寶之；龜足以憲臧否[20]，則寶之；珠足以禦火災，則寶之；金足以禦兵亂，則寶之；山林藪澤，足以備財用，則寶之。若夫嘩囂[21]之美，楚雖蠻夷，不能寶也。」

……《國語．楚語下》。

9 訓典：指先王典制之書。
10 敘：次第。
11 說：同「悅」。
12 藪（ㄙㄡˇ）：生長著很多草的湖澤。
13 雲：即雲夢澤。
14 徒洲：洲名。
15 不虞：料想不到的事件。
16 享：獻。
17 相：輔佐，幫助。
18 保：安定。
19 嘉穀：古以粟為嘉穀，後為五穀的總稱。
20 臧否：善惡。
21 嘩囂：喧嘩的聲音，這裡指玉佩發出的聲音。

一、破題：王孫圉論楚寶

王孫圉聘於晉，定公饗之，趙簡子鳴玉以相，問於王孫圉曰：「楚之白珩猶在乎？」對曰：「然。」簡子曰：「其為寶也幾何矣？」曰：「未嘗為寶。」

——〈王孫圉論楚寶〉

王孫圉，既不姓王，也不姓孫。「王」本指周天子，即周王；「王孫」，即周天子的子孫。春秋時期，有諸侯國的國君僭越稱王，例如楚王。此處的王孫圉，便是楚國王室後裔。

楚國在春秋諸國中比較特殊，楚國王室既不是周王後裔，也不算開國功臣。周成王時，它才被正式分封在南方相對落後的地方，因此一直被稱為蠻夷之國。受當地文化的影響，楚文化與中原諸國的文化也有很大不同。瞭解上述背景，是讀懂這篇文章的前提。

王孫圉作為楚國使者來到晉國，受到了晉定公的酒食款待。前文提過，周王朝極為重視禮儀，像這種外交國宴，晉國自然安排了相應儀式，而儀式的主持者，便是叱吒政壇多年、手握晉國大權的趙簡子。

文中寫道「趙簡子鳴玉以相」。關於這句話，很多人認為是趙簡子在有意炫耀：主持儀式時故意把自己的佩玉弄得叮噹響。但其實以趙簡子的地位，他還不至於因一塊玉而沾沾自喜，大概接待流程中有「鳴玉」環節，因為玉本就是重要的禮器。趙簡子只是借此嘲諷王孫圉罷了。

為什麼說是嘲諷？我們來看看趙簡子問的兩個問題。第一個是：「楚之白珩猶在乎？」很多解釋認為白珩是楚國的一塊寶玉，其實不然。假如這麼理解，就感覺趙簡子是在惦記楚國的老古董，這完全不符合事情發展的邏輯。事實上，白珩是古人佩戴玉器時所用的配件，本身也是用玉做成，通常呈半圓形，繫在玉佩的上方。趙簡子問王孫圉，楚國還有白珩嗎？言外之意，楚國還有人佩玉？這顯然是在諷刺楚人野蠻，不懂周禮。這就好比嘲笑別人沒文化——你還需要戴眼鏡？

面對趙簡子的嘲諷，王孫圉忍了。可趙簡子不依不饒，繼續嘲諷道：「你們拿這種東西當寶貝多久了？」

如果說趙簡子的第一次嘲諷還有點兒隱晦，那麼這一次已經是公然嘲笑楚國了。是可忍孰不可忍，這回王孫圉不慣著趙簡子了，開始滔滔不絕地回擊：我們從不拿這種東西當寶貝。

二、超一流的打臉技術

> 楚之所寶者，曰觀射父，能作訓辭，以行事於諸侯，使無以寡君為口實。又有左史倚相，能道訓典，以敘百物，以朝夕獻善敗於寡君，使寡君無忘先王之業。又能上下

說乎鬼神，順道其欲惡，使神無有怨痛於楚國。

——〈王孫圉論楚寶〉——

趙簡子嘲笑楚國人白珩用得少，王孫圉偏不辯解：沒錯，但我們根本瞧不上這種東西。要論寶，我們楚國有的是。

楚國第一寶是觀射父。觀射父是什麼人，為何能成為楚國第一寶？原文說「能作訓辭，以行事於諸侯，使無以寡君為口實」，意思是他善於辭令，出使各諸侯國，能使各諸侯國不會把楚國國君當作話柄。這其實只是表面意思，實際上，王孫圉是在借觀射父回擊趙簡子。要想看懂王孫圉高超的反擊技術，我們先要對觀射父這個人有所瞭解。

歷史上對觀射父的記載不少，主要說他既熟悉楚人的巫鬼傳統，又通曉周朝的禮法，所以常參與楚國大事。關於天地之事，楚昭王遇到什麼不清楚的地方，總要向觀射父請教。所以王孫圉是說，有觀射父在，楚國從來不會犯不守禮節的錯誤，在和其他諸侯國交往時，也斷然不會說錯話。這句話一方面反擊了趙簡子對楚國人不懂周禮的嘲諷，另一方面又暗諷趙簡子：恐怕在外交場合說了不該說的話、落人口實的，另有其人吧！

楚國第二寶，是一位名為倚相的左史。這人能幹啥？前面的幾句「能道訓典，以敘百物，以朝夕獻善敗於寡君」都只是鋪墊，關鍵是透過這些做法，可以「使寡君無忘先王之業」。這句話的門道可深了。讓國君不致忘記先王的基業，簡直就是在打趙簡子的臉。

前文說過，趙簡子是晉國重臣。春秋末期，晉國大權已經不由國君掌控，反而落入了六卿手中，而趙氏便是六卿之一。趙簡子當政期間，更是集晉國的軍事、政治、外交、司法等諸多大權於一身。司馬遷在《史記》中說：「趙名晉卿，實專晉權！」趙簡子名為正卿，實際主政晉國長達十七年。

所以，王孫圉表面是在稱讚楚國左史倚相能提醒國君不忘先王的基業，實則在批評趙簡子架空國君、越俎代庖。還有後面一句「又能上下說乎鬼神，順道其欲惡，使神無有怨痛於楚國」，意思也就很明顯了：楚國之寶能取得天地鬼神的好感，不像某些人，只會害得國君被祖先在天之靈埋怨。

不得不說，王孫圉有超一流的打臉技術，而且打得不留痕跡。趙簡子的臉被打得啪啪作響，偏又挑不出王孫圉的毛病來。畢竟，人家沒有直說。更何況，就算真要動手，楚國也未見得怕，因為楚國還有第三寶。

三、王孫圉的精妙回擊

> 又有藪曰雲，連徒洲，金、木、竹、箭之所生也，龜、珠、角、齒、皮、革、羽、毛，所以備賦，以戒不虞者也。所以共幣帛，以賓享於諸侯者也。若諸侯之好幣具，而導之以訓辭。有不虞之備，而皇神相之，寡君其可以免罪於諸侯，而國民保焉。此

楚國之寶也。若夫白珩，先王之玩也，何寶焉？

——〈王孫圉論楚寶〉——

楚國的第三寶，是一個叫「雲」的「藪」。「藪」一般指大澤，但有時也代指山林湖泊。從下文王孫圉所說來看，此藪可以產出金、木、竹、箭、皮、革、羽、毛，顯然是湖澤山林之意。「雲連徒洲」，就是說雲藪連接著徒洲。為什麼說雲藪是楚國第三寶呢？因為它物產豐富，足以「備賦，以戒不虞者也」，也足以「共幣帛，以賓享於諸侯者也」。「不虞」也就是不測，此處指突然爆發戰爭；「賓享於諸侯」，則是指用豐富的物產結交周邊國家。王孫圉的意思是，楚國有雲藪這樣物產豐富的地方，讓楚國既有充足的軍事物資，也有充足的外交物資。

所以我們要明白，王孫圉並非老老實實地介紹楚國的人才、物產，而是以此對趙簡子的傲慢無禮進行巧妙回擊。第一寶，是解釋楚國尊崇禮法，諷刺趙簡子不懂禮數；第二寶，是闡述楚國君臣一心，諷刺趙簡子欺君犯上；第三寶，則是表明楚國國力雄厚，不會懼怕包括晉國在內的任何外敵。

王孫圉總結道，有充足的物資來團結諸侯，通曉周禮並依禮行事，有雄厚的軍備物資，能得到祖先神明庇佑，便能使邦國獨立於天下，保黎民百姓無憂，這才是楚國引以為傲的寶物。至於那些掛在身上叮噹響的白珩，只是先王日常的小玩物罷了，哪裡配作寶物呢？

王孫圉的言外之意就是，楚國不惹事，也不怕事。如果諸侯國禮尚往來，大家就同遵先王訓典，和睦共處；如果諸侯國不想好好處了，即便打起來，楚國也有足夠的底氣。

每讀至此，我都由衷贊佩古人的應變智慧和說話藝術。要知道，這可都是臨場反應，電光石火之間，王孫圉居然能以如此精妙的話術回擊趙簡子的嘲諷，有理有節，不卑不亢，看似句句在題外，實則字字在事裡。

四、什麼才是國寶？

> 圉聞國之寶，六而已。聖能制議百物，以輔相國家，則寶之；玉足以庇蔭嘉穀，使無水旱之災，則寶之；龜足以憲臧否，則寶之；珠足以禦火災，則寶之；金足以禦兵亂，則寶之；山林藪澤，足以備財用，則寶之。若夫嘩囂之美，楚雖蠻夷，不能寶也。
>
> ——〈王孫圉論楚寶〉

說完了楚國三寶，王孫圉繼續闡述自己對國寶的看法。

在王孫圉看來，真正的國家之寶，必須有益於國家和百姓。聖明之人之所以為國寶，是因為其能輔佐君王，為國家建立秩序；玉器之所以為國寶，是因為其能用來祭祀天地，使國家風調雨順；龜甲之所以為國寶，是因為其能占卜吉凶，讓國家趨利避害；龍珠之所以為國寶，是因為其能鎮宅防火（因水克火，古人常在建築上雕龍鑲珠）；青銅之所以為國寶，是因為其能打造武器，幫國家應對戰爭；山林湖澤之所以為國寶，是因為其可以產出物資來擴充國家財力。也就是說，能當「寶」的，無一不有益於國家和百姓。

這很值得我們深思。大家都渴望得到別人的尊重，都希望有人能把自己當成寶，可一個人是不是寶，並不由別人決定，而是由自己把握。你對別人有幫助，能為別人創造價值，別人就會把你當成寶；你的作用越大，越不可替代，你在別人眼中就越寶貴。一個人如果具備造福國家和百姓的能力，就會被當作真正的國寶。一個人如果除漂亮之外一無是處，那麼即便年輕時被當成寶，到青春不再時也會被厭棄。小孩子被家人寵成寶，但等長大後進入社會，可能會處處碰壁。

文章結尾，王孫圉說道：叮噹作響的美玉只不過是「嘩囂之美」，除了當作玩物，並無大用，又怎能稱為寶呢?「楚雖蠻夷」，既是低調的自謙，也是自信的回擊——趙簡子嘲諷楚國為蠻夷，但蠻夷尚且知道何為國寶，可惜晉國這中原大國卻搞不明白啊！

07

〈陰飴甥對秦伯〉：態度要不卑不亢

人活在世上，總有求人辦事的時候。很多有求於人的人常把自己的姿態放得極低，認為這樣就可以博得對方的好感或者同情。他們應該讀一讀〈陰飴甥對秦伯〉。這篇文章曾被中國近代藏書家、訓詁學家吳曾祺譽為「千古辭令之祖」，即古往今來的外交辭令，都尊它為祖。讀完〈陰飴甥對秦伯〉，你就會明白，哪怕是請人幫忙，也要不卑不亢。

〈陰飴甥對秦伯〉原文……………………………

十月，晉陰飴甥[1]會秦伯[2]，盟於王城[3]。

秦伯曰：「晉國和乎？」對曰：「不和。小人[4]恥失其君[5]而悼喪其親，不憚征繕以立圉[6]也，曰：『必報讎，寧事戎狄。』君子[7]愛其君而知其罪，不憚征繕以待秦命，曰：『必報德，有死無二。』以此不和。」

秦伯曰：「國謂君何？」對曰：「小人慼[8]，謂之不免；君子恕[9]，以為必歸。小人曰：『我毒秦，秦豈歸君？』君子曰：『我知罪矣，秦必歸君。』貳[10]而執之，服而舍[11]之，德莫厚焉，刑莫威焉。

1 陰飴甥：即呂甥，晉大夫。
2 秦伯：指秦穆公。
3 王城：古地名，在今陝西大荔東。
4 小人：見識短淺的人。
5 君：指晉惠公。
6 圉：晉太子名。晉惠公去世後，圉即位，即晉懷公。
7 君子：指有遠見的人。
8 慼：憂愁、悲哀。
9 恕：以自己的心比別人的心。
10 貳：背叛。
11 舍：釋放。

服者懷德，貳者畏刑。此一役也，秦可以霸。納而不定，廢而不立，以德為怨，秦不其然。」秦伯曰：「是吾心也。」改館[12]晉侯，饋[13]七牢[14]焉。

《左傳．僖公十五年》。

12 改館：指改用國君之禮相待。

13 饋：贈送。

14 七牢：牛、羊、豬各一頭，叫一牢。七牢，即各七頭。這裡指當時贈諸侯國國君的禮節。

一、破題：陰飴甥對秦伯

十月，晉陰飴甥會秦伯，盟於王城。

——〈陰飴甥對秦伯〉——

陰飴甥是晉國大夫，秦伯則是大名鼎鼎的秦穆公。文章開篇交代，在魯僖公十五年（前六四五年）十月，陰飴甥和秦穆公在王城（秦地）相會，並訂立了盟約。這裡有兩個問題值得研究。首先，這是一個怎樣的時間點，此時的秦晉兩國是何關係？其次，此次會盟為何沒有晉國的國君參加？要想解答這兩個問題，我們就要把時間往前推一個月。

九月十四日，秦晉兩國在韓原（今陝西韓城）打了一場慘烈的大戰。慘烈到什麼地步呢？秦晉兩國的國君秦穆公、晉惠公親自下場，而且都險些喪命。當時的秦國剛剛經歷一場大饑荒，國力還沒有恢復，秦穆公一度在戰場上落入下風。緊要關頭，突然從一旁殺出三百勇士，衝散了晉軍，秦穆公轉危為安。這三百人是哪裡來的呢？原來，穆公曾有一批好馬走失，後來發現是被郊野的三百壯漢吃掉了。寬宏大量的秦穆公非但沒有怪罪，反而說只吃馬肉不喝酒會對身體不好，命人賜酒。這三百人對秦穆公感恩戴德，便在秦晉大戰的關鍵時刻殺出，救了秦穆公一命。

晉惠公的戰場遭遇，也跟馬有關。開戰前，晉惠公特意挑選了鄭國進獻的小駟馬來駕自己的戰車，但遭到大夫慶鄭的反對。慶鄭認為，國產馬更熟悉本國環境，更好駕馭，而別國的馬可能會在生死關頭掉鏈子。由於之前慶鄭說話得罪了晉惠公，這次他的意見沒有被採納。結果在大戰中，晉惠公的馬陷入泥潭無法脫身，最終被秦軍活捉。

透過這兩件事，我們不難發現秦穆公的寬宏大量和晉惠公的小肚雞腸。如果再往前翻，類似的事情還有很多。在讀〈燭之武退秦師〉時，我講過晉惠公對秦穆公忘恩負義的「黑歷史」。此次韓原之戰，起因正是晉惠公恩將仇報——他非但不感激秦穆公對晉國的救助之恩，還對趕上災荒的秦國落井下石。可此次大戰，秦軍不但大敗晉軍，還活捉了晉惠公，秦穆公心裡別提有多痛快了。他當即下令，把晉惠公押回秦國，擇日祭天！

消息傳出，各方震動。周天子火速派人趕來，表示晉國是自己的同姓國，希望秦穆公能夠饒晉惠公一命。儘管當時的周王朝已權威盡失，但對一直偏居西部、被視同戎狄的秦國來說，接近周天子，也是參與中原事務的絕佳機會。同時，失去了國君的晉國大夫們也披頭散髮地跟在秦國軍隊後面，求秦穆公饒自己國君一命。向來把人心看得很重的秦穆公只得出面安慰，說自己不會要晉惠公的命。晉國大夫們一聽，立刻抓住話柄不放，表示皇天后土都聽見了，不許說話不算數！

就在秦穆公糾結殺不殺晉惠公時，自家後院也起火了。原來，秦穆公的妻子穆姬正是晉惠公同父異母的姊姊。假如晉惠公被押回秦國殺掉，她哪兒還有臉留在秦國。穆姬也不多說，直接堆起一垛乾柴，帶著她給秦穆公生的幾個孩子（包括太子）就站了上去，派人給秦穆公傳話：如果把晉惠公押回秦都，那就準備給她和孩子們收屍！這下把秦穆公嚇得不輕，國都也不敢回了，只能先把晉惠公安置在秦國郊外的靈台。

冷靜下來的秦穆公明白，殺掉晉惠公也只是為了出口惡氣，對秦國並沒有實際的好處。面對各方壓力，秦穆公已經有釋放晉惠公的想法，但心有不甘，還是想在晉惠公身上撈點兒好處。最終，秦穆公約晉國大夫陰飴甥會談。

二、談判的底氣

> 秦伯曰：「晉國和乎？」
>
> ——〈陰飴甥對秦伯〉

一見面，秦穆公就問：「晉國和乎？」意思是晉國現在團結嗎？這個問題看似雲淡風輕，實則用意深刻。失去國君，晉國團結不團結？假如說團結，晉國人同仇敵愾，就說明晉惠公在國內威望很高，把他送回去恐怕對秦國不利；假如說不團結，晉國一盤散沙，大家對晉惠公不太在意，那秦國釋放晉惠公的意義何在？秦穆公之所以這樣問，也是因為在會談前，他已經聽到了從晉國傳來的一些風聲。

原來，在接到秦穆公的會談通知後，陰飴甥並沒有著急赴約，而是立刻實施了兩項措施。

第一項措施是，他讓從秦國來的使臣假傳晉惠公的旨意，說晉惠公想對晉國人民承認錯誤，請求退位，讓太子繼位，並將王室公田賞賜給眾人。晉國人本來對晉惠公滿是怨氣，一看他態度轉變，立刻感動得痛哭流涕。戲做足了，陰飴甥才出來表示，晉惠公自己被俘，心裡想的卻全是他的臣民，這麼好的國君哪裡找啊！

大家慷慨激昂，紛紛表示一定要把國君救回來！可是，戰敗的晉國元氣大傷，國君被俘，軍備不足，完全是任人宰割，哪有底氣讓秦國釋放國君呢？這時，陰飴甥又實施了第二項措施：作州兵，也就是改革兵制，訓練地方武裝。兩項措施下來，戰敗的晉國變得空前團結，分得公田的眾人對晉惠公感恩戴德，晉國武裝力量也得到極大的補充。為了防止秦國要挾，陰飴甥還將太子圉立為新君，這才動身前往王城面見秦穆公。

陰飴甥的做法相當高明。談判需要什麼？除了技巧，更重要的是實力。談判比的不是同情心，也不是大吼大叫，而是手裡的籌碼和底牌。陰飴甥很清楚，韓原之戰後，元氣大傷的晉國是沒什麼底氣的，貿然前去談判，那放不放晉惠公回國就完全看秦穆公的心情。所以在動身前，陰飴甥做足了準備。

以秦穆公的敏銳，他自然早已捕捉到了晉國的變化。所以在見到陰飴甥之後，秦穆公便試探道：晉國現在團結嗎？

三、軟話硬話一起說

> 對曰：「不和。小人恥失其君而悼喪其親，不憚征繕以立圉也，曰：『必報讎，寧事戎狄。』君子愛其君而知其罪，不憚征繕以待秦命，曰：『必報德，有死無二。』以此不和。」
>
> ——〈陰飴甥對秦伯〉

面對秦穆公的試探，陰飴甥直截了當地回答：「不和。」在接下來的話裡，他把晉國人分為兩派：小人和君子。

今天我們講「小人」「君子」，是帶著感情色彩的：小人道德敗壞，君子道德高尚。但春秋時期，小人和君子的區別更多在於出身和見識，小人出身低下、見識短淺，而君子出身高貴、見識深遠。陰飴甥表示，晉國國內並沒有形成統一的意見，而是分為兩派。

一派是沒什麼見識的小人，他們對秦國抓走了國君感到羞恥，也對親人在戰爭中喪生感到悲傷，所以他們不惜得罪秦國也要修整軍備，並把太子圉立為新君。這一派的人說，哪怕投靠戎狄，也要找秦國人報仇。

顯然，陰飴甥是在借所謂小人的立場對秦穆公講狠話。晉國被收拾得這麼慘，國君被抓，將士被殺，如果說晉國人民對秦國沒有怨恨，恐怕秦穆公自己都不信。更何況，晉國修整軍備，秦穆公又何嘗不知道？既然他知道，陰飴甥就不必掩飾了，直接託小人之口說出。而這樣說又不會得罪秦國，因為陰飴甥已經將有這種想法的人定義為小人了。這就好比有人對你說，「有個可惡的傢伙說你怎樣怎樣」，不管說得多難聽，你也不好怪罪到傳話的人頭上。

接著，陰飴甥又搬出另一派也就是有遠見卓識的君子的意見。陰飴甥表示，晉國的君子知道是自己的國君有錯在先，對秦國恩將仇報才落得如此下場，秦國是在替天行道，幫助晉國長教訓。所以，君子們也在修整軍備，目的是為秦國效勞以報答秦人的恩德。這番話說得更巧妙，除了避免了當面拍馬屁的尷尬，還給晉國修整軍備做出了另一種解釋：為秦國所用。

這樣，陰飴甥借小人和君子之口，把硬話和軟話都說了，而且暗示秦國：談得攏，我們就做君子，感恩戴德地為你們賣命；談不攏，就別怪我們做小人，咬牙切齒地跟你們拚命。

陰飴甥希望秦穆公怎麼選擇，當然也已有所暗示：兩國化敵為友，才是君子之為。

四、陰飴甥的「二分法」

秦伯曰：「國謂君何？」對曰：「小人慼，謂之不免；君子恕，以為必歸。小人曰：『我毒秦，秦豈歸君？』君子曰：『我知罪矣，秦必歸君。』貳而執之，服而舍之，德莫厚焉，刑莫威焉。服者懷德，貳者畏刑。此一役也，秦可以霸。納而不定，廢而不立，以德為怨，秦不其然。』」秦伯曰：「是吾心也。」改館晉侯，饋七牢焉。

聽完陰飴甥的話，秦穆公自然明白其中的意思，但如果就這麼主動鬆了口，也確實心不甘情不願。於是秦穆公將球踢給了陰飴甥：你們國內怎樣議論你們的國君？

這又是一個不容易回答的問題，因為晉惠公實在太不可靠了，就憑他之前對秦國幹的那些事他被殺了也不冤。秦穆公願意放晉惠公一馬，完全是因為大度和遠見，但站在陰飴甥的位置上，他又不好低三下四地懇求。

於是陰飴甥繼續運用前面的「二分法」，從小人和君子兩個角度表達自己的態度：「小人戚，謂之不免；君子恕，以為必歸。」儒家主張君子行事要光明磊落，且要有寬恕之德，《論語》裡就有「君子坦蕩蕩，小人長戚戚」的說法。陰飴甥表示，晉國的小人擔憂不已：「我毒秦，秦豈歸君？」小人覺得晉惠公這次死定了，誰讓他當初對秦國那麼壞！這裡，陰飴甥是在借小人之口替秦國鳴不平，同時也說出了秦穆公心裡的委屈。要知道，勸人大度的人常常不受歡迎，因為他體會不到對方心裡的傷痛，可要是說太多傷痛，又很容易喚起對方的委屈，無法產生勸說的效果。陰飴甥很聰明，他沒有直接表態，而是透過轉述小人的話來暗示秦穆公：有委屈可以理解，但執著於所受的那點兒委屈並不是君子所為——正所謂「牢騷太盛防腸斷，風物長宜放眼量」。

陰飴甥又借君子之口表示：「我知罪矣，秦必歸君。」晉國的君子相信，既然晉國已經服罪，秦國就一定會放晉惠公回來。當初晉惠公的背叛行為已經遭到了懲罰，這就是「貳而執之」；如今晉國服罪，將晉惠公放還，便是「服而舍之」。沒有什麼恩德比這樣做更深厚，沒有什麼刑罰比這樣做更有震懾作用。

假如放了晉惠公，秦穆公就相當於向天下人宣告：背叛的人將淪為階下囚，而服罪的人將得到寬恕。這樣，那些服罪的人自然感恩戴德，而那些想背叛的人也不敢輕易造次，秦穆公借此可以一舉成就霸業。

可如果囚禁晉惠公，秦穆公就得不償失了。首先，當年是秦穆公親自扶持晉惠公上位的，此時又把他抓起來，豈不是打了自己的臉？何況，秦穆公本就對晉國有恩，假如這次不放晉惠公，就是放著大恩人不當，非要當大仇人，這對秦國又有什麼好處呢？

就這樣，陰飴甥透過「二分法」，把自己的觀點和建議表達得不卑不亢。其實，我們在生活中也可以用這種方法。在需要表態的時候，不一定非得直接亮明觀點，也可以學學陰飴甥：有的人是這麼想的，有的人卻那麼想……這樣，既做到了換位思考，也委婉地表達了自己的態度。

陰飴甥的這番話，並沒有一句刻意討好，卻字字說到了秦穆公的心坎上，也打消了秦穆公的種種顧慮。秦穆公非常開心，表示「是吾心也」，並改變了對晉惠公的態度——改館晉侯，饋七牢焉。也就是說，秦穆公不但把晉惠公放了，還以國君之禮相待。雖然晉國最終付出了幾座城池和質押太子的代價，但畢竟保全了晉惠公的性命和晉國的臉面，可以說，主要功勞在陰飴甥的完美談判。〈陰飴甥對秦伯〉這篇文章，也著實無愧於「千古辭令之祖」的美名。

08 〈寺人披見文公〉：如何讓人不記仇

為什麼取「如何讓人不記仇」這個副標題？文中被稱為「寺人披」的主人公曾經好幾次差點兒要了公子重耳的命，在重耳即位，成為晉文公後，寺人披卻要去見他。那麼，寺人披要怎麼做才能讓重耳不記仇呢？

這篇文章很有現實意義。生活中，人往往會和他人有利益衝突，也免不了會得罪一些人，要說什麼、做什麼才能讓對方不記仇？

〈寺人披見文公〉原文

呂、郤[1]畏逼，將焚公宮而弒晉侯[2]。寺人披[3]請見。公使讓[4]之，且辭焉，曰：「蒲城[5]之役，君命一宿，女[6]即至。其後余從狄君以田[7]渭濱，女為惠公[8]來求殺余，命女三宿，女中宿[9]至。雖有君命，何其速也？夫袪[10]猶在，女其行乎！」

對曰：「臣謂君之入也，其知之矣。若猶未也，又將及難。君命無二，古之制也。除君之惡，唯力是視。蒲人、狄人，余何有焉？今君即位，其無蒲、狄乎？齊桓公置射鉤而使管仲相，君若易之，

1 呂、郤（ㄒㄧˋ）：呂甥、郤芮，均為晉大夫。呂甥，即〈陰飴甥對秦伯〉中的陰飴甥，又稱瑕甥、呂飴甥、瑕呂飴甥。

2 晉侯：指晉文公重耳。

3 寺人披：晉宦官。寺人，古代宮中的侍衛小臣，即後世的宦官、太監。披，寺人的名，也有一說，他的真實名字叫勃鞮。

4 讓：責備、譴責。

5 蒲城：晉邑，在今山西隰縣西北。

6 女：同「汝」，你。

何辱命焉？行者甚眾，豈唯刑臣[11]！」公見之，以難[12]告。三月，晉侯濳會秦伯於王城。己丑，晦[13]，公宮火，瑕甥、郤芮不獲公，乃如河上。秦伯誘而殺之。

……《左傳・僖公二十四年》。

7 田：打獵。
8 惠公：指晉惠公，名夷吾，文公之弟，先於文公做國君。
9 中宿：次夜。
10 袪（ㄑㄩ）：衣袖。
11 刑臣：披的自稱。因太監須割除生殖器官，如同受刑一般，故稱為「刑臣」。
12 難（ㄋㄢˋ）：災禍。
13 晦：陰曆每月的最後一天。

一、破題：寺人披見文公

在讀本文之前，需要瞭解晉國的驪姬之亂。

驪姬之亂就是被晉獻公專寵的驪姬為了讓自己的兒子繼位，設計陷害太子和其他公子，最終導致晉國大亂。這樣的故事歷史上常常發生。

晉獻公在位時，驪姬和她的妹妹都非常受寵，兩姊妹分別誕下了公子奚齊和卓子。奚齊出生前，晉獻公早就立了太子，名為申生，是齊國公主齊姜所生。後來齊姜去世，驪姬才被立為夫人。跟太子申生年紀差不多的還有兩位公子：重耳和夷吾。

為了讓自己的兒子奚齊上位，驪姬私下找到太子申生，說晉獻公前兩天夢到了申生死去的母親齊姜。當時有夢見先人後祭祀食享的習俗，於是申生就到晉國祖廟所在地曲沃拜祭了母親，並按照禮儀將祭祀的酒肉帶給晉獻公。同時，驪姬慫恿晉獻公外出田獵，讓申生把酒肉留在宮中，她趁機下毒。

晉獻公回來後正要吃太子送來的酒肉，驪姬卻提醒說，這是外面來的食物，最好先試一下。獻公不以為意地丟了一塊肉給狗吃，結果狗被毒死了。驚呆了的晉獻公又找來一個太監試吃，結果太監中毒身亡。

獻公大怒，對申生起了殺心。有人勸申生辯解或逃走，但申生是個大孝子，他雖知道自己是被陷害的，但也背上了弒父之名，便在新城自縊了。申生死後，驪姬仍不罷休，又說公子重耳、公子夷吾都是申生的同謀。於是獻公派心腹帶兵抓捕重耳和夷吾，而負責抓捕重耳的正是寺人披。

此人是個厲害角色，有兩個特點：一是非常有能力，做事可靠，是晉獻公的心腹；二是極有智慧，特別善於揣摩人心。晉獻公死後，寺人披還先後成為晉惠公、晉懷公甚至晉文公的心腹，晉國多次內亂，他卻一直屹立不倒，堪稱奇蹟。

當時重耳正在自己的封地蒲城，手下勸他率兵抵抗，但他和申生一樣孝順，表示誰抵抗誰就是自己的仇人。好在他沒申生那麼迂腐，還知道逃跑。寺人披帶人殺進來時，正撞見重耳越牆逃跑，寺人披揮刀便斬，只斬斷了一隻衣袖。重耳僥倖逃脫。這是重耳記恨寺人披的第一件事。

重耳逃到狄國定居，頗有賢名，這讓後來即位的晉惠公夷吾感到了威脅。於是，晉惠公派成為自己心腹的寺人披去刺殺重耳。好在重耳命大，又逃過一劫，但從此被迫離開狄國，開始了流亡生涯。這是重耳記恨寺人披的第二件事。

在外流亡多年後，重耳終於等到了機會，在秦穆公的幫助下重回晉國，成為晉文公，他準備騰出手來清算這些年的恩仇。可還沒等晉文公動手，寺人披反倒主動找上門來了。

二、被痛罵的寺人披

> 呂、郤畏逼，將焚公宮而弒晉侯。寺人披請見。公使讓之，且辭焉，曰：「蒲城之役，君命一宿，女即至。其後余從狄君以田渭濱，女為惠公來求殺余，命女三宿，女中宿至。雖有君命，何其速也？夫袪猶在，女其行乎！」
>
> ——〈寺人披見文公〉

晉文公即位後，立刻派人殺了逃亡梁國的前任國君晉懷公。這讓當年跟隨晉懷公、晉惠公的老臣們惴惴不安，顯然，晉文公是要清算舊帳了。為了保命，有些老臣準備先下手為強，而領頭的兩位都是晉惠公的舊臣，文中稱為「呂、郤」。「呂」是呂飴甥，「郤」是郤芮。

呂飴甥和郤芮密謀在宮中放火，將晉文公燒死。他們便想找個出入過宮禁的人，當然得是宦官，不但要辦事能力強，還得與晉文公有仇。他們想到了寺人披。

關於此次密謀，《左傳》隻字未提，我們也不得而知。但作者緊接著寫「寺人披請見」，事情似乎有了轉機——倘若寺人披答應參與弒君計畫，那他應該不會主動求見晉文公。他來多半是告密。果然，這一次，他選擇站在晉文公這邊。

寺人披太有閱歷了，他對局勢看得很清楚。晉文公雄才大略，又是晉獻公所有兒子中唯一在世的，除了他還有誰能擔任晉國的國君呢？假如殺掉晉文公，好不容易穩定下來的晉國又將陷入大亂。於是寺人披決定把呂、郤二人的弒君計畫告訴晉文公。可晉文公兩次差點兒被寺人披殺掉，他願意見寺人披嗎？

不出所料，晉文公聽說寺人披來見，不但拒絕，還派人把寺人披狠狠罵了一頓：當年獻公讓你過一個晚上趕到蒲城殺我，結果你當天就到了，害得我差點兒沒跑掉。後來我跟狄國的國君在渭水之濱打獵，你又替惠公來殺我，惠公讓你三天趕到就行，結果你兩天就到了，害得我流離失所。雖然說兩次都是國君的命令，但你為什麼跑那麼快？這些事情我可沒忘，當年被你斬斷的袖子我還留著呢，你給我滾！

在晉文公看來，寺人披當年為了在國君面前拚命表現，一點兒面子和機會也沒給他留。寺人披的主動性特別強，做事也果斷狠辣，只是讓他警告別人，他卻把人打個半死。晉文公很討厭寺人披，也對當年寺人披趕盡殺絕的做法十分痛恨。

三、寺人披如何化敵為友？

對曰：「臣謂君之入也，其知之矣。若猶未也，又將及難。君命無二，古之制也。除君之惡，唯力是視。蒲人、狄人，余何有焉？今君即位，其無蒲、狄乎？齊桓公置射鉤而使管仲相，君若易之，何辱命焉？行者甚眾，豈唯刑臣！」

——〈寺人披見文公〉

怎樣才能夠讓別人不記恨？

很多人以為：別人討厭你，是因為你們性格不合；別人喜歡你，是因為你們比較合得來。影響兩個人關係的，除了感情，還有利益。成為你朋友的人，可能是因為和你有共同利益；成為你敵人的人，可能是因為和你有利益衝突。

是敵還是友，很多時候由利害決定，而不是感情。要想讓人不記仇，首先要化敵為友，找到雙方的共同利益，至少不要站在對方的對立面。

什麼是晉文公最在意的？那便是統治的穩定。

所以，寺人披說的是：我以為您這次回國已經成熟了，懂得了為君之道。假如您還不懂，恐怕未來還會有災難。

寺人披的這句話很值得分析。表面上看，他是在怪晉文公不懂為君之道，不善納諫，但潛臺詞是提醒晉文公，如果不見他，晉文公未來便會有災難。為什麼會有這層意思？前文說過，寺人披這次來拜見晉文公，是為了通風報信，救他於危難之中。

「君命無二，古之制也。除君之惡，唯力是視。」這句話是寺人披解釋以前的所作所為。他認為，作為臣子，聽從君主的命令是天職，自古如此。除去國君所厭惡的人，應該有多少力就使多少力。

讀完我們就知道，為什麼寺人披在晉國能夠屢屢受重用。一個全心全意為君主分憂解難的臣子，哪個君主不需要、不喜歡呢？但這句話裡也有潛臺詞，那就是時任國君晉文公需要寺人披做什麼，他也會全力以赴。

寺人披進一步解釋說，不管是殺在蒲城的人還是在狄國的人，對我來講並沒有區別。我只知道這是國君的命令，所以會拚盡全力做好。寺人披反問晉文公，您現在做了國君，難道就沒有像當年在蒲城或狄國的眼中釘了嗎？

顯然晉文公是有眼中釘的，他剛派人殺掉懷公，做的又何嘗不是同樣的事呢？一個領導者不應該感情用事，像寺人披這樣一個不帶任何私人感情、忠實執行上級命令的下屬，是領導者需要的。寺人披認為，晉文公此次回國，要統治長久，就一定要想明白。

接著，寺人披又用齊桓公來舉例子：「齊桓公置射鉤而使管仲相，君若易之，何辱命焉？行者甚眾，豈唯刑臣！」這句話看似突兀，怎麼突然扯到齊桓公？這是因為齊桓公是諸侯公認的霸主，也是晉文公效仿的對象。

「置射鉤」，就是把當年被射中的衣帶鉤扔在一旁不再計較。我們在講〈曹劌論戰〉時提過，管仲替公子糾截殺公子小白，用箭射中了小白的衣帶鉤，小白詐死騙過管仲，回到齊國。小白成為齊桓公後，非但不殺管仲，還讓他成為國相，並在他的幫助下最終成就了霸業。

既然齊桓公可以不計前嫌，重用管仲，為什麼晉文公要對寺人披耿耿於懷呢？何況，齊桓公的大度為他招來的不止管仲一位賢才，假如晉文公也能寬恕甚至重用寺人披，又怎會不留下美名？

寺人披表示：如果您真的要我走，那我又哪能違抗您的命令呢？只是到時候晉國得罪過您的人都會覺得您心胸狹窄，走的可就不止我這個受刑之人了啊！

四、寺人披的智慧

> 公見之，以難告。三月，晉侯潛會秦伯於王城。己丑，晦，公宮火，瑕甥、郤芮不獲公，乃如河上。秦伯誘而殺之。
>
> ——〈寺人披見文公〉

這番話被轉達給晉文公後，晉文公立刻召見了寺人披。畢竟，過去的事情都已結束，沒有什麼比國家的長治久安和晉國的霸業更重要。

見到晉文公後，寺人披就把呂、郤二人要謀害晉文公的計畫詳細說了出來。

為什麼一開始不說？這正是寺人披老練和智慧的體現。沒見到晉文公就說，難保不會走漏風聲，萬一傳到呂、郤二人那裡，寺人披如何能善終？何況，這也是寺人披的一張保命牌，假如晉文公還記恨他，那晉文公也不是一個值得輔佐的君主，寺人披也不介意聯合呂、郤二人將晉文公除掉。

晉文公得知呂、郤的計畫後，處理方式也是老辣的。文中並未寫晉文公和寺人披的謀劃過程，而是直接告訴了我們結局。在當月的最後一天，晉文公的宮室被燒，但呂飴甥和郤芮並沒有發現本應在宮中的晉文公。他們得知事情敗露，便逃往黃河邊，想要去秦國避難，卻被秦穆公誘騙到秦國殺掉了。

晉文公做了什麼？文中只有一處線索：「晉侯潛會秦伯於王城。」王城這個地方，也正是〈陰飴甥對秦伯〉一文中秦晉兩國談判的地方，位於秦國境內。也就是說，晉文公偷偷去秦國請求秦穆公援助。陰飴甥如何也料不到，王城這個讓他名垂青史的地方，最終也成了他的葬身之地。

讀完這篇文章，不妨總結一下寺人披的處世智慧。如果想讓人不記仇，那麼首先不要站在別人利益的對立面，而是盡可能讓自己更有價值，以滿足別人的需求。其次，要動之以情，曉之以理，把自己一舉一動的原因、感受、背後的道理說清楚。這樣，別人才能真正理解你。而一旦得到了理解，往後的事情就會變得非常簡單。

09 〈子產壞晉館垣〉：如何維護尊嚴

《古文觀止》裡講了不少鄭國的故事。在〈鄭伯克段于鄢〉中，鄭莊公時期的鄭國正處於巔峰期，到〈燭之武退秦師〉的鄭文公時期，鄭國已經淪為秦晉兩國眼中的肥肉。此後，鄭國的國運一直不濟，第十五位國君鄭僖公更是慘遭弒殺，他年僅五歲的兒子被立為君，是為鄭簡公。

鄭簡公在位期間，在子皮、子產等名臣的協助下，鄭國雖然得以存續，但已然不被諸侯國放在眼裡——鄭國甚至靠著向晉國等強國納貢，才能維持國家的安穩。西元前五四二年，鄭簡公在子產的陪同下前往晉國納貢。可是到了晉國，子產竟然派人把晉國客館的牆砸了，這到底是怎麼回事呢？

〈子產壞晉館垣〉原文

子產[1]相[2]鄭伯[3]以如晉。晉侯[4]以我喪故，未之見也。子產使盡壞其館[5]之垣[6]，而納車馬焉。

士文伯[7]讓[8]之曰：「敝邑以政刑之不修，寇盜充斥，無若諸侯之屬辱在寡君者何，是以令吏人完客所館，高其閈閎[9]，厚其

1 子產：國氏，名僑，字子產，又字子美，諡成子，又稱公孫僑、公孫成子等，鄭大夫。
2 相：輔佐。
3 鄭伯：鄭簡公。
4 晉侯：晉平公。
5 館：招待賓客食宿的房舍。

牆垣，以無憂客使。今吾子壞之，雖從者能戒，其若異客[10]何？以敝邑之為盟主，繕[11]完葺[12]牆，以待賓客；若皆毀之，其何以共命？寡君使匄請命。」

對曰：「以敝邑褊[13]小，介於大國，誅求[14]無時，是以不敢寧居，悉索敝賦[15]，以來會時事。逢執事之不閒，而未得見；又不獲聞命，未知見時。不敢輸[16]幣，亦不敢暴露。其輸之，則君之府實[17]也，非薦陳[18]之，不敢輸也。其暴露之，則恐燥濕之不時而朽蠹[19]，以重敝邑之罪。

「僑聞文公[20]之為盟主也，宮室卑庳[21]，無觀[22]臺榭，以崇大諸侯之館。館如公寢，庫[23]廄[24]繕修，司空[25]以時平易道路，圬人[26]以時塓[27]館宮室。諸侯賓至，甸[28]設庭燎[29]，僕人巡宮，車馬有所，賓從有代，巾車[30]脂轄[31]，隸人牧[32]圉[33]，各瞻[34]其事，百官之屬，各展其物。公[35]不留賓，而亦無廢事，憂樂同之，事則巡之，教其不知，而恤其不足。賓至如歸，無寧菑[36]患，不畏寇盜，而亦不患燥濕。

「今銅鞮[37]之宮數里，而諸侯舍於隸人。門不容車，而不可

6 垣（ㄩㄢˊ）：圍牆。
7 士文伯：士氏，名匄（ㄍㄞˋ），字伯瑕，晉大夫。
8 讓：責備。
9 閈閎（ㄏㄢˋㄏㄨㄥˊ）：館舍的大門。
10 異客：他國的賓客。
11 繕：修整。
12 葺（ㄑㄧˋ）：原指用茅草覆蓋房頂，後泛指修補房屋。
13 褊（ㄅㄧㄢˇ）：狹小。
14 誅求：需索，強制徵收。
15 賦：指財物。
16 輸：送給。
17 府實：府庫中的財物。
18 薦陳：進獻並陳列。
19 朽蠹（ㄉㄨˋ）：朽敗及被蟲蝕。
20 文公：晉文公。
21 卑庳（ㄅㄟˋ）：低小。
22 觀（ㄍㄨㄢˋ）：樓觀。
23 庫：倉庫。
24 廄（ㄐㄧㄡˋ）：馬棚。
25 司空：職官名，掌管土木工程。
26 圬（ㄨ）人：泥水匠。

逾越，盜賊公行，而夭厲[38]不戒。賓見無時，命不可知。若又勿壞，是無所藏幣以重罪也。敢請執事，將何所命之？雖君之有魯喪，亦敝邑之憂也。若獲薦幣，修垣而行，君之惠也，敢憚勤勞。」

文伯復命。趙文子[39]曰：「信！我實不德，而以隸人之垣以贏[40]諸侯，是吾罪也。」使士文伯謝不敏焉。

晉侯[41]見鄭伯，有加禮，厚其宴好而歸之。乃築諸侯之館。

叔向曰：「辭之不可以已也如是夫！子產有辭，諸侯賴之。若之何其釋辭也？《詩》曰：『辭之輯矣，民之協矣；辭之懌矣，民之莫矣。』其知之矣。」

《左傳・襄公三十一年》。

27 塓（ㄇㄧˋ）：粉刷。
28 甸：甸人。職官名，掌供薪柴之事。
29 庭燎：庭院中照明的用具。
30 巾車：職官名，掌車。
31 脂轄：用油塗車軸。
32 牧：放飼牲畜的人。
33 圉：養馬的人。
34 瞻：看管。
35 公：晉文公。
36 菑（ㄗㄞ）：同「災」。
37 銅鞮（ㄉㄧ）：晉邑名，晉平公曾築銅鞮宮於此，在今山西沁縣南。
38 夭厲：瘟疫。
39 趙文子：趙氏，名武，諡文，又稱趙文子，趙盾之孫、趙朔之子。
40 贏：接待。
41 晉侯：晉平公。

一、破題：子產壞晉館垣

子產相鄭伯以如晉。晉侯以我喪故，未之見也。子產使盡壞其館之垣，而納車馬焉。

——〈子產壞晉館垣〉

子產是鄭穆公的孫子，名僑，《左傳》有時也稱他為「公孫僑」。他是春秋後期著名的政治家，與齊國的晏嬰、晉國的叔向並稱為「三賢」。孔子也非常欣賞子產，《論語》和《左傳》裡都留下了孔子稱讚子產的話，連有人說孔子的肩膀像子產，孔子都很高興。

子產極有見識，能言善辯。《左傳》中襄公、昭公的部分記錄了很多有關子產的內容，而〈子產壞晉館垣〉發生在魯襄公三十一年（前五四二年）。標題中的「晉館」是晉國招待諸侯使者的客館，而「垣」就是圍牆。子產來到晉國後，把所住的客館圍牆拆了。

當時，鄭國是很弱小的，而晉國十分強大，是中原盟主。那麼子產為何敢大著膽子去拆盟主的牆呢？

文章開篇寫道：「子產相鄭伯以如晉。晉侯以我喪故，未之見也。」「相」就是輔佐，子產輔佐鄭簡公到晉國訪問。按理說，一國之君親自來訪，理當受到隆重接待，鄭簡公卻吃了個閉門羹，就連晉平公的面都沒見上。為什麼呢？

「晉侯以我喪故，未之見也。」在《左傳》裡，「我」是左丘明對魯國的自稱。晉平公給出的理由是，魯國的國君剛死，晉國作為同姓國，沒心情搞接待。這顯然只是一個藉口，晉國只不過自恃強大，故意怠慢鄭國罷了。可是令晉國人萬萬沒想到的是，「子產使盡壞其館之垣，而納車馬焉」。不迎接是吧？好，我直接把牆拆了，把車馬統統趕進去。這下輪到晉國人惱怒了，負責外事接待的士文伯匆匆趕來，對子產「興師問罪」。

二、士文伯如何硬話軟說

士文伯讓之曰：「敝邑以政刑之不修，寇盜充斥，無若諸侯之屬辱在寡君者何，是以令吏人完客所館，高其閈閎，厚其牆垣，以無憂客使。今吾子壞之，雖從者能戒，其若異客何？以敝邑之為盟主，繕完葺牆，以待賓客；若皆毀之，其何以共命？寡君使匄請命。」

——〈子產壞晉館垣〉

士文伯名叫「匄」，是晉國老臣，有十分豐富的外交經驗。雖然是來問罪，但士文伯並沒有劈頭蓋臉地亂罵一通，而是有理有節地說了三句話。

第一句：「敝邑以政刑之不修，寇盜充斥，無若諸侯之屬辱在寡君者何，是以令吏人完客所館，高其閈閎，厚其牆垣，以無憂客使。」士文伯表示，晉國的治安做得不好，所以「寇盜充斥」，強盜、小偷到處都是。為了保障國外來訪人員的人身安全，這才專門修建了客館，還把門修得高高的，牆砌得厚厚的，讓外國使者能安心在這裡住。這句話聽上去謙虛低調，實則是一種指責和威脅。士文伯並非在強調晉國有多亂，而是在強調客館圍牆不能拆，他也不是在擔心鄭國人的安全問題，而是在隱隱威脅：竟敢拆我們的牆，可別怪你們的安全沒保障！

第二句：「今吾子壞之，雖從者能戒，其若異客何？」就算你們鄭國有保鏢，不怕偷、不怕搶，可是其他國家的來訪人員怎麼辦？要知道，晉國的客館未來還要招待其他國家的使者，可不是只給鄭國人住的！假如說上一句是從鄭國人的利益出發說事，那麼這一句就是拉著其他諸侯國的利益來說事了。鄭國人不要命，總得考慮一下別人的安全吧。

第三句：「以敝邑之為盟主，繕完葺牆，以待賓客；若皆毀之，其何以共命？」這句話可以說是晉國人憤怒的主要原因：晉國作為堂堂盟主，牆都被你拆了，以後「何以共命」？這裡的「共命」是一種謙虛的外交話術，字面意思是為大家開展服務工作，實際則是指做統率領導。說白了，你跑到晉國來拆牆就是公開打盟主的臉，我們如果不收拾你，以後還怎麼服眾？

士文伯的話講得非常有水準。其實晉國之所以憤怒，是因為作為盟主折了面子，但到了士文伯嘴裡，就變成了是要為鄭國人的安全服務，為他國使者的安全服務，為諸侯在各方面服務——你把牆拆了，晉國還怎麼服務？

「寡君使匄請命」，「命」指的是您的命令，這又是客氣的說法，字面意思是我們國君派我來聽從您的命令，實際則是責問子產：你自己說吧，這事怎麼解決？

士文伯的指責好像有理有據，子產該如何回應呢？

三、子產該如何應對

對曰：「以敝邑褊小，介於大國，誅求無時，是以不敢寧居，悉索敝賦，以來會時事。逢執事之不閒，而未得見；又不獲聞命，未知見時。不敢輸幣，亦不敢暴露。其輸之，則君之府實也，非薦陳之，不敢輸也。其暴露之，則恐燥濕之不時而朽蠹，以重敝邑之罪。」

——〈子產壞晉館垣〉

面對士文伯的指責，子產也用三句話進行了回應。

第一句：「以敝邑褊小，介於大國，誅求無時，是以不敢寧居，悉索敝賦，以來會時事。」子產坦誠地表示，鄭國實力弱小，位置又夾在大國之間，生存壓力本來就大，再加上晉國「誅求無時」，隨時責求鄭國納貢，鄭國根本不得安生，所以掏空了家底跑來晉國送禮。這句話雖然是為賣慘，但其實是巧妙地回應了士文伯所謂的服務——你以為我們想來，還不是因為晉國索取無度？你口口聲聲說晉國為我們好，可如果真對我們好，就不會逼得我們在這個時間點跑來納貢了。

第二句：「逢執事之不閒，而未得見；又不獲聞命，未知見時。不敢輸幣，亦不敢暴露。」我們鄭國來送禮，甚至國君本人都親自來到晉國，可是你們忙得很，連見我們的時間都沒有。不光不見，還不說什麼時候能見。那請問我們帶來的財禮往哪裡放呢？這裡的「輸幣」就是獻財禮。子產表示，我們是來送禮的，可現在這禮既送不出去，也留不下來。為什麼呢？

第三句：「其輸之，則君之府實也，非薦陳之，不敢輸也。其暴露之，則恐燥濕之不時而朽蠹，以重敝邑之罪。」如果就這麼把財禮送進晉國的府庫，顯然是不符合禮節的，畢竟我們連晉平公的面都沒見著，更沒有任何儀式；可如果沒把財禮保管好，就這麼露在外面，日曬雨淋，朽爛蟲咬，我們的罪過又會加重。

面對別人笑裡藏刀的指責，什麼是最好的回應？子產的這三句話就是非常好的示範。真誠是對抗虛偽的最佳武器。子產不卑不亢地從鄭國的實際困難出發，解釋了自己之所以要來送禮，是因為晉國的逼迫；而晉國的無禮又使得鄭國非常難堪，為了保管好禮物，只能把牆拆掉，把馬車趕進來。

假如僅僅說到這裡，子產拆牆的理由雖已相當充分，但還無法打動晉國人的心。晉國人會在乎他國人的感受嗎？他們只在乎自己作為盟主的臉面。於是子產抓住晉國人的「盟主」

心態，又展開了一番論述。

四、盟主應該怎麼當

僑聞文公之為盟主也，宮室卑庳，無觀臺榭，以崇大諸侯之館。館如公寢，庫廄繕修，司空以時平易道路，圬人以時塓館宮室。諸侯賓至，甸設庭燎，僕人巡宮，車馬有所，賓從有代，巾車脂轄，隸人牧圉，各瞻其事，百官之屬，各展其物。公不留賓，而亦無廢事，憂樂同之，事則巡之，教其不知，而恤其不足。賓至如歸，無寧菑患，不畏寇盜，而亦不患燥濕。

今銅鞮之宮數里，而諸侯舍於隸人。門不容車，而不可踰越，盜賊公行，而夭厲不戒。賓見無時，命不可知。若又勿壞，是無所藏幣以重罪也。敢請執事，將何所命之？

——〈子產壞晉館垣〉

辯論高手都懂得換位思考，就別人在意的事展開論述。既然晉國是盟主，那就聊聊怎麼做盟主。且看晉國歷史上最了不起的國君晉文公，是怎樣當盟主的。

第一句：「僑聞文公之為盟主也，宮室卑庳，無觀台榭，以崇大諸侯之館。館如公寢。」子產說，晉文公當盟主時，他自己的王宮低矮狹小，卻把客館蓋得高大寬敞，如同君主的寢宮。這顯然是在諷刺晉平公，自己住得富麗堂皇，卻把客館修得狹窄低矮，進車馬都得拆牆，這哪有盟主的樣子。

第二句：「庫廄繕修，司空以時平易道路，圬人以時塓館宮室。諸侯賓至，甸設庭燎，僕人巡宮，車馬有所，賓從有代，巾車脂轄，隸人牧圉，各瞻其事，百官之屬，各展其物。」這句是針對士文伯提到的治安問題。晉文公在位時，所有倉庫、馬廄、房屋、道路，都會定時維護，讓諸侯賓客來到晉國時有好的觀感和舒適的居住條件，並且派人日夜照料，確保來賓的安全；車馬有固定的場所安置，貴賓僕從有專人代為服務，管車的、管馬的、管環境衛生的，各司其職；招待外賓的物品多種多樣，陳列得整整齊齊。這又與晉平公對鄭國的態度形成鮮明對比：鄭簡公此次來晉，住的客館既破又小，還對人身和財產安全問題有顧慮，車馬也沒地方放。這豈是盟主的待客之道？

第三句：「公不留賓，而亦無廢事，憂樂同之，事則巡之，教其不知，而恤其不足。賓至如歸，無寧菑患，不畏寇盜，而亦不患燥濕。」晉文公從來不讓諸侯賓客吃閉門羹，也不會讓他們長期滯留，耽誤他們回國處理政事。他同賓客憂樂與共，還巡查缺漏。賓客若有迷惑的地方，他就細心指導，賓客即使言行不周到，他也會體諒。那時，所有的外賓來到晉國，都像回到自己家中一樣自在，沒有災患，也不怕盜賊，更不擔心環境燥濕。

這三句話句句在誇晉文公，也句句在罵晉平公：這哪有盟主的樣子？讓盟主沒臉面的不是鄭國子產，而是你們自己啊！

於是子產總結道：「今銅鞮之宮數里，而諸侯舍於隸人。門不容車，而不可逾越，盜賊公行，而夭厲不戒。賓見無時，命不可知。若又勿壞，是無所藏幣，以重罪也。敢請執事，將何所命之？」現在晉平公自己住著方圓數里的豪華宮殿，而將來訪的諸侯安置在下等人住的破地方。客館的門小到連車都進不去，外面盜賊橫行，不知道什麼時候可以獲得接見，也不知道又會對我們提出什麼要求，假如不拆牆安置車馬財禮，財禮丟失或者損壞，又成了我們自己的責任。晉平公派您來問我怎麼辦，我倒想問問您，我還能怎麼辦呢？

五、子產的智慧

「雖君之有魯喪，亦敝邑之憂也。若獲薦幣，修垣而行，君之惠也，敢憚勤勞。」文伯復命。趙文子曰：「信！我實不德，而以隸人之垣以贏諸侯，是吾罪也。」使士文伯謝不敏焉。

晉侯見鄭伯，有加禮，厚其宴好而歸之。乃築諸侯之館。

叔向曰：「辭之不可以已也如是夫！子產有辭，諸侯賴之。若之何其釋辭也？《詩》曰：『辭之輯矣，民之協矣；辭之懌矣，民之莫矣。』其知之矣。」

——〈子產壞晉館垣〉

子產的話，已經把晉平公和士文伯的指責駁斥得淋漓盡致，但他接下來的收尾更加令人讚賞。

第一句：「雖君之有魯喪，亦敝邑之憂也。」意思是，魯襄公去世，晉平公難過是可以理解的，鄭國也感到悲痛啊！因為鄭國和晉國與魯國一樣，都是姬姓國。子產這一句話極為高明。首先，他給晉平公留了面子，雖然看破了對方的藉口，但不拆穿；其次，你們的藉口，我們「感同身受」，因此不應該不見，而是更應該接見；最後，這也是在提醒晉國，鄭國與魯國都是一樣的，既然用憂戚以示對魯國的尊重，為何用冷落對待鄭國的來訪呢？

第二句：「若獲薦幣，修垣而行，君之惠也，敢憚勤勞。」既然牆拆了，臉打了，就適可而止吧，方便別人下臺階。這就是子產的智慧。他很清楚自己陪同鄭簡公來的目的，是要討好而非得罪晉國。子產表示，只要能順利見到晉平公，獻上貢禮，我們心甘情願把牆修補好。

子產有理有據、不卑不亢，既維護了自己的權益，也給對方保留了臉面，解決方案非常明確。

「文伯復命。」士文伯帶著子產的話回去交差了。趙文子聽完後表示，子產說得在理，是晉國不厚道在先，用下等人住的地方來接待鄭簡公這樣一位國君。於是士文伯又被派去專程向鄭簡公及子產道歉，晉平公接見了鄭簡公，對鄭國來賓厚加款待，還安排了豐厚的回禮。

之後，晉國新建了專門用來接待外賓的客館，比之前高大寬敞多了。

前文說，晉國叔向、鄭國子產、齊國晏嬰並稱「三賢」，三賢之一的叔向聽說此事後，盛讚子產：「辭之不可以已也如是夫！」子產充分證明了會說話的重要性，他不但幫助了鄭國，也造福了其他諸侯國。接著，叔向引用了《詩經．大雅．板》裡的一句詩：「辭之輯矣，民之協矣；辭之懌矣，民之莫矣。」好的辭令，會讓百姓安居樂業。子產深諳其道！

其實，口才的背後是思維，子產之所以有如此高超的說話藝術，根源在於他強大的思維能力。他懂得坦誠相待，懂得換位思考，懂得適可而止，哪怕是維護權利，也一樣理直氣壯，遊刃有餘。

10 〈楚歸晉知罃〉：看待問題要客觀

很多時候，我們的情緒會被別人的行為左右：別人對我們不好，我們就心生怨恨；別人優待我們，我們就感恩戴德。讀一讀〈楚歸晉知罃〉，你就會明白，有時別人的所作所為不一定是他們的真實態度——別人對你的態度，往往取決於你對自己的態度。

〈楚歸晉知罃〉原文

晉人歸楚公子穀臣[1]與連尹襄老[2]之尸於楚，以求知罃[3]。於是荀首[4]佐中軍[5]矣，故楚人許之。

王[6]送知罃，曰：「子其怨我乎？」對曰：「二國治戎，臣不才，不勝其任，以為俘馘[7]。執事不以釁鼓[8]，使歸即戮，君之惠也。臣實不才，又誰敢怨？」王曰：「然則德我乎？」對曰：「二國圖其社稷而求紓[9]其民，各懲其忿以相宥[10]也，兩釋纍囚[11]以成其好。二國有好，臣不與及，其誰敢德？」王曰：「子歸，何以報我？」對曰：「臣不任受怨，君亦不任受德，無怨無德，不知所報。」王曰：「雖然，必告不穀[12]。」對曰：「以君之靈，累臣得歸骨於晉，寡君

1 穀臣：春秋時期楚莊王之子。
2 連尹襄老：楚臣，連尹是官名。
3 知罃（ㄧㄥ）：「知」通「智」。智罃，又稱荀罃，字子羽，諡號武，史稱智武子，晉臣。前五九七年，邲之戰時，他和父親智首（荀首）共同參戰，在楚軍壓倒性的軍力前，晉軍崩潰，智罃被楚國俘虜，而智首俘虜了穀臣，並射殺了楚臣連尹襄老。
4 荀首：即知罃的父親。
5 佐中軍：古代官職，指中軍副統帥。
6 王：指楚共王。

之以為戮，死且不朽。若從君惠而免之，以賜君之外臣首，首其請於寡君而以戮於宗，亦死且不朽。若不獲命而使嗣宗職[13]，次及於事，而帥偏師以修封疆，雖遇執事，其弗敢違。其竭力致死無有二心，以盡臣禮，所以報也。」王曰：「晉未可與爭。」重為之禮而歸之。

《左傳・成公三年》。

7 俘馘（ㄍㄨㄛˊ）：俘虜。

8 釁鼓：古代戰爭時，殺人或牲，以其血塗鼓行祭。

9 紓（ㄕㄨ）：緩和，解除。

10 宥（ㄧㄡˋ）：饒恕，原諒。

11 纍（ㄌㄟˊ）囚：被拘囚的人，纍，通「縲」，指捆綁犯人的繩索。

12 不穀：古代王侯自稱的謙辭。

13 宗職：祖宗世襲的官職。

一、破題：楚歸晉知罃

晉人歸楚公子穀臣與連尹襄老之尸於楚，以求知罃。於是荀首佐中軍矣，故楚人許之。王送知罃，曰：「子其怨我乎？」——〈楚歸晉知罃〉

標題裡的知罃是人名，而「楚」和「晉」則是楚國和晉國。〈楚歸晉知罃〉講的是楚國將知罃放回晉國的事。

文章開篇寫道：「晉人歸楚公子穀臣與連尹襄老之於楚，以求知罃。」晉國希望用楚國公子穀臣，以及楚國連尹襄老的屍體，換回被楚國俘虜的知罃。楚國表示同意。這是因為「荀首佐中軍矣」。荀首是知罃的父親，時為晉中軍副統帥，權力很大，「故楚人許之」。

於是，晉國便把連尹襄老的屍體和公子穀臣都送回了楚國，而楚國也準備把知罃送回晉國。臨行之前，楚共王問知罃：「把你關了這麼久，你怨我嗎？」

二、恩怨都與你無關

對曰：「二國治戎，臣不才，不勝其任，以為俘馘。執事不以釁鼓，使歸即戮，君之惠也。臣實不才，又誰敢怨？」王曰：「然則德我乎？」對曰：「二國圖其社稷而求紓其民，各懲其忿以相宥也，兩釋纍囚以成其好。二國有好，臣不與及，其誰敢德？」

——〈楚歸晉知罃〉

此時距知罃被俘已經過了九年。不難想像，被關押這麼多年的知罃過得有多苦。面對楚共王的詢問，知罃該如何回答？

知罃表示，兩國交戰，我被俘虜，那是因為我自己沒本事，沒有履行好職責。您沒有把我殺掉來行祭，現在還要把我放回去，這是您給我的恩惠啊。錯誤是我自己犯的，恩惠是您給的，我怎麼會怨恨您呢？

知罃的這番話發自肺腑。他知道自己是一定會被放回晉國的，楚共王只是想瞭解他的態度。而知罃的回答體現了他思考問題的方式。

很多人討厭自己的競爭對手，其實沒有必要。有競爭很正常，總有一方輸，各憑本事，沒必要夾帶個人情緒。

知罃正是這樣做的，這是一個很重要的思維方式：從自己身上找原因，不要怪罪別人，更不能有所怨恨。

知罃說完這句話之後，楚共王就知道他是怎麼想的了。

但楚共王又問道：「現在我放你回國，你會感激我嗎？」

知罃答道：「我們兩個國家各自為社稷百姓著想，才決定交換俘虜，相互原諒，化干戈為玉帛。您又不是主動放我，我有什麼好感激您的呢？」

很多人看到別人優待自己，就以為是對自己的偏愛，卻看不懂其中可能存在很多利益交換。在知罃看來，楚共王釋放自己，只是因為自己恰好做了交換的籌碼，並非楚共王特意對自己施以恩惠，自然不必感激。

被關了九年，還能如此冷靜客觀地看待問題，知罃真的是頭腦清醒。

三、楚共王的真實目的

王曰：「子歸，何以報我？」對曰：「臣不任受怨，君亦不任受德，無怨無德，不知所報。」王曰：「雖然，必告不穀。」對曰：「以君之靈，累臣得歸骨於晉。寡君之以為戮，死且不朽。若從君惠而免之，以賜君之外臣首，首其請於寡君而以戮於宗，亦死且不朽。若不獲命而使嗣宗職，次及於事，而帥偏師以修封疆，雖遇執事，其弗敢違。其竭力致死無有二心，以盡臣禮，所以報也。」王曰：「晉未可與爭。」重為之禮而歸之。

——〈楚歸晉知罃〉

聽完知罃的回答，楚共王又問道：「子歸，何以報我？」這裡的「報」不僅有「報恩」的意思，還有「報仇」的意思。既然你說無恩無怨，那回到晉國後，你會怎麼對待我呢？

知罃答道：「我不怨恨您，您對我也沒有恩德，我實在不知道對您有什麼好報答的。」

楚共王不依不饒：「雖然，必告不穀。」「不穀」是自謙。不行，總得有個態度吧，你得告訴我。

知罃說：首先還是要感謝您，讓我這個罪臣可以回到晉國。但我回到晉國之後，遭遇是不確定的，因為我是一個敗軍之將，在敵國被關押了九年。

知罃說，第一種可能是：我剛回到晉國，就因為當年的失敗而被國君殺掉。如果是這個結局，我也心安理得，為國家而死，「死且不朽」。

第二種可能是：因為您的恩德，我能得到赦免，重回父親荀首的身邊。父親會怎樣對我呢？他可能也會怪罪我，因為我讓家族蒙羞，於是他行家法賜我一死。如果我是這個結局，那我仍然心安理得，為了祖宗榮耀而死，「亦死且不朽」。

第三種可能是：他們都不殺我，讓我繼續在宗族中履行職務，繼續承擔國家責任，那我將「帥偏師以修封疆」。

古人的表達方式非常委婉，把自己國家的軍隊叫作「偏師」。知罃表示，假如留我一條命，那我將繼續為國而戰。假如某天又在戰場上遇到您，那我也將忠誠地履行職責。我一定會用盡自己全部的力量，絕不對我的國家有二心。

讀到這裡，大家應該會明白，楚共王為什麼要和知罃對話。顯然，他想利用釋放知罃的機會籠絡他，讓他成為楚國安插在晉國的一枚棋子。

知罃是何等聰明，他知道自己被釋放並不是楚共王的恩典，而是兩國利益交換的結果。所以他義正辭嚴地表示，不怨恨楚共王，對楚共王也沒什麼好感激的，自己作為晉國人，會繼續全心全意為晉國效力。這就是他對楚共王的回應。聽了知罃的一番話，楚共王非但沒有生氣，反而深受震撼。他表示：「晉未可與爭。」一個國家能有知罃這樣客觀冷靜、盡忠職守的臣子，又怎會失敗呢？於是楚共王派人送上厚禮，將知罃隆重地送回了晉國。

這篇文章能教給我們很多東西。

第一，在看待問題時，一定要客觀，不要帶主觀情緒。

一個人被關押九年，會不會有怨氣？突然得到釋放，高不高興？但憤怒、高興，都只是主觀情緒。客觀是什麼？就是理智地分析自己被關的原因，以及被釋放的原因。關你不是因為討厭你，放你也不是因為喜歡你，都是利益變化的結果，何必帶情緒呢。

第二，堅守底線，才能贏得別人的尊重。

很多人以為只要滿足別人的要求，就可以得到尊重。事實上，想要贏得別人的尊重，必須守住自我底線，即做事要有原則、有操守、有信仰。對原則的堅守會讓你更加強大，誰會不尊重一個真正的強者呢？

11 〈馮煖客孟嘗君〉：做事學會留後路

我曾偶然聽到一首老歌，叫作《長鋏》，作者是一位師兄。這首歌旋律粗獷，盪氣迴腸，歌詞古樸悲涼：「長鋏，歸來乎！食無魚，出無車……」歌裡用到的典故，便出自這篇〈馮煖[1]客孟嘗君[2]〉。兩千多年後還有人慷慨高歌，可見文章的影響力之大。我常想，馮煖客孟嘗君之後，一定有數不清的人像馮煖一樣彈其劍鋏而歌，並熱切渴望遇到自己生命中的孟嘗君。

1 馮煖（ㄒㄩㄢ）：孟嘗君的食客。
2 孟嘗君：田氏，名文，字孟，號孟嘗君，戰國四公子之一，齊國的公族，在其父靖郭君田嬰死後，繼位薛公於薛城（今山東滕州東南），以廣招賓客、食客三千聞名。

〈馮煖客孟嘗君〉原文……

齊人有馮煖者，貧乏不能自存，使人屬[1]孟嘗君，願寄食[2]門下。孟嘗君曰：「客何好？」曰：「客無好也。」曰：「客何能？」曰：「客無能也。」孟嘗君笑而受之，曰：「諾[3]。」

左右以君賤之也，食以草具[4]。居有頃，倚柱彈其劍，歌曰：「長鋏[5]歸來乎，食無魚！」左右以告。孟嘗君曰：「食之比門下之客。」居有頃，復彈其鋏，歌曰：「長鋏歸來乎，出無車！」左右皆

1 屬：同「囑」，囑咐，介紹。
2 寄食：倚賴他人生活。
3 諾：表示答應，同意。
4 草具：粗糙的飲食。
5 鋏（ㄐㄧㄚˊ）：劍。

笑之，以告。孟嘗君曰：「為之駕，比門下之車客[6]。」於是乘其車，揭[7]其劍，過[8]其友曰：「孟嘗君客我！」後有頃，復彈其劍鋏，歌曰：「長鋏歸來乎，無以為家！」左右皆惡之，以為貪而不知足。孟嘗君問：「馮公有親乎？」對曰：「有老母。」孟嘗君使人給其食用，無使乏。於是馮煖不復歌。

後孟嘗君出記[9]，問門下諸客：「誰習計會[10]，能為文收責[11]於薛者乎？」馮煖署[12]曰：「能。」孟嘗君怪之，曰：「此誰也？」左右曰：「乃歌夫『長鋏歸來』者也。」

孟嘗君笑曰：「客果有能也！吾負[13]之，未嘗見也。」請而見之。謝曰：「文倦於事，憒[14]於憂，而性懦[15]愚，沉於國家之事，開罪於先生。先生不羞，乃有意欲為收責於薛乎？」馮煖曰：「願之。」於是約車治裝，載券契[16]而行。

辭曰：「責畢收，以何市[17]而反[18]？」孟嘗君曰：「視吾家所寡有者。」驅而之薛，使吏召諸民當償者，悉來合券。券遍合，起矯命[19]，以責賜諸民。因燒其券，民稱萬歲。

長驅到齊，晨而求見。孟嘗君怪其疾也，衣冠而見之，曰：「責

6 車客：有車可乘的食客。
7 揭：高舉。
8 過：拜訪。
9 記：通告。
10 計會：會計，管理計算財物出納之事。
11 責（ㄓㄞˋ）：通「債」。
12 署：簽寫、題寫（姓名）。
13 負：虧待。
14 憒（ㄎㄨㄟˋ）：困擾。
15 懦：懦弱。
16 券契：債券，互相約束的契據。
17 市：買。
18 反：同「返」。
19 矯命：假傳命令。

畢收乎？來何疾也？」曰：「收畢矣。」「以何市而反？」馮煖曰：「君云『視吾家所寡有者』，臣竊[20]計，君宮中積珍寶，狗馬實外廄，美人充下陳，君家所寡有者，以義耳。竊以為君市義。」孟嘗君曰：「市義奈何？」曰：「今君有區區之薛，不拊[21]愛子其民，因而賈利[22]之。臣竊矯君命，以責賜諸民，因燒其券，民稱萬歲，乃臣所以為君市義也。」孟嘗君不說[23]，曰：「諾，先生休矣。」

後期年，齊王[24]謂孟嘗君曰：「寡人不敢以先王之臣為臣！」孟嘗君就[25]國[26]於薛。未至百里，民扶老攜幼，迎君道中。孟嘗君顧謂馮煖：「先生所為文市義者，乃今日見之！」

馮煖曰：「狡兔有三窟，僅得免其死耳！今君有一窟，未得高枕而臥也。請為君復鑿二窟。」孟嘗君予車五十乘，金五百斤，西遊於梁[27]。謂梁王曰：「齊放其大臣孟嘗君於諸侯，先迎之者，富而兵強。」於是，梁王虛[28]上位，以故相為上將軍，遣使者，黃金千斤，車百乘，往聘孟嘗君。馮煖先驅，誡孟嘗君曰：「千金，重幣[29]也；百乘，顯使也。齊其聞之矣。」梁使三反，孟嘗君固辭[30]不往也。

20 竊：私自。
21 拊：同「撫」，撫慰。
22 賈（ㄍㄨˇ）利：取利、得利。
23 說：同「悅」。
24 齊王：齊湣（ㄇㄧㄣˇ）王，齊宣王之子。
25 就：回，歸。
26 國：指封邑。
27 梁：魏國，因魏都在大梁（今河南開封），故又稱「梁」。
28 虛：空出。
29 重幣：重金，厚禮。
30 固辭：堅決謝絕。

齊王聞之，君臣恐懼。遣太傅[31]齎[32]黃金千斤，文車[33]二駟[34]，服劍一，封書謝[35]孟嘗君曰：「寡人不祥[36]，被於宗廟之祟[37]，沉於諂諛[38]之臣，開罪於君。寡人不足為也，願君顧先王之宗廟，姑返國統萬人乎！」

馮煖誡孟嘗君曰：「願請先王之祭器，立宗廟於薛。」廟成，還報孟嘗君曰：「三窟已就，君姑高枕為樂矣。」

孟嘗君為相數十年，無纖介[39]之禍者，馮煖之計也。

本文出自《戰國策》。

31 太傅：職官名，為國君的老師及輔佐大臣。
32 齎（ㄐㄧ）：帶著。
33 文車：繪有圖案的車子。
34 駟：古代計算四匹馬所拉車輛的單位，相當於「輛」。
35 謝：道歉。
36 不祥：不善。
37 祟（ㄙㄨㄟˋ）：災禍。
38 諂諛（ㄔㄢˇ ㄩˊ）：逢迎阿諛。
39 纖介：小草。比喻非常微小。

一、破題：馮煖客孟嘗君

齊人有馮煖者，貧乏不能自存，使人屬孟嘗君，願寄食門下。孟嘗君曰：「客何好？」曰：「客無好也。」曰：「客何能？」曰：「客無能也。」孟嘗君笑而受之，曰：「諾。」

——〈馮煖客孟嘗君〉

孟嘗君是齊威王的孫子田文，與魏國信陵君、趙國平原君、楚國春申君並稱「戰國四公子」。孟嘗君的父親是歷史上頗有威名的靖郭君田嬰，曾經長期主持齊國的國政。在靖郭君的四十多個兒子裡，孟嘗君最有才能和雅量，格外受重視，並最終承襲了靖郭君的封地「薛」。

孟嘗君最為人所稱道的，就是廣泛招賢納士，門下食客多達數千人，在戰國四公子裡，他的門客最多。據說，他招納門客有個特點：不挑。不論是什麼人才，只要有心投靠孟嘗君，他一概招攬。後人對此褒貶不一，有人認為他海納百川，也有人認為他沽名釣譽，宋朝王安石還寫了篇〈讀孟嘗君傳〉批評他招人不設門檻。

〈馮煖客孟嘗君〉的開篇就體現了這一特點。齊國有個叫馮煖的窮光蛋，好像活不下去了，就託人將自己介紹給孟嘗君，希望做他的門客。於是孟嘗君問馮煖愛好什麼，馮煖回答說沒啥愛好；孟嘗君又問馮煖會些什麼，馮煖回答說啥也不會。孟嘗君聽完只是微微一笑：好吧。

二、「貪得無厭」的門客

左右以君賤之也，食以草具。居有頃，倚柱彈其劍，歌曰：「長鋏歸來乎，食無魚！」左右以告。孟嘗君曰：「食之比門下之客。」居有頃，復彈其鋏，歌曰：「長鋏歸來乎，出無車！」左右皆笑之，以告。孟嘗君曰：「為之駕，比門下之車客。」於是乘其車，揭其劍，過其友曰：「孟嘗君客我！」後有頃，復彈其劍鋏，歌曰：「長鋏歸來乎，無以為家！」左右皆惡之，以為貪而不知足。孟嘗君問：「馮公有親乎？」對曰：「有老母。」孟嘗君使人給其食用，無使乏。於是馮煖不復歌。

——〈馮煖客孟嘗君〉

雖然馮煖成了孟嘗君的門客，但大家都不重視他，給他吃粗劣的食物，而沒有當時門客的標配食物——魚。在他們看來，馮煖就是個啥也不會的關係戶，給他口吃的就行了。結果過了一段時間，馮煖倚著柱子用手敲起了劍，一邊敲一邊唱：「長劍啊，我們回去吧！吃的飯裡沒有魚啊！」

孟嘗君的手下聽到後氣壞了：不餓死你就不錯了，居然還挑挑揀揀！於是跑去向孟嘗君告狀。誰知孟嘗君聽完後很淡定：給他配魚，讓他跟普通門客吃的一樣。手下不解其意，只得照做。

誰知沒過多久，馮煖又開始敲自己的劍，邊敲邊唱：「長劍啊，我們回去吧！出門都沒有車啊！」孟嘗君的手下都恥笑他：能坐車的都是高級門客，你是誰啊？大家又跑去告訴孟嘗君。誰知孟嘗君依舊很淡定：給他配車，讓他跟高級門客一個待遇。

誰知馮煖有了車之後，立即向自己的朋友顯擺：看到沒有？孟嘗君給我的。但過了一段時間，馮煖仍舊不滿足，又開始敲劍唱歌了：「長劍啊，我們回去吧！家裡過不下去啊！」這下可把孟嘗君的手下噁心壞了，大家都極為討厭馮煖，沒見過這麼貪婪的人。可孟嘗君聽說後卻問道：「馮先生家裡有什麼親人嗎？」一打聽，他有位老母親。於是孟嘗君便派人給馮煖家裡送去衣食所需，讓馮煖的老母親不缺吃穿。有意思的是，自那之後，馮煖再也不唱他的「長鋏歌」了。

孟嘗君為什麼對馮煖百依百順？想知道答案，還得繼續往下看。

三、孟嘗君的心思

後孟嘗君出記，問門下諸客：「誰習計會，能為文收責於薛者乎？」馮煖署曰：「能。」孟嘗君怪之，曰：「此誰也？」左右曰：「乃歌夫『長鋏歸來』者也。」

孟嘗君笑曰：「客果有能也！吾負之，未嘗見也。」請而見之。謝曰：「文倦於事，憒於憂，而性懧愚，沉於國家之事，開罪於先生。先生不羞，乃有意欲為收責於薛乎？」馮諼曰：「願之。」於是約車治裝，載券契而行。辭曰：「責畢收，以何市而反？」孟嘗君曰：「視吾家所寡有者。」

——〈馮諼客孟嘗君〉

後來某天，孟嘗君對所有門客發布了一則通告：「誰習計會，能為文收責於薛者乎？」「計會」相當於今天的會計，就是懂算帳的人。「文」是孟嘗君的自稱，「為文收責於薛」就是替孟嘗君到薛地收債。前文說過，薛地是孟嘗君的私邑，當地百姓應該給孟嘗君繳稅，而有很多人欠了孟嘗君的債。

司馬遷在《史記》裡說自己到過薛地，發現那裡「多暴桀子弟」，相當難搞定。孟嘗君之所以需要發通告招募，也足以表明去薛地收債不是件容易的事，負責要債的這個人除了要會算帳，恐怕還得有點兒特殊手段。令所有人沒想到的是，馮諼主動請纓，表示自己會算帳，可以前往薛地替孟嘗君收債。

孟嘗君問：這人是誰啊？手下人提醒他：這就是當初總唱「長鋏歸來」的那位。孟嘗君聞言笑道：「客果有能也！」

從孟嘗君的這句話裡，我們足以窺見他真正的心思。「果」，就是果然、果真，說明孟嘗君一直就猜測馮諼是個有大能耐的人，儘管此前馮諼說自己一無所能，又不斷提出各種要求，但在孟嘗君看來，這恰恰說明此人不俗。馮煖彈劍而歌，要待遇都要得如此豪邁，豈是碌碌之輩！

透過這件事，我們也足以發現孟嘗君並非沽名釣譽，而是眼光獨到，認為非常之人必有非常表現，能夠不拘一格取用人才。而馮煖到來後的三次彈劍而歌，也是在考察孟嘗君是否值得輔佐。等他確認孟嘗君有識人之明和容人之量後，才開始展露自己的才能。

孟嘗君將馮煖叫到跟前，先是就此前自己沒有重用他道歉，繼而詢問馮煖是否真心願意幫忙。馮煖當即表示沒問題，然後收拾行李，帶上相關的債劵準備出發。出發前，馮煖問孟嘗君，收回來的錢給你買點兒啥？孟嘗君說：看我缺少啥就買啥！

孟嘗君萬萬想不到，這句話會讓他悔青了腸子。

四、送給孟嘗君的大禮

> 驅而之薛，使吏召諸民當償者，悉來合券。券遍合，起矯命，以責賜諸民。因燒其券，民稱萬歲。
>
> 長驅到齊，晨而求見。孟嘗君怪其疾也，衣冠而見之，曰：「責畢收乎？來何疾也？」曰：「收畢矣。」「以何市而反？」馮煖曰：「君云『視吾家所寡有者』，臣竊計，君宮中積珍寶，狗馬實外廄，美人充下陳，君家所寡有者，以義耳。竊以為君市義。」孟

嘗君曰：「市義奈何？」曰：「今君有區區之薛，不拊愛子其民，因而賈利之。臣竊矯君命，以責賜諸民，因燒其券，民稱萬歲，乃臣所以為君市義也。」孟嘗君不說，曰：「諾，先生休矣。」

——〈馮煖客孟嘗君〉

馮煖駕車到達薛地後，派人把那些欠債的人全部叫來對帳。等核對完所有帳目，馮煖做了一件讓人驚掉下巴的事：他非但沒有催債，反而當著眾人的面，一把火把債券燒了個精光，並假稱這是孟嘗君的命令。薛地的百姓先是吃驚，繼而歡喜萬分，高呼萬歲。幹完這些事，馮煖馬不停蹄地趕回孟嘗君身邊交差。

一大早看到馮煖，孟嘗君以為自己眼花了：怎麼這麼快就回來了？馮煖表示：債都收完了，收來的錢給你買了份大禮。孟嘗君連忙問：買的是啥？

馮煖這才不慌不忙地說道：您讓我看看您家裡少什麼，說少啥就買啥。我看了一圈，珍寶、犬馬、美女，您一樣不缺，就是缺少仁義。所以，我給您買了仁義回來。

孟嘗君都聽呆了：仁義？仁義怎麼買？

馮煖便告訴孟嘗君：您不愛自己封地的子民，還整天收他們的債，這就是不仁義。如今我已經假借您的名義，一把火把所有債券都燒了，這不就是給您買了仁義回來嗎？

這把孟嘗君氣壞了，啥也沒收回來，還把債全免了！說我缺仁義？是你缺心眼吧！但事已至此，又能如何呢？孟嘗君只得沒好氣地說了句：嗯，算了吧……

問題來了：馮煖這樣做到底值不值呢？答案很快就會揭曉。

五、狡兔有三窟

後期年，齊王謂孟嘗君曰：「寡人不敢以先王之臣為臣！」孟嘗君就國於薛。未至百里，民扶老攜幼，迎君道中。孟嘗君顧謂馮煖：「先生所為文市義者，乃今日見之！」馮煖曰：「狡兔有三窟，僅得免其死耳！今君有一窟，未得高枕而臥也。請為君復鑿二窟。」

——〈馮煖客孟嘗君〉

燒債券的事情過去一年後，齊湣王突然對孟嘗君說：「你是先王的臣子，不適合再當我的臣子了。」此事發生在齊湣王七年。他都即位七年了，突然拿「先王之臣」來說事，這顯然只是個藉口。《史記》記載，齊國貴族田甲在這一年劫持了齊湣王，事敗後，齊湣王懷疑孟嘗君參與了此事，便以「先王之臣」為藉口，拿孟嘗君開刀。

大難臨頭的孟嘗君無處可去，只能逃回自己的封地。令他意外的是，在距離薛地尚有百里之遠的地方，密密麻麻站滿了薛地的百姓，大家扶老攜幼，在大路上歡迎孟嘗君。直到此時，孟嘗君才回頭看著馮煖說道：您當初替我買的仁義，我今天才真正看見啊！

馮煖並不會未卜先知，但此事足以表明他的遠見卓識。馮煖知道，孟嘗君功高蓋主，遲早會有被猜忌的一天。雖然此前孟嘗君貴為齊相，但一切都建立在齊王信任他的基礎上。假如某天齊王對孟嘗君不再信任，能夠使他安身立命的，就只有他自己的封邑薛地。因此，馮煖便早早替孟嘗君收買了人心，使薛地成為他堅實的後盾。

就在孟嘗君以為自己可以高枕無憂的時候，馮煖卻說出「狡兔三窟」的道理。聰明的兔子都會找不止一個藏身的洞穴，因為任何一條後路都不會百分之百可靠。馮煖提醒孟嘗君，您現在只有薛地這一條後路，就像兔子只有一個洞穴，如果未來守不住薛地怎麼辦？所以，我還要再給您鑿兩個洞才行啊！

俗話說，不要把雞蛋都放在一個籃子裡。讀到此處，我們不妨也想想，還可以替孟嘗君準備什麼後路呢？

六、馮煖的奇計

孟嘗君予車五十乘，金五百斤，西遊於梁。謂梁王曰：「齊放其大臣孟嘗君於諸侯，先迎之者，富而兵強。」於是，梁王虛上位，以故相為上將軍，遣使者，黃金千斤，車百乘，往聘孟嘗君。馮煖先驅，誡孟嘗君曰：「千金，重幣也；百乘，顯使也。齊其聞之矣。」梁使三反，孟嘗君固辭不往也。

> 齊王聞之，君臣恐懼。遣太傅齎黃金千斤，文車二駟，服劍一，封書謝孟嘗君曰：「寡人不祥，被於宗廟之祟，沉於諂諛之臣，開罪於君。寡人不足為也，願君顧先王之宗廟，姑返國統萬人乎！」
>
> 馮煖誡孟嘗君曰：「願請先王之祭器，立宗廟於薛。」廟成，還報孟嘗君曰：「三窟已就，君姑高枕為樂矣。」
>
> 孟嘗君為相數十年，無纖介之禍者，馮煖之計也。
>
> ——〈馮煖客孟嘗君〉

首先，馮煖作為孟嘗君特使，帶著五十乘車、五百斤黃金，一路向西，前往魏國大梁面見魏惠王。這個陣仗本身就足以顯示孟嘗君的雄厚實力，更何況孟嘗君在齊國經營多年，門客遍天下。馮煖對魏惠王說，孟嘗君已經被齊湣王放逐了，誰能搶先得到他，誰就可以稱霸天下。這句話其實並不誇張，對與齊國素來不和、一心想要稱霸的魏惠王更是有著致命的吸引力。於是魏惠王派出使團，帶著百乘車馬、千斤黃金，前往薛地聘請孟嘗君，並許以魏相之位。

如此大的陣仗，自然引起了所有人的注意。消息傳到臨淄，把齊湣王嚇壞了。假如孟嘗君去了魏國，且不說他的三千門客和雄厚財力，單憑他對齊國的瞭解，就會要了齊國的命。孟嘗君是把好槍，雖然放在自己手上怕走火，但總比送給敵人強啊！

那麼，孟嘗君究竟會留在齊國，還是會奔赴魏國呢？

其實早在出發之前，馮煖便告誡孟嘗君，不論魏國開出什麼條件，一概拒絕。魏惠王如此急迫地想要聘請孟嘗君，只是因為看重他能給魏國帶來的價值。假如孟嘗君幫助魏國對付齊國，就會成為齊國的罪人，而且在魏國很可能是兔死狗烹的結局；假如孟嘗君不幫助魏國對付齊國，魏惠王也不會白白養著孟嘗君。但只要孟嘗君不去魏國，便可以保留對齊國的威懾力和對魏國的吸引力，齊湣王就不敢對孟嘗君動手！

這一招太妙了，不但讓孟嘗君從「討人嫌」變成了「炸子雞」，而且充分贏得了齊國的民心和齊湣王的信任。齊湣王聽說魏惠王派人多次聘請孟嘗君不成，既害怕又感動。感動的是，孟嘗君真夠意思，不肯背棄齊國；害怕的是，萬一他哪天真去魏國了怎麼辦。

於是，齊湣王也連忙派遣太傅帶上重禮和信物前往薛地，並寫了一封親筆信向孟嘗君道歉：我是個糊塗蛋，當初聽信讒言懷疑您，都是我不好！希望您不要計較，哪怕看在列祖列宗的面子上，也要留在齊國統領黎民百姓啊！

此時，馮煖為孟嘗君鑿的第二窟算是完成了，但還有第三窟。別看孟嘗君變成了香餑餑，假如將來齊王又猜忌他怎麼辦。就算齊王不親自攻打，也可以默許其他國家進犯薛地，到時候孟嘗君仍然沒有立足之處。馮煖非常懂得趁熱打鐵的道理，趁現在齊湣王對孟嘗君百依百順，順勢提出請求，希望可以在薛地設立先王宗廟，以便祭祀。表面上看，這是進一步體現孟嘗君對齊國的忠心，實則真正將薛地變成了孟嘗君的庇護所。未來齊王如果攻打薛地，就是對先王不敬；其他國家如果進犯薛地，齊王也必定要派兵支援。齊國先王的宗廟，就是孟嘗君永不過期的護身符。

如此一來，孟嘗君真正做到了進可攻、退可守，再也無懼齊王的猜忌和政壇的動盪，如同狡兔「三窟已就」，可以高枕無憂了。此後，孟嘗君在齊為相數十年，屹立不倒，全賴馮煖的計謀。

我們讀〈馮煖客孟嘗君〉，常常感慨馮煖的遠見卓識，也感慨賢才的難辨與難得。假如不是遇到孟嘗君，恐怕馮煖的驚天才華終生無處施展；假如不是遇到了馮煖，孟嘗君恐怕早就已經身敗名裂。明主和賢才相互信任，彼此成就，才能書寫歷史和人生的輝煌，難怪千百年來總有讀者對此生出無盡的慨嘆和嚮往。

參、說話

當你在和他人交涉的時候，
你一定要明白對方到底要什麼。
盡可能地讓對方從「情」和「理」
兩個方面來理解你做事的原因和道理。

12 〈石碏諫寵州吁〉：寵你就是害了你

這篇文章涉及的主題與做父母的人密切相關：怎麼管教孩子。

以前有段相聲說到怎麼管教別人家的孩子，簡直頭頭是道，甚至「老虎凳」「辣椒水」都用上了，輪到管教自己家孩子就捨不得了，因為「我們家那是親兒子」。事實往往如此，很多人一面說著孩子得管教，一面幹著寵孩子的事。就像有人說的，「聽了很多大道理，還是過不好這一生」。問題出在哪兒？我想，很大的可能在於，你只是簡單地聽和說這些道理，入耳卻沒入心。王陽明說「知而不行，只是未知」，即是此理。

〈石碏[1]諫寵州吁〉這篇文章，也許可以幫助你真正認識到，父母為什麼不能寵孩子。

1 石碏（ㄑㄩㄝˋ）：衛國大夫。

〈石碏諫寵州吁〉原文

衛莊公娶於齊東宮得臣[1]之妹，曰莊姜，美而無子。衛人所為賦〈碩人〉[2]也。又娶於陳，曰厲嬀[3]。生孝伯，蚤[4]死。其娣[5]戴嬀，生桓公，莊姜以為己子。

公子州吁，嬖人[6]之子也。有寵而好兵，公弗禁，莊姜惡之。

1 東宮：代稱太子，本指太子的住所和辦公地點，因為在皇宮東邊，所以稱為東宮。得臣：齊國太子名，姜姓，齊莊公太子。

2〈碩人〉：《詩經．衛風》篇名。

3 厲嬀（ㄍㄨㄟ）：嬀姓，陳國人。厲與戴，均為諡號。

石碏諫曰：「臣聞愛子，教之以義方，弗納於邪。驕、奢、淫、佚[7]，所自邪也。四者之來，寵祿過也。將立州吁，乃定之矣；若猶未也，階[8]之為禍。夫寵而不驕，驕而能降，降而不憾[9]，憾而能昣[10]者，鮮矣。且夫賤妨貴，少陵長，遠間親，新間舊，小加大，淫破義，所謂六逆也。君義、臣行，父慈、子孝，兄愛、弟敬，所謂六順也。去順效逆，所以速[11]禍也。君人者，將禍是務去，而速之，無乃不可乎？」弗聽。

其子厚與州吁遊。禁之，不可。桓公立，乃老[12]。

本文出自《左傳・隱公三年》。

4 蚤：通「早」。
5 娣：古時稱妹妹為「娣」，厲嬀的妹妹戴嬀隨嫁衛莊公。
6 嬖（ㄅㄧˋ）人：地位卑微而受到寵倖的人。
7 佚（ㄧˋ）：沒有規矩，不受約束。
8 階：逐級、逐步。
9 憾：怨恨、不滿。
10 昣（ㄓㄣˇ）：安重，隱忍，不輕舉妄動。
11 速：招致。
12 老：年老而退休。

一、破題：石碏諫寵州吁

標題涉及兩個人：一個叫石碏，是衛莊公的一名臣子，有遠見卓識；另一個叫州吁，是衛莊公的兒子，頗受衛莊公寵愛。標題背後還藏著一個關鍵人物：衛莊公。春秋時期有兩個衛莊公，一個名揚，是衛國第十二任國君，史稱「衛前莊公」，〈石碏諫寵州吁〉說的就是這一位；另一個名蒯聵，是衛國第三十任國君，史稱「衛後莊公」，孔子的弟子子路就死在他手上。衛國的這兩個莊公，歷史評價都不高，而且都是不合格的父親。衛前莊公寵溺小兒子州吁，導致州吁恃寵而驕，最終弒兄篡位；衛後莊公則為了自己上位，派人暗殺當上國君的兒子。

州吁殺掉衛桓公篡位自立，是春秋時期第一樁弒君案。但早在州吁弒君前的二十年，石碏就曾勸諫衛莊公，寵溺州吁必將釀成大禍，這就是〈石碏諫寵州吁〉的主要內容。州吁到底是個怎樣的兒子？

二、莊姜是誰

衛莊公娶於齊東宮得臣之妹，曰莊姜，美而無子。衛人所為賦〈碩人〉也。

——〈石碏諫寵州吁〉

文章先寫了一個看似無關的人：莊姜。作者圍繞莊姜，交代了三點資訊。

第一，莊姜是齊東宮得臣的妹妹。這裡的「東宮」是指太子，這一點大家並不陌生。「齊東宮」就是齊國的太子，「得臣」是齊國太子的名字。這說明什麼呢？說明莊姜背後有靠山。我在〈鄭伯克段于鄢〉裡詳細分析過古人聯姻的情況，這裡不再贅述。衛莊公從齊國娶來的這位夫人姜氏，後世稱為「莊姜」：「姜」是齊國的國姓，謚號與丈夫莊公相同。

第二，莊姜「美而無子」，這個資訊非常重要。莊姜是正妻，背後又有強大的齊國，由她的兒子來當衛國的下一任國君再穩妥不過了，誰知莊姜竟沒有兒子，這就給衛國的後宮增添了許多變數。

第三，《詩經》裡有一篇〈碩人〉，就是衛人頌莊姜的。這首詩對很多人而言並不陌生，「手如柔荑，膚如凝脂」「巧笑倩兮，美目盼兮」等誇美女的名句都出自這裡。可以說，莊姜是現存記載中最早的大美女。什麼叫「碩人」？碩的意思就是大，齊國位於今山東，很多山東人長得比較高大，莊姜也是大個子。除了高大這層意思，「碩人」這個稱呼裡還有一種崇敬的意味——就像「大人」這個稱呼裡有尊敬，而「小人」這個稱呼裡有貶低。所以，從〈碩人〉這首詩來看，莊姜在衛國是很受愛戴的，除了長得美，為人也一定很不錯。〈碩人〉滿篇都是對莊姜的誇讚，一言以蔽之：「白富美。」我們來簡單讀兩段。

碩人其頎，衣錦褧衣。齊侯之子，衛侯之妻。東宮之妹，邢侯之姨，譚公維私。
手如柔荑，膚如凝脂，領如蝤蠐，齒如瓠犀，螓首蛾眉，巧笑倩兮，美目盼兮。
——《詩經．衛風．碩人》

第一段主要講莊姜的「富」和「貴」。「碩人其頎」，是說莊姜身段高眺；「衣錦褧衣」，是說莊姜雍容華貴。接著交代莊姜的身分，她是齊國國君的女兒、衛國國君的正妻、齊國太子的妹妹、邢國國君的小姨、譚國夫人的姊妹。這一疊名片扔出來，著實有些驚人。

第二段則集中表現了莊姜的「白」和「美」。詩裡說，莊姜的手像「柔荑」，即柔軟的水草，又軟又嫩。莊姜的皮膚像「凝脂」，什麼叫「凝脂」？有人說，像豬油凍上了。這就沒法想像了。古人講究「神似」，打比方時不僅要考慮外形，還要抓住內在特點。「凝脂」有什麼特點？一是滑，二是白，三是涼，也就是冰肌玉膚。同樣，莊姜的脖子像「蝤蠐」，又細又長又白；牙齒像「瓠犀」，既白皙又整齊；「螓首蛾眉」，額廣而方，眉細而長。總之，太美了。莊姜的美還屬很靈動的類型，「巧笑倩兮，美目盼兮」，總是笑語盈盈，顧盼生姿，看你一眼，讓你「三月不知肉味」。

三、雞飛狗跳的後宮

又娶於陳，曰厲嬀。生孝伯，蚤死。

——〈石碏諫寵州吁〉

莊姜沒有孩子，但衛國不能沒有繼承人，所以衛莊公「又娶於陳」，從陳國娶了位夫人，後世稱為「厲嬀」。嬀是陳國的國姓，而「厲」是這位新夫人死後的諡號。這位新夫人怎麼樣？很差勁，從她的諡號就可以得知。

「厲」是一個非常糟糕的諡號，例如周厲王，貪財好利，暴虐無道，導致國人暴動。什麼樣的女人會得到「厲」這樣的諡號呢？諡法說，「長舌階禍曰厲」。長舌的意思當然不是舌頭長，而是喜歡傳播各種八卦、小道消息。一個人喜歡說人壞話，無中生有，造謠生事，最終會惹禍上身，這就叫「長舌階禍」。所以，透過「厲」這個諡號，我們就知道當年衛莊公的後宮絕對雞飛狗跳：來自陳國的新夫人愛搬弄是非，今天挑這個人的毛病，明天說那個人的是非，誰知最後反害了自己，大禍臨頭。具體是什麼禍呢？文章緊接著交代了五個字：生孝伯，蚤死。

「蚤死」就是「早死」，也就是說，這個喜歡搬弄是非的厲嬀，生了個兒子叫孝伯，沒養大就死了。衛莊公接連兩任正妻都在生養孩子的方面有問題，到底是誰在興風作浪？

四、誰在興風作浪？

其娣戴嬀，生桓公，莊姜以為己子。

——〈石碏諫寵州吁〉——

古人娶妻可不像今天找老婆那麼簡單，而是家族勢力甚至國家勢力的聯合。之前，衛莊公娶莊姜，是和齊國聯姻。誰知莊姜沒兒子，衛莊公又和陳國聯姻，因為齊國和陳國都是當時衛國周邊比較強大的國家。厲嬀從陳國來衛國的時候，還帶了個隨嫁的妹妹，古代叫「娣」。這就是出現在文章裡的第三個女人，謚號是「戴」，所以稱為「戴嬀」。「戴」是個很好的謚號，指「典禮不愆，愛民好治」，意思是守禮愛民。這說明戴嬀是個很守規矩的女人。

戴嬀也生了一個兒子，他就是衛莊公的繼任者：衛桓公。桓公能夠最終當上衛國的國君，當然有陳國勢力的影響，但也離不開莊姜的支持。文章特意交代，莊姜對戴嬀的兒子視如己出。這再一次說明，莊姜是個識大體的女人，而戴嬀和她的兒子都能得到莊姜的認可，也反過來印證了他們的品行。

講到這裡，故事變得更加撲朔迷離。我們梳理一下出現的三個女人各自的情況：

莊姜，齊國公主，得民心、識大體，美而無子；

厲媯，陳國公主，嚼舌頭、愛挑事，生子早死；

戴媯，陳國小公主，本分、守規矩，生子即位。

莊姜和戴媯不是作惡的人，厲媯雖然事多，但不會害死自己的孩子，也就是說，在衛莊公的後宮裡興風作浪的，另有其人。

五、公子州吁的身世

> 公子州吁，嬖人之子也。有寵而好兵，公弗禁，莊姜惡之。——〈石碏諫寵州吁〉——

在交代了莊姜、厲媯、戴媯三人之後，文中突然殺出一對母子。女人沒有名字，身分是嬖人，而她的兒子，便是文章標題裡的州吁。

什麼叫「嬖人」？「嬖」的甲骨文字，是一個人站在一旁，服侍一個坐著的人。所以，「嬖」的本意是奴婢。如果這個人得到了君王的寵倖，就叫「嬖人」。而州吁就是衛國的一個嬖人和衛莊公所生的兒子。

我們來看看文章是如何描述州吁的。

首先，州吁是嬖人之子。這是交代州吁的出身。古人認為，出身體現地位。比如屈原在《離騷》裡要自證清白，就先說自己出身高貴；再比如陳琳罵曹操，就先攻擊曹家祖上三代。

當然，出身和教養不能畫等號，但《左傳》強調州吁母親的嬖人身分，用意是比較明顯的。

其次，州吁確實品行不端，主要表現為好兵，即喜歡打仗。我們今天常說要熱愛和平，因為一個好戰分子絕不會安分守己，會想方設法搞得周圍雞飛狗跳。假如這個人還是國君的兒子，麻煩就更大了，輕則以下犯上，重則禍國殃民。再次，地位低下的州吁頗得衛莊公的寵溺。衛莊公明知州吁好兵，卻不禁止，我們從中也可以看出莊公目光短淺，是非不分。我在講解〈鄭伯克段于鄢〉時曾說，孩子身上的問題，根源在於父母。

最後，文中特意交代，莊姜很討厭州吁。莊姜是一位美麗善良、得民心、識大體的高貴女子，她對州吁的不端行為，當然會很生氣。

六、父母最該做什麼

> 石碏諫曰：「臣聞愛子，教之以義方，弗納於邪。驕、奢、淫、佚，所自邪也。四者之來，寵祿過也。」
>
> ——〈石碏諫寵州吁〉

「養不教，父之過」，州吁的肆無忌憚，完全在於其父衛莊公的縱容。對這一點，衛國大臣石碏有清晰的認識，所以主動勸諫衛莊公。石碏又稱公孫碏，名碏，字石。前文講過，春秋時期的「公子」指的是「公之子」，那麼「公孫」則是「公之孫」，這就說明石碏是衛國宗親。

公孫碏的一部分後人用「石」作為氏，成為今天石姓的一個來源，公孫碏也因此被後世稱為「石碏」。「碏」的意思是石之雜色，巧的是，《列子》裡有女媧煉五色石補天的傳說，而石碏這塊「五色石」也對衛國有補天之功。

石碏先提出了一個觀點：「臣聞愛子，教之以義方，弗納於邪。」這是一個非常重要的問題：怎樣教育孩子？孩子教育不好，重要原因就是父母的認知出了問題。石碏認為，父母愛孩子，不要什麼都管，但有兩個字不能不教，一個是「義」，另一個是「方」。

什麼是「義」？義就是正確的事，該做的事。今天很多家長教孩子怎麼做題，怎麼拿高分，這些其實都不是家長該做的。家長應該幫助孩子樹立正確的價值觀，讓孩子知道什麼是對的，什麼是錯的。這就是「義」。

什麼是「方」？方就是規矩。一個群體中要遵守共同的規則，比如紅燈停、綠燈行，不能由著自己的性子來。今天有些家長是怎麼教育孩子的呢？孩子一不高興，全家雞飛狗跳，讓誰吃虧也不能讓孩子吃虧，最終培養出唯我獨尊的「小皇帝」，毫無規矩可言。

石碏認為，能幫孩子明是非、立規矩的父母，才是愛孩子的父母，才不會把孩子引向邪路。

「邪」是與「正」相對的概念，我們常說「正邪不兩立」。但問題是，走邪路的人從來不覺得自己「不正」。那麼，「正」和「邪」到底有什麼本質區別？

有一個成語叫「心術不正」，出自《管子・心術》。《管子》認為，心術正還是不正，關鍵在於心能否管住身體：如果能管住，就是「正」；如果管不住，就是「邪」。舉個例子。當看到一個自己喜歡但不該要的東西，你會怎麼做呢？你知道拿走是不對的，但你想要它。這時你的心就在和身體「打架」了。如果你的心能夠管住身體，就不會被誘惑，這就是正路；如果身體管住了你的心，你就會「昧著良心」，想方設法地占有，這就是邪路。人一旦走上邪路，就會越來越糟，終將釀成大禍。

孟子說：「人之所以異於禽獸者幾希。」人和其他動物的差別其實並不大。動物多靠身體本能做事，但人做事主要憑良心。就是這一點點差別，就讓人成為人，成為「萬物之靈」。

那麼，怎樣讓心具有強大的定力，能抵禦外界誘惑，真正掌控自己的身體呢？古人認為，靠的是「義」和「方」。

所以石碏才說，真正愛孩子，要「教之以義方」。他繼續說：「驕、奢、淫、佚，所自邪也。」一個人如果管不住自己，就會出現「驕、奢、淫、佚」四大問題。

第一個是「驕」，本義是高頭大馬，後指自視甚高，覺得自己比誰都強。不講是非和規矩的孩子，會覺得自己是天下第一，所有人都得以他為中心，為他服務。今天很多家庭裡的「小皇帝」「小公主」，就是「驕」。

第二個是「奢」，本義是深宅大院，後指貪圖享受，凡事講排場、好面子。既然誰都比不上我，那我當然要求吃最好的、穿最好的、住最好的、用最好的，這就是「奢」。今天有些孩子不跟別人比本事，偏跟別人比品牌，買東西只喜歡買名牌的，不給買就鬧脾氣。這就是「奢」。

第三個是「淫」，古代指過度放縱、沒有節制。這個問題在今天很多孩子身上都有。他們喜歡吃什麼就會一直吃，喜歡玩什麼就會一直玩，父母也不在意，反正買得起。哪怕買不起，也不能讓孩子「吃苦」，於是毫無節制地放縱孩子的欲望，造成很多孩子不知收斂，縱欲無度。這就是「淫」。

第四個是「佚」，這是通假字，同「逸」，指沒有規矩、不受約束。很多家長在孩子青春期時很頭疼，覺得孩子小時候那麼聽話，長大後怎麼變成這樣了？雖然孩子在青春期容易叛逆，但主要是因為父母在孩子小時候忽視了「義」和「方」的教育，想管教的時候，已經管不住了。

可以說，驕、奢、淫、逸四大問題，無一不來自「義」和「方」教育的缺失。所以石碏總結說，「四者之來，寵祿過也」。根源就在「寵祿」兩個字上。

「寵」和「祿」有一定的區別。「寵」是精神驕縱，「祿」是物質驕縱。想把全世界最好的都給孩子，這是做父母的正常心理，從情感上講是完全可以理解和值得讚美的。但古人的智慧在於能從遠處著眼，看到了這樣做對孩子身心成長的不利之處。父母畢竟只能寵孩子一時，無法寵他們一世，每個人的路都要自己走。

七、「神預言」從何而來

> 將立州吁，乃定之矣；若猶未也，階之為禍。夫寵而不驕，驕而能降，降而不憾，憾而能眕者，鮮矣。
>
> ——〈石碏諫寵州吁〉

前面一段勸諫，是站在理性高度講道理。道理講完，石碏便回歸現實，直接提到了公子州吁：「將立州吁，乃定之矣；若猶未也，階之為禍。」這裡的「階」可以理解為逐級、逐步。這句話的字面意思是，如果要立州吁為繼承人，請儘快確定，否則一定會逐步釀成大禍。那麼，這是否代表石碏支持州吁呢？當然不是。嫡長子繼承制是規矩，石碏和衛莊公都知道，立桓公為君就證明了這一點。所以，石碏只是用委婉的表達方式，真正的意思是：只要州吁沒有當上國君，他絕不會善罷罷休。換句話說，未來新君即位，州吁必定造反！

兩千多年後的今天，我們仍然十分佩服石碏的判斷。州吁弒桓公篡位，發生在桓公即位的第十六年。石碏篤定地預言了多年後的國家大事。我們來看他是如何做出這個判斷的。

「夫寵而不驕，驕而能降，降而不憾，憾而能眕者，鮮矣。」這一串話像繞口令，是石碏預判州吁未來定會造反的邏輯推理，論述極為精采。

首先，「寵而不驕」是不可能的。一個孩子受寵慣了，會理所當然地認為自己值得被寵，從而產生唯我獨尊的意識。所以，受寵的孩子必然驕縱。

其次，「驕而能降」是不可能的。這裡的「降」是指「降心」，也可以簡單地理解為放下身段或者低頭。一個內心唯我獨尊的孩子，當然無法放下身段，更不會允許任何人爬到自己頭上。所以，驕縱的孩子不會心甘情願在別人面前低頭。

再次，「降而不憾」是不可能的。這裡的「憾」，是指怨恨、不滿。儘管不想低頭，但新君即位以後，州吁卻不得不低頭，而他從小驕縱，心中豈能沒有怨恨。所以，一個從小受寵的人被迫臣服於他人時，一定會心懷怨恨。

最後，「憾而能眕」是不可能的。這裡的「眕」是指克制、自重。如果一個人心裡有了怨恨和不滿，他終究會在行為上有所表現，哪怕忍得了一時，也忍不了一世，必定付諸行動。

所以石碏推斷，新君即位後，驕縱的州吁必定無法屈居人下，心中必生怨恨，也絕不會善罷罷休。而州吁天生好戰，他必將在衛國掀起一場腥風血雨！

講到這裡，除了贊佩石碏的先見之明，我們更應該想一想，為什麼一定不要寵孩子。所有唯我獨尊的「小皇帝」「小公主」，終究都會走向社會，終將獨立面對屬於自己的工作和生活。假如一個人從小驕縱，只會抬頭不會低頭，只知索取不知付出，只知爭搶不知謙讓，勢必無法與他人和諧相處，最終害人害己。

八、管理者的責任是什麼

且夫賤妨貴，少陵長，遠間親，新間舊，小加大，淫破義，所謂六逆也。君義、臣行，父慈、子孝，兄愛、弟敬，所謂六順也。去順效逆，所以速禍也。君人者，將禍是務去，而速之，無乃不可乎？

——〈石碏諫寵州吁〉

不論是父母還是君王，都可以說是管理者。管理者要負起怎樣的責任？在石碏看來，一定要預判問題，並阻止其發生。而要做到這一點，就必須抓住規律，掌握順逆，遵循天理。所謂「順」，就是順應天理人心；「逆」，則是違背了天理人心。王陽明說「心即理」，天理與良知本就自然合一。石碏認為，衛莊公對州吁的過度寵愛，已經違背了天理人心。具體來說，表現為「六逆」，即「賤妨貴，少陵長，遠間親，新間舊，小加大，淫破義」。

什麼是「賤妨貴」？賤是地位低，貴是地位高。周王朝講秩序，高低貴賤不能錯亂，如果低賤的人比高貴的人更受寵，就是「賤妨貴」。那麼，誰是賤，誰是貴？顯然，州吁賤，莊公的嫡長子公子完（桓公）貴，讓州吁妨礙公子完，國家秩序就會亂。

什麼是「少陵長」？少就是年紀小，長就是年紀大。這句是說，州吁的年紀小，公子完年紀大，如果讓州吁淩駕於公子完之上，王室秩序就會亂。

同樣，「遠間親」「新間舊」「小加大」「淫破義」，都是此理。石碏認為，公子完是嫡長子，也是名正言順的儲君，而州吁只是一個年少的庶子，莊公過分寵愛州吁，這已經違背了天理人心，所以為「逆」。那麼，「順」又是怎樣的呢？

「君義、臣行，父慈、子孝，兄愛、弟敬。」君主要擺正自己的位置，價值觀、人生坐標要正確，這叫「義」；臣子忠實地執行君主的命令，這叫「行」；父親要「慈」，孩子要「孝」；哥哥要「愛」，弟弟要「敬」。以上六種道德行為規範，順應天理人心，稱為「六順」。我們平時老說「順者昌，逆者亡」，就是強調言行要順應天理人心，既要遵守秩序，也要順應天道。

儒家尤其強調秩序，「正名」「為政以德」「不在其位，不謀其政」等，都是強調身分和守本分，地位要與言行匹配，即在什麼位置幹什麼事。作為君主，不要搶大臣的活兒，也就是說，君主是國家的掌舵人，要知人善任，具體的事情要由臣民來做。臣民、父親、孩子、哥哥、弟弟，都把自己該做的事情做好，這樣，天下自然大治。相反，「君不君，臣不臣，父不父，子不子」，如前文說的鄭莊公和共叔段，弟弟造哥哥反，哥哥挖坑害弟弟，國家就會亂套。

作為管理者，一定要學會「順勢而為」，這個勢就是天理人心，否則會招致禍患。顯然，衛莊公在這方面是完全不合格的。州吁肆意妄為，他非但不阻止，反而聽之任之。這就是石碏批評他「速禍」的原因。

九、石碏大義滅親

> 其子厚與州吁遊。禁之，不可。桓公立，乃老。
>
> ——〈石碏諫寵州吁〉

雖然石碏慧眼如炬、苦口婆心，但衛莊公不為所動。除了衛莊公，還有一個人聽不進石碏的話，那就是石碏的一個兒子，石厚。同為衛國宗室子弟，石厚和州吁經常廝混，而這對早就看透州吁的石碏來說，顯然是不可接受的。

兒子犯了錯，父親要怎麼做？衛莊公與石碏的做法相反。州吁「好兵」，衛莊公「弗禁」；石厚「與州吁游」，石碏則「禁之」。

可惜，雖然石碏禁止，但兒子石厚就是不聽。石碏無奈，等桓公即位，他就做了一件事，原文叫「老」，意思是告老還鄉。石碏早已預判州吁會造反，而自己那個管不了的兒子也會跟著作亂，所以趕緊遠離是非之地。

果不其然，州吁在哥哥桓公即位之後，三番五次挑事。沒幾年，州吁就被衛桓公趕出衛國。那他去了哪兒呢？〈鄭伯克段于鄢〉提過衛國周邊有個「避難所」。

沒錯，就是共國，也是後來鄭莊公的弟弟段最後的逃亡之地。兩個不聽話的弟弟碰到一起，可算是找到了知己，整天商量怎麼收拾哥哥。結果，還真讓州吁找到了機會。某次衛桓公出行，州吁趁其不備，帶領一群「流亡通緝犯」發動突襲，殺掉桓公，篡奪了衛國的國君之位。

州吁成為國君後仍不滿足，因為他從小好兵，就想給自己的好哥兒們共叔段出頭，於是聯合了陳國、蔡國和宋國，對鄭國發動了戰爭。鄭莊公當然不好惹，面對四國聯軍，他毫不示弱，跟他們打得不可開交。州吁一點兒便宜沒占到，反而勞民傷財，再加上他弒君篡位，得位不正，這就使得整個衛國怨聲載道，反對他的聲音越來越大。

州吁見自己的地位不穩，忙找親信出主意。石厚表示，自己那退休多年的老爹深謀遠慮，可以聽聽他的意見。州吁只能請石碏出山，石碏還真給他們指了一條路。

石碏表示，州吁得位不正，當務之急是取得周天子的認可，這樣，誰也不能再說什麼了。但問題是，周天子會認可州吁嗎？這就需要找到天子身邊的紅人，幫著說說好話，哪怕付出一些代價也是值得的。州吁認為非常有道理，就採納了石碏的建議。那麼，誰是周天子身邊的紅人呢？陳國的國君陳桓公。於是，州吁親自出馬，前往陳國，希望陳桓公幫自己到周天子那裡說好話。

大家有沒有發現蹊蹺之處？按理說，石碏連官都不願意當，怎麼會突然幫助州吁出主意。其實，這裡藏了一個大雷。陳國是哪個國家？我們知道，厲媯和戴媯都是從陳國嫁過來的，而衛桓公是戴媯的兒子，換句話說，州吁殺掉的衛桓公，正是陳國的外甥。

石碏糊弄完州吁後，暗中派人到陳國報信，請求陳桓公幫忙捉拿州吁這個弒君兇手。結果，州吁剛到陳國就被抓住了，接著就被石碏派人殺掉了。州吁餘黨也都沒能逃脫制裁，紛紛被殺，包括石碏的兒子石厚。這就有了中國歷史上著名的典故：大義滅親。

這篇文章是希望大家凡事要往長遠看，也告誡每一位家長，寵孩子就是害孩子。

13 〈諫逐客書〉：如何防止被辭退

提到李斯，歷史上評價不一。有人說他是幫助嬴政統一天下的主要功臣，是堪比周公、召公的不世奇才，只可惜最後陷入小人趙高的陰謀；有人說他儘管才智過人，但為人卑劣，不僅嫉妒韓非並害死了他，還是秦朝覆滅的罪魁禍首，悲慘結局實屬罪有應得。想要瞭解李斯究竟是怎樣的人，我們可以讀一讀《史記・李斯列傳》，書裡除了司馬遷對李斯一生的記錄和感慨，還全文載錄了李斯親筆寫的文章〈諫逐客書〉。

〈諫逐客書〉原文

秦宗室大臣皆言秦王曰：「諸侯人來事秦者，大抵為其主遊間[1]於秦耳，請一切逐客。」李斯議亦在逐中。斯乃上書曰：

「臣聞吏議逐客，竊以為過矣[2]。昔穆公求士[3]，西取由余於戎[4]，東得百里奚[5]於宛，迎蹇叔[6]於宋，求丕豹、公孫支[7]於晉。此五子者，不產於秦，而穆公用之，并國二十，遂霸西戎。

1 遊間：遊說離間。
2 吏：這裡指秦國的宗室大臣。議：商議，決定。逐客：驅逐客卿。客卿是當時各諸侯國授給外來士人的官職。竊：私下裡。過：錯。
3 求士：收羅人才。
4 由余：晉國人，原為戎王之臣，出使秦國，秦穆公設法使其投奔秦國，成為穆公謀臣。戎：西戎，對西部少數民族的總稱。
5 百里奚：原為虞國大夫。虞亡於晉，他為晉所俘，作為秦穆公夫人（晉獻公之女，

「孝公用商鞅之法，移風易俗，民以殷盛，國以富強，百姓樂用，諸侯親服，獲[8]楚、魏之師，舉地千里，至今治強。

「惠王用張儀之計，拔[9]三川之地，西并巴、蜀，北收上郡，南取漢中，包九夷，制鄢、郢[10]，東據成皋之險，割膏腴之壤[11]，遂散六國之從[12]，使之西面事秦，功施[13]到今。

「昭王得范雎，廢穰[14]侯，逐華陽，強公室[15]，杜私門[16]，蠶食諸侯，使秦成帝業。此四君者，皆以客之功。由此觀之，客何負[17]於秦哉？向使四君卻客而不內[18]，疏士而不用，是使國無富利之實，而秦無強大之名也。

「今陛下致[19]昆山之玉，有隨、和之寶[20]，垂明月之珠，服[21]太阿之劍，乘纖離之馬，建[22]翠鳳之旗，樹靈鼉之鼓[23]。此數寶者，秦不生一焉，而陛下說[24]之，何也？

「必秦國之所生然後可，則是夜光之璧，不飾朝廷；犀象之器，不為玩好；鄭、衛之女，不充後宮；而駿馬駃騠[25]，不實[26]外廄；江南金錫不為用，西蜀丹青不為采。

「所以飾後宮，充下陳，娛心意，說耳目者，必出於秦

嫁給穆公）隨嫁的奴僕送入秦國，後逃至楚國被捉。秦穆公用五張黑羊皮把他贖回，任為大夫。

6 蹇（ㄐㄧㄢˇ）叔：岐州（今屬陝西省）人，游於宋，因百里奚推薦，秦穆公以厚禮聘之為上大夫。

7 丕豹：晉大夫丕鄭之子，丕鄭為晉惠公所殺，丕豹逃至秦國，穆公任以為將，領兵攻晉，生俘晉惠公。公孫支：字子桑，岐州人，原住晉國，後投奔秦國，為秦大夫。

8 獲：俘獲，戰勝。

9 拔：攻取。

10 制：控制，收取。鄢：楚國的古都，在今湖北宜城市。郢（ㄧㄥˇ）：楚都，在今湖北江陵縣。

11 膏腴之壤：指土地肥沃的地區。

12 散：瓦解，拆散。從：同「縱」，此指當時的趙、魏、韓、齊、楚、燕六國聯合對抗秦國的合縱策略。

13 施（ㄧˋ）：延續。

14 穰（ㄖㄤˊ）侯：姓魏名冉，封於穰，故稱穰侯。他是昭王母宣太后的異父弟。

15 公室：王室。

然後可，則是宛珠之簪，傅璣之珥，阿縞之衣，錦繡之飾，不進於前，而隨俗雅化、佳冶窈窕[27]，趙女不立於側也。

「夫擊甕叩缶[28]，彈箏搏髀[29]，而歌呼嗚嗚快耳者，真秦之聲也；鄭、衛桑間，韶虞、武象者，異國之樂也。今棄擊甕叩缶而就[30]鄭衛，退[31]彈箏而取韶虞，若是者何也？快意當前，適觀[32]而已矣。今取人則不然，不問可否，不論曲直，非秦者去，為客者逐。然則是所重者在乎色、樂、珠、玉，而所輕者在乎民人也。此非所以跨海內、制諸侯之術也[33]。

「臣聞地廣者粟多，國大者人眾，兵[34]強則士勇。是以泰山不讓[35]土壤，故能成其大；河海不擇細流[36]，故能就其深；王者不卻眾庶[37]，故能明其德。是以地無四方，民無異國，四時充美[38]，鬼神降福，此五帝三王之所以無敵也。今乃棄黔首以資[39]敵國，卻賓客以業諸侯[40]，使天下之士退而不敢西向，裹足不入秦，此所謂借寇兵而齎[41]盜糧者也。

「夫物不產於秦，可寶者多；士不產於秦，而願忠者眾。今逐客以資敵國，損民以益仇[42]，內自虛而外樹怨於諸侯，

16 杜：杜絕。私門：指貴族豪門。
17 負：辜負。
18 向使：假使。卻：拒絕。內：通「納」，接納。
19 致：得到。
20 有：佔有。隨、和之寶：指隨侯珠與和氏璧，都是稀世珍寶。
21 服：佩帶。
22 建：豎立。
23 樹：設置。靈鼉（ㄊㄨㄛˊ）之鼓：用鼉魚皮製成的鼓。鼉，鱷魚的一種，也叫揚子鱷，皮堅厚，可蒙鼓。
24 說（ㄩㄝˋ）：通「悅」，喜歡。
25 駃騠（ㄐㄩㄝˊ ㄊㄧˊ）：良馬名。
26 實：充實，充滿。
27 隨俗雅化：隨著時尚變化裝飾打扮。雅，雅致。化，改變服飾。佳冶窈窕：容貌豔麗，體態優美。
28 甕、缶（ㄈㄡˇ）：皆為日用陶器。秦國用作打擊樂器。故秦聲質樸粗獷。叩：叩擊。
29 搏：拍擊。髀（ㄅㄧˋ）：大腿。
30 就：取。
31 退：擯棄。
32 適觀：意即悅人耳目。適，適宜。觀，觀賞。

求國之無危，不可得也。」

秦王乃除逐客之令，復李斯官。

……本文出自《史記・李斯列傳》。

33 跨：佔有，據有，指統一。海內：全國。制：制服。術：辦法，途徑，策略。
34 兵：武器。
35 讓：捨棄。
36 擇：挑選，有所捨棄。細流：小溪流水。
37 眾庶：民眾。
38 四時充美：一年四季富足美滿。
39 黔首：百姓。資：資助。
40 業諸侯：使諸侯成就事業。
41 齎（ㄐㄧ）：給予。
42 仇：指敵國。益仇：對仇敵有利。

一、破題：諫逐客書

秦宗室大臣皆言秦王曰：「諸侯人來事秦者，大抵為其主遊間於秦耳，請一切逐客。」

——〈諫逐客書〉

〈諫逐客書〉寫於秦王嬴政即位的第十個年頭，這一年的秦國並不太平。作為十三歲即位的少年君主，嬴政十年來如履薄冰。

一方面，經過穆公、孝公、惠王、昭王等幾代秦國君主的勵精圖治，嬴政即位時的大秦已經成為天下第一強國，不但疆域得到極大擴充，而且顯示出一統天下的氣勢，各國有識之士都奔赴秦國效力，試圖搭上這艘駛向輝煌未來的大船。嬴政肩負的責任不可謂不重。

另一方面，秦國的內政仍然暗潮洶湧。國相呂不韋大權在握，舍人門客遍天下，僅僅是家裡的僮僕就有萬人之多。嬴政還有個不省心的母親：趙姬。莊襄王死後，趙姬雖已貴為大秦太后，卻是個「戀愛腦」，先是跟呂不韋勾三搭四，後來又迷上了呂不韋的門客嫪毒。而嬴政不但要忍受背後的指指點點，還要提防呂不韋和嫪毒犯上作亂。

可不論嬴政怎麼忍讓，糟心事還是發生了。在嬴政即位的第九年，已經貴為長信侯的嫪毒發動了叛亂。叛亂平息後，嬴政的怒火並未平息。次年，他便以嫪毒做過呂不韋門客為由，免去了呂不韋的相位。呂不韋雖被罷免，但秦國到處是他的勢力，許多重要官位上都有呂不韋曾經的門客。正在嬴政頭疼怎麼斬草除根時，偏偏又有一人讓他惱火，就是在秦國任職的韓國人鄭國。

此人出生在原鄭國都城（今河南新鄭），但鄭國這個國家卻早在戰國初年就已被韓國滅掉。時值各國人才奔向秦國的大潮，鄭國也成為其中一員，奔赴大秦效力。在嬴政即位的第一年，鄭國就向嬴政建議：關中大地山河四塞，假如修建水渠做好灌溉，便可無懼荒年，大秦兵馬再也不用擔心糧草問題。嬴政很高興，於是便任命鄭國親自主持水渠的修建。這項工程一直持續了十年，眼見快要完成，嬴政卻突然接到情報：鄭國竟是韓國派來的間諜，他慫恿嬴政大興水利，主要是為了耗費秦國的人力物力，從而為韓國贏得更多喘息時間。

這一消息無疑是火上澆油，傷透了嬴政的心：不但呂不韋這種朝中權臣不可靠，連一個搞工程的也騙他！此時，等著上位的秦王宗室和本國臣僚看到了機會，拚命落井下石：從其他國家來的人，沒有一個好東西！他們哪裡是來幫我們的？把他們全趕走，以後只用咱們自己人！

就這樣，逐客之聲在秦國越來越響，很多人都在私下議論。嬴政並未表示反對，認為這一提議不錯，既能確保國家安全，又能極大地清除呂不韋的勢力，一舉兩得。但不承想，嬴政很快便接到一封上書，作者正是時任秦國客卿的李斯。

二、糧倉裡的大老鼠

——李斯議亦在逐中。斯乃上書曰：「臣聞吏議逐客，竊以為過矣。」——〈諫逐客書〉

李斯的家鄉是上蔡，位於楚國，在今河南上蔡縣。年少時，李斯因聰明好學而擔任鄉里掌管文書的小吏。有一天，李斯上廁所，見這裡的老鼠皮包骨頭，看到人來就驚恐逃竄。在糧倉裡，李斯也發現了老鼠，它們不但個個肥頭大耳，而且不怕人。李斯突然非常感慨：糧倉裡的老鼠並不比廁所裡的更優秀或更努力，卻活得更自在。他覺得，人和人的差別就像廁所裡的老鼠與糧倉裡的老鼠，生存環境決定際遇。從此，李斯下定決心，就算做一隻老鼠，也一定去糧倉裡生活。

於是他繼續發奮學習，並且拜荀子為師，研究帝王之術。在學成後向老師荀子告別時，李斯表達了自己的雄心壯志：「今秦王欲吞天下，稱帝而治，此布衣馳騖之時而遊說者之秋也。」在李斯看來，秦國就是天下最大的「糧倉」，而秦王想要吞併天下的野心，就是自己進入「糧倉」的最佳機會。李斯受夠了冷眼，也過夠了窮日子。「詬莫大於卑賤，而悲莫甚於窮困」，這個出身低微的年輕人毅然踏上了西行之路，他要徹底告別底層人的生活，不惜一切代價，去做「一隻糧倉裡的碩鼠」。

李斯到達秦國時，恰逢莊襄王去世，秦王嬴政登基。時任秦相呂不韋權傾朝野，相府便成了李斯眼中的重要跳板。他設法成了呂不韋的門客，並憑藉自己的才華受到重用，做了郎官（相府祕書）。借助呂不韋的權勢，李斯很快得到了向秦王嬴政進言的機會，而李斯的辯才也讓嬴政十分欣賞，拜他為長史（丞相祕書長）。在李斯的策畫下，嬴政採用雷霆手段離間各國諸侯君臣，再派遣良將順勢進攻，很快就取得了巨大成效。李斯一躍成為嬴政面前的紅人，接著被拜為客卿（由非本國人士擔任的高級官員）。短短幾年時間，李斯就由當年的上蔡小吏，火箭一樣升遷為大秦高層，當年那隻瘦弱的「小鼠」，已然進入最富足的「糧倉」。

正因如此，當逐客令的相關消息傳到李斯耳中時，他極為震驚。更讓李斯無法接受的是，自己兼具楚國人和呂不韋門客的雙重身分，據說已經進了被重點驅逐的名單。命運似乎又一次和李斯開起了玩笑，假如他被逐出秦國，所有的美好生活和光明前景都將化為泡影，更慘的是，在體驗過上等生活之後，他根本無法接受回歸底層的生活。於是，李斯拿起筆，再次施展他的驚人辯才，給秦王嬴政寫了一封信。

李斯沒有任何退路，他開門見山地寫道：「臣聞吏議逐客，竊以為過矣。」想趕我們走是完全錯誤的——矛頭直指秦王，既體現了李斯一身銳氣，也表明了他破釜沉舟、拚死一搏的決心。

三、李斯的驚人辯才

昔穆公求士，西取由余於戎，東得百里奚於宛，迎蹇叔於宋，求丕豹、公孫支於晉。此五子者，不產於秦，而穆公用之，并國二十，遂霸西戎。孝公用商鞅之法，移風易俗，民以殷盛，國以富強，百姓樂用，諸侯親服，獲楚、魏之師，舉地千里，至今治強。惠王用張儀之計，拔三川之地，西並巴、蜀，北收上郡，南取漢中，包九夷，制鄢、郢，東據成皋之險，割膏腴之壤，遂散六國之從，使之西面事秦，功施到今。昭王得范睢，廢穰侯，逐華陽，強公室，杜私門，蠶食諸侯，使秦成帝業。此四君者，皆以客之功。由此觀之，客何負於秦哉？向使四君卻客而不內，疏士而不用，是使國無富利之實，而秦無強大之名也。

——〈諫逐客書〉

李斯如何說服秦王嬴政？在讀〈燭之武退秦師〉時，我們曾得到這樣的啟發：說服別人絕不是改變他的需求，而是順應他的需求，幫助他換個角度看問題。歷史上以辯才著稱的李斯正是這樣做的。

什麼是嬴政最關心的？當然是秦國的安定和強大。前文說過，嬴政有壓力，除了呂不韋等人製造的內政問題，還有來自數代秦君的治國之功。賈誼在〈過秦論〉裡說始皇「奮六世之餘烈」，此言不虛。於是，李斯便從嬴政的治國壓力入手：想比肩甚至超越大秦的歷代英主，先學學他們怎麼對待外來人才吧！

首先是秦穆公。穆公在位期間，秦國吞併了二十個周邊小國，疆域增加千里，稱霸西戎。可以說，秦穆公是大秦霸業的奠基者，而他的豐功偉績，與他能夠重用五名優秀的外來人才不無關係。第一人名為由余，他本是戎王派到秦國的使者，秦穆公與他交談之後驚為天人，便想盡辦法挖牆腳，最終將他招納，並在他的幫助下成功伐戎；第二人是著名的「五羖大夫」百里奚，他原為虞國大夫，虞國滅亡後，他作為隨嫁奴隸被送到秦國，後又逃到楚國，最終被秦穆公用五張黑羊皮買回並獲重用，輔佐穆公內修國政，外圖霸業；第三人是蹇叔，他原是宋國人，後在好友百里奚的引薦下受到秦穆公的隆重歡迎，並被封為上大夫；還有兩位是丕豹、公孫支，一位由晉國逃難至秦，另一位曾在晉國遊歷多年，最終都得到了秦穆公的重用。李斯用不容辯駁的事實向嬴政說明，穆公對外來人才的重用為大秦奠定了稱霸的基業。

其次是秦孝公。他任用商鞅進行變法，使得大秦國富兵強，而商鞅原是衛國人。然後是秦惠王。他任用張儀進行外交連橫，使得反秦聯盟土崩瓦解，而張儀原是魏國人。最後是秦昭王。他重用魏國的范雎，罷黜亂政的後宮及權臣，並採用其遠交近攻的戰略蠶食周邊諸侯國，使得大秦呈現出一統天下的氣勢。

李斯的這番話讓嬴政大為動容。這四位先代秦君，正是嬴政欲成就大秦帝業的執政楷模。范雎的例子讓嬴政格外心動，因為此時的他也面臨如何處理後宮和權臣亂政的問題。李斯反問道：假如這四位君主都施行逐客令，哪裡還會有今日的強秦呢？

用歷史觀照現實，是一種很好的論辯方式。李斯以事實向嬴政表明：逐客令與歷代大秦明君的做法背道而馳。當然，也有人會說，時過境遷，法隨事變，今日之事不同。而李斯早就料到了這點，他接下來的一番話便是直言現實。

四、修辭的威力

今陛下致昆山之玉，有隨、和之寶，垂明月之珠，服太阿之劍，乘纖離之馬，建翠鳳之旗，樹靈鼉之鼓。此數寶者，秦不生一焉，而陛下說之，何也？

必秦國之所生然後可，則是夜光之璧，不飾朝廷；犀象之器，不為玩好；鄭、衛之女，不充後宮；而駿馬駃騠，不實外廄；江南金錫不為用，西蜀丹青不為采。所以飾後宮，充下陳，娛心意，說耳目者，必出於秦然後可，則是宛珠之簪，傅璣之珥，阿縞之衣，錦繡之飾，不進於前，而隨俗雅化、佳冶窈窕，趙女不立於側也。

夫擊甕叩缶，彈箏搏髀，而歌呼嗚嗚快耳者，真秦之聲也；鄭、衛桑間，韶虞、武象者，異國之樂也。今棄擊甕叩缶而就鄭衛，退彈箏而取韶虞，若是者何也？快意當前，適觀而已矣。今取人則不然，不問可否，不論曲直，非秦者去，為客者逐。然則是所重者在乎色、樂、珠、玉，而所輕者在乎民人也。此非所以跨海內、制諸侯之術也。

——〈諫逐客書〉

討論現實問題，難點在於把握好度：說輕了，不痛不癢；說重了，惹人惱怒。李斯的〈諫逐客書〉給出了一個很漂亮的解法，那就是使用修辭。

既然秦國宗室大臣主張非秦國人不用，那麼所有不屬秦國原產的物品，是否也都不該用了？試看那昆山玉、隨侯珠、和氏璧、明月珠、太阿劍、纖離馬、翠鳳旗、靈鼉鼓，沒有一件產自秦國，秦王卻仍將它們視如珍寶，愛不釋手，這是為什麼呢？假如必須產自秦國才可以用，那就不該用來自他國的夜光美玉裝飾宮廷，不該用秦國沒有的犀象之牙製作寶器，不該把生於鄭衛之地的美女作為後宮佳麗。不僅如此，國外的良馬、江南的金錫、西蜀的丹青，一概棄之不用。同樣，所有讓宗室貴族賞心悅目的寶貝，也都必須出自秦國才可以，那麼所有嵌著宛地寶珠的簪子、鑲著外地玉璣的耳飾、用齊國東阿帛絹製作的衣服、用他國錦繡製成的飾品，統統都不允許進獻；那些按秦國妝容打扮自己的趙國女子，也都不允許站在身邊。只有這樣，才算徹底貫徹了只用秦國本土人才風物的政策啊！

透過大量的類比與排比，李斯很巧妙地向秦王展示了「一切逐客」的荒謬。更何況，難道秦國本土出產的就一定好嗎？說起來，秦國本土的音樂風格是擊著瓦器、彈著竹箏、拍著大腿放聲吼，而秦王所愛聽的鄭、衛桑間，韶虞、武象，都是他國的音樂。現在秦王不聽自己國家的音樂卻愛聽他國的音樂，這是什麼原因呢？說到底，都是為了稱心如意。假如我們一方面坦然享用著他國的物產和音樂，另一方面不管是非曲直地將所有外國人才一概驅逐，這不就是在向全天下宣告，大秦只貪圖物產卻輕視人才嗎？這可不是能夠統一天下的做法啊！

話說到這裡，李斯已經充分證明了「逐客」的荒謬。但要說服對方，除了論證其言行不合理，還要打消對方的顧慮。贏政之所以想要「逐客」，主要有兩點顧慮：其一，擔心間諜混入，擾亂國政；其二，擔心呂不韋的勢力太大，不好控制。而對這兩點，李斯接下來的話也直擊了要害。

五、格局要打開

臣聞地廣者粟多，國大者人眾，兵強則士勇。是以泰山不讓土壤，故能成其大；河海不擇細流，故能就其深；王者不卻眾庶，故能明其德。是以地無四方，民無異國，四時充美，鬼神降福，此五帝三王之所以無敵也。今乃棄黔首以資敵國，卻賓客以業諸侯，使天下之士退而不敢西向，裹足不入秦，此所謂借寇兵而齎盜糧者也。

——〈諫逐客書〉

勸說他人打消顧慮，最好的方法是告訴他還有其他更重要的事。

李斯告訴嬴政，多有多的好處，對於想要稱霸的秦國來說，人才多多益善。當然，欲戴王冠，必承其重，任何事情都不可能只有好處而沒有風險。既然要做大，就必須有容錯的胸懷。泰山之所以高，是因為它接受了每一塊土壤；江海之所以深，是因為其容納了每一股細流；君王之所以能廣布恩德，是因為其能親近黎民百姓。因此，地不分東南西北，人不分本國外國，春夏秋冬，各有其美，只有這樣，鬼神才能保佑，這也是五帝三王無敵於天下的原因。可您現在卻把百姓趕向敵國，把人才拱手讓給諸侯，那麼天下本想為秦國效勞的人才，以後也不可能再到秦國來了。這簡直是給敵人送兵器，給小偷送糧食啊！

這就是李斯的高明之處。他並沒有說如何阻止間諜的滲透和清除呂不韋的勢力，而是告訴嬴政，不該只盯著眼下的得失。盲目排外會嚴重影響秦國國力，更難一統天下。

今天有句話叫「格局要打開」。什麼叫格局？簡單來說，就是不糾結於眼前的小事，而是著眼於長遠的大事。李斯的思維方式就是引導秦王往高處走，向遠處望。如果李斯僅僅站在個人立場上，向嬴政哭訴自己如何忠心耿耿，或者僅僅就事論事，向嬴政保證外國人才不會出問題，都很難說服對方。李斯沒從個人和外國人才的角度看問題，而是引導嬴政站在千古一帝的視角上看問題，這就幫助嬴政跳出了眼前的迷霧，看清了應該何去何從。

六、李斯諫逐客的結局

「夫物不產於秦，可寶者多；士不產於秦，而願忠者眾。今逐客以資敵國，損民以益仇，內自虛而外樹怨於諸侯，求國之無危，不可得也。」

秦王乃除逐客之令，復李斯官。

——〈諫逐客書〉

最後，李斯精煉了兩句話。

第一句「夫物不產於秦，可寶者多；士不產於秦，而願忠者眾」，是對前文列舉的大段事實進行歸納總結。人才是一個國家的寶貴財富，如果秦王接受來自他國的珍稀寶物，為何不能接受那些想為大秦效力的外來人才呢？儘管出現了鄭國這樣的間諜，但畢竟是少數。一句「願忠者眾」，既寫出了秦國外來人才的現狀，也表達了李斯本人的心聲。

第二句「今逐客以資敵國，損民以益仇，內自虛而外樹怨於諸侯，求國之無危，不可得也」。逐客的本質就是把人才從秦國趕往敵國，是削弱自己的力量而增加敵人的實力。被秦國趕走的人又怎麼可能不對秦王產生怨恨呢？他們一旦去往其他國家，就必定會做出對秦不利的事情。屆時秦國內部人才缺乏，外部仇敵無數，又怎能不陷入極度危險的境地？

縱觀整篇文章，立意高遠，文采斐然，怪不得魯迅將李斯譽為秦朝第一文學家，稱讚說「秦之文章，李斯一人而已」。讀完〈諫逐客書〉的嬴政既被李斯的觀點說服，也被李斯的才華折服，不但廢除了逐客令，而且恢復了李斯的客卿之職，還任命他為廷尉（最高司法長官）。此後二十多年，李斯憑藉自己的才華，最終幫助嬴政吞併諸國、一統天下，使秦王嬴政成為千古一帝秦始皇，而他自己也成了一人之下、萬人之上的秦朝丞相。

14 〈鄭莊公戒飭守臣〉：話不能說得太絕

〈鄭伯克段于鄢〉讓我們看到了鄭莊公在國內紛爭中的老謀深算，而要瞭解他如何處理「國際紛爭」，就不能不讀這篇〈鄭莊公戒飭守臣〉。

〈鄭莊公戒飭守臣〉原文……

秋，七月，公會齊侯、鄭伯伐許[1]。庚辰，傅[2]於許。潁考叔取鄭伯之旗蝥弧[3]以先登。子都[4]自下射之，顛。瑕叔盈[5]又以蝥弧登，周麾[6]而呼曰：「君登矣！」鄭師畢登。壬午，遂入許。許莊公奔衛。齊侯以許讓公。公曰：「君謂許不共[7]，故從君討之。許既伏其罪矣，雖君有命，寡人弗敢與聞[8]。」乃與鄭人。

鄭伯使許大夫百里奉許叔[9]以居許東偏。曰：「天禍許國，鬼神實不逞[10]於許君[11]，而假手於我寡人。寡人唯是一二父兄[12]，不能共億[13]，其敢以許自為功乎？寡人有弟[14]，不能和協，而使糊其口於四方，其況能久有許乎？吾子其奉許叔以撫柔此民也，吾將使獲[15]也佐吾子。

1 許：周朝諸侯國，姜姓，初都於今河南許昌東。
2 傅：逼近。
3 蝥（ㄇㄠˊ）弧：鄭伯旗名。後借指軍旗。
4 子都：指鄭國大夫公孫閼（ㄜˋ）。
5 瑕叔盈：鄭國大夫。
6 麾（ㄏㄨㄟ）：同「揮」。
7 共：同「供」，供奉，供職。
8 弗敢與聞：不敢接受許國的領土。
9 許叔：許莊公的弟弟。
10 不逞：不滿意。
11 許君：指許莊公。
12 父兄：古代國君對同姓臣屬的稱呼。

「若寡人得沒於地，天其以禮悔禍於許，無寧茲[16]許公復奉其社稷？唯我鄭國之有請謁焉，如舊昏媾[17]，其能降以相從也。無滋他族，實逼處此，以與我鄭國爭此土也。吾子孫其覆亡之不暇，而況能禋祀[18]許乎？寡人使吾子處此，不唯許國之為，亦聊以固吾圉[19]也。」

乃使公孫獲處許西偏，曰：「凡而[20]器用財賄，無置於許。我死，乃亟去之。吾先君[21]新邑[22]於此，王室而既卑矣，周之子孫，日失其序。夫許，大岳之胤[23]也。天而既厭周德[24]矣，吾其能與許爭乎？」

君子謂：鄭莊公於是乎有禮。禮，經國家，定社稷，序民人，利後嗣者也。許無刑而伐之，服而舍之，度德而處之，量力而行之，相時而動，無累後人，可謂知禮矣。

本文出自《左傳．隱公十一年》。

13 共億：相安，和諧。
14 弟：指共叔段。事見〈鄭伯克段于鄢〉篇。
15 獲：鄭大夫公孫獲。
16 茲：此。
17 昏媾（ㄍㄡˋ）：通婚。昏，同「婚」。
18 禋（ㄧㄣ）祀：祭祀天神。
19 圉（ㄩˇ）：邊陲。
20 而：同「爾」，你。
21 先君：指鄭莊公的父親鄭武公。
22 新邑：指鄭武公東遷建新都於新鄭。
23 胤（ㄧㄣˋ）：後代。
24 周德：周朝的氣運。

一、破題：鄭莊公戒飭守臣

魯隱公元年（前七二二年），鄭莊公打敗意圖作亂的弟弟共叔段，使鄭國的內政問題得到了徹底解決。此後數年，鄭莊公挾天子以令諸侯，並採用遠交近攻的高超手段，讓鄭國一躍成為春秋時期中原核心區域的霸主，史稱「鄭莊小霸」。一些原本對周王室不恭的小諸侯國，都被鄭莊公打著王命旗號征服，許國便是其中之一。

許國在今天河南許昌附近，地處中原要衝，周圍豪強林立。由於許國離鄭國很近，鄭莊公早就想拿下許國，並以此作為鄭國向南方擴張的跳板。《左傳》記載，早在隱公八年（前七一五年），鄭莊公就向魯國提出，想用位於泰山附近的祊（ㄅㄥ，屬鄭國，離鄭國遠而離魯國近）交換位於許國都城旁邊的許田（屬魯國，離魯國遠而離鄭國近），從而將許田作為攻打許國的橋頭堡，只是魯隱公沒有答應。等到隱公十一年（前七一二年），鄭莊公再也按捺不住，以許國不聽周天子號令為由，約同齊魯兩國對許國發起了進攻，最終攻克許都，趕走了許莊公。

仗倒是打贏了，可是接下來要如何處理許國卻是一個難題。而〈鄭莊公戒飭守臣〉一文，記錄了鄭莊公對留守許國臣子的告誡之辭，也集中展現了鄭莊公在此事上的政治智慧。

二、明槍易躲，暗箭難防

> 秋，七月，公會齊侯、鄭伯伐許。庚辰，傅於許。潁考叔取鄭伯之旗蝥弧以先登。子都自下射之，顛。瑕叔盈又以蝥弧登，周麾而呼曰：「君登矣！」鄭師畢登。壬午，遂入許。
>
> ——〈鄭莊公戒飭守臣〉

隱公十一年的七月，魯、齊、鄭三國聯軍共同發起了對許國都城的攻擊。按照古代的干支紀日法，聯軍在七月初一（庚辰）兵臨許都城下，初三（壬午）便攻克許都。這傳達了一個信息：許國在魯、齊、鄭這三個強大國家面前，並無抵抗能力。但哪怕看似輕易取勝的戰鬥，過程仍然一波三折。

首先，雖魯齊鄭聯合伐許，但細品原文，不難發現，鄭國才是攻城主力。這是因為齊魯兩國遠道而來，攻下許國，最大受益方是與許國毗鄰的鄭國。齊魯兩國礙於同鄭國的聯盟關係，不得不出兵罷了。理解這一點，我們才能看懂下文齊魯兩國對許國的態度。

其次，鄭軍內部並非鐵板一塊。此次伐許，鄭國派出了潁考叔和公孫閼（字子都）作為大將，但兩人卻在出兵前鬧出了不小的衝突。

關於潁考叔，在〈鄭伯克段于鄢〉一文裡，他聰明地彌合了鄭莊公的母子關係，也因此受到重用。征伐許國發生在鄭伯克段十年之後，那時，潁考叔已經是鄭莊公身邊的得力幹將了。關於公孫閼，從其「公孫」的稱呼便可知道他出身於鄭國王室，是鄭桓公之孫，也就是鄭莊公的堂兄弟。公孫閼在歷史上是個有名的帥哥，《詩經》和《孟子》裡都專門提到他長相俊美，堪稱春秋時期第一美男子。

潁考叔和子都，一個出身低微卻屢建奇功，一個出身高貴且相貌堂堂，兩人誰也不服誰。在出征許國前的授兵儀式上，潁考叔和子都為了爭奪一輛戰車大打出手。潁考叔腦袋靈活，雖然搬不動戰車，但眼疾手快地搶了戰車中間駕馬用的車杠（轅），一直跑到大路上，氣得子都拿著戟追了半天。

攻打許國時，潁考叔非常勇猛，拿著象徵鄭莊公的蝥弧大旗率先登上了城樓，眼見又要立下一件大功。不料懷恨在心的子都從背後突施冷箭，潁考叔中箭，墜城而亡。這便是成語「暗箭傷人」的由來。潁考叔死後，另一位鄭國大夫瑕叔盈趕緊接過蝥弧大旗，再次登上城樓揮舞高呼，鄭軍以為莊公已經登城，士氣大振，成功將許都攻下。

《左傳》用這樣的故事提醒讀者，征伐許國的過程暗潮洶湧，不論是外部還是內部，都不那麼團結。齊僖公和魯隱公在處理許國問題上也假意相互謙讓。

三、燙手的山芋

許莊公奔衛。齊侯以許讓公。公曰：「君謂許不共，故從君討之。許既伏其罪矣，雖君有命，寡人弗敢與聞。」乃與鄭人。

——〈鄭莊公戒飭守臣〉

許都被攻克，國君許莊公逃奔衛國避難。接下來該如何處置許國，首先需要齊國的國君齊僖公表態。齊國始祖乃姜太公，有替周天子征討不聽號令諸侯的特權，這是鄭國伐許拉上齊國的部分原因。齊僖公可是個不輸於鄭莊公的老狐狸，他知道鄭莊公此次對許國志在必得，自己無論如何不能搶，就算搶到了也沒什麼實際好處，所以當即表示齊國對許國沒興趣，轉手把問題拋給了魯隱公。

齊僖公之所以要把許國先讓給魯隱公，有兩方面原因。其一，魯國是一等公爵國，名義上的地位比齊國（二等侯爵國）和鄭國（三等伯爵國）都要高；其二，前文說過魯國有一塊「飛地」許田，就在許國都城旁邊，收下許都對魯國而言並不是完全沒有好處的。

但魯隱公何嘗不知這裡面的門道。鄭莊公對許國蓄謀已久，假如魯隱公橫刀奪愛，鄭莊公豈肯罷休。何況，在上一年的六月，鄭莊公率軍打下了郜、防兩地，卻拱手將它們讓給了魯國，天下難道有免費的午餐？魯隱公立刻表示：「君謂許不共，故從君討之。」說白了，當初是你齊侯說許國不老實，我才跟著你來的，這許國我哪能要？何況，「許既伏其罪矣，雖君有命，寡人弗敢與聞」。

魯隱公後面這句話很值得玩味。「許既伏其罪」，就是說許國就算之前對周天子不恭敬，此時也受到了應有的懲罰。換句話講，不管是誰，此刻假如霸占許國，從道義上都是站不住腳的。哪怕你齊侯下令，這個燙手的山芋我也不能接啊！

話說到這個份上，齊侯也不裝了，直接將許國的處理權交到了鄭莊公手上。那麼，鄭莊公如何既占領許國，又不落下罵名呢？

四、曉之以理，動之以情

> 鄭伯使許大夫百里奉許叔以居許東偏。曰：「天禍許國，鬼神實不逞於許君，而假手於我寡人。寡人唯是一二父兄，不能共億，其敢以許自為功乎？寡人有弟，不能和協，而使糊其口於四方，其況能久有許乎？」
>
> ——〈鄭莊公戒飭守臣〉

鄭國的地理位置在許國北部偏西，而鄭莊公的第一步，便是將許國劃分為東、西兩個部分，將東部交給許叔來管理。鄭莊公採用這種「許人治許」的策略，既不會給國際輿論留下霸占許國的口實，也方便管理許國東部地區。當然，許叔名義上是東部的管理者，實際還是處於鄭莊公的控制之下，這也是歷史上記載最早的傀儡政權。怎樣才能讓許國人不產生怨恨，還能死心塌地做好許國東部地區的管理工作，就特別考驗鄭莊公的智慧了。為此，鄭莊公特意叫來協助許叔的許國大夫百里，進行了一番軟硬兼施的告誡。

鄭莊公首先表示，很多人會以為這場許國的災難是我帶來的，但實際是你們許國自己犯的錯。「天禍許國」，一方面是說許國運氣差，另一方面是說許國對周天子不恭。在鄭莊公看來，許國是因為有錯在先，才落得這般田地，而自己只是在執行上天的旨意。

除了在道義上為自己的戰爭行為開脫，鄭莊公還從人情入手，講起了自己的家事：「寡人唯是一二父兄，不能共億，其敢以許自為功乎？」鄭莊公掏心掏肺地說，別以為我惦記你們許國這點兒地方，說句實在話，我連自己那一畝三分地都管不好，哪有閒工夫管你們。接著，他搬出十年前叛逃的弟弟共叔段：「寡人有弟，不能和協，而使糊其口於四方，其況能久有許乎？」我連和弟弟的關係都處理不好，還有能力管理你們許國嗎？顯然，鄭莊公的手段極為高明。他作為戰勝者，卻主動降低姿態，對許國大夫曉之以理，動之以情。鄭莊公用簡單的兩句話就甩掉了霸占許國的帽子，在相當大的程度上消解了許國人的怨恨。

五、鄭莊公的軟硬兼施

——吾子其奉許叔以撫柔此民也，吾將使獲也佐吾子。——

若寡人得沒於地，天其以禮悔禍於許，無寧茲許公復奉其社稷？唯我鄭國之有請謁焉，如舊昏媾，其能降以相從也。無滋他族，實逼處此，以與我鄭國爭此土也。吾子孫其覆亡之不暇，而況能禋祀許乎？寡人使吾子處此，不唯許國之為，亦聊以固吾圉也。

——〈鄭莊公戒飭守臣〉

鄭莊公繼續說道：「吾子其奉許叔以撫柔此民也，吾將使獲也佐吾子。」這裡的「吾子」相當於「您」。鄭莊公對百里貌似客氣地表示，您要幫著許叔好好安撫許國百姓，我也會派公孫獲來幫您。這句話看似簡單，實際上，莊公一方面告訴百里要盯住許叔，確保許國穩定，不出亂子，另一方面派了自己的心腹公孫獲前來，以幫忙的名義監視百里的一舉一動。

警告完百里之後，鄭莊公又放緩了口氣：「若寡人得沒於地，天其以禮悔禍於許，無寧茲許公復奉其社稷？」這句話是在鼓勵百里：你好好幹，別以為是給我幹活的，說不定哪天我不在人世了，上天還能原諒你們許國，讓許公重新回來執政。鄭莊公的這句話更是高明，他要讓百里明白，管好許國不是在為鄭國人做貢獻，而是在為許國人自己做貢獻：把事情做好，未來的許國才有復國的可能。當然，至於許國何時可以復國，鄭莊公委婉地表示，等哪天我不在了再說吧。換句話講，只要我活著，你們就死了這條心吧。

透過上面的分析，我們不難看出，鄭莊公特別擅長硬話軟說。一個人的說話方式，本質上是他思維方式的外化。鄭莊公的這種說話方式，體現的是他雖然強硬卻並不盛氣淩人的姿態。

在接下來對百里的告誡中，鄭莊公始終保持同樣的姿態：只是我鄭國有個要求，咱們兩國應該像老親家一樣來往，你應該也能屈尊接受吧；鄭國之外的其他國家，一概不准沾惹許國，不讓它們跟鄭國爭搶土地。

在和百里的談話結束時，鄭莊公還是留下了兩句狠話：「吾子孫其覆亡之不暇，而況能禋祀許乎？寡人使吾子處此，不唯許國之為，亦聊以固吾圉也。」說了一大通客氣話之後，莊公還要告訴百里，自己不是好惹的。假如你做得不好而讓鄭國面臨動盪，那就別怪我沒空管你們許國的香火斷不斷了——我讓你留在這裡可不是單純做好人，更是為鞏固鄭國的邊防。

六、三十年河東，三十年河西

> 乃使公孫獲處許西偏，曰：「凡而器用財賄，無置於許。我死，乃亟去之。吾先君新邑於此，王室而既卑矣，周之子孫，日失其序。夫許，大岳之胤也。天而既厭周德矣，吾其能與許爭乎？」
>
> ——〈鄭莊公戒飭守臣〉

前文說，鄭莊公把許國一分為二，東部交給許叔治理，並讓許國大夫百里輔佐。但西部挨著鄭國，必須由鄭國人自己管理才能放心，於是莊公派遣出身於鄭國王室的心腹公孫獲，讓他直接管理許國西部，同時監視許國東部的一舉一動。告誡百里後，鄭莊公又將公孫獲喊來叮囑了一番。

公孫獲作為鄭莊公親自委派的「總督」，想必趾高氣揚的。但一見面，鄭莊公便劈頭潑來一盆冷水，提出兩點要求：第一，所有財產，不要留在許國；第二，我死以後，火速從許國撤走。

要知道，此時的鄭國號稱「小霸王」，且剛獲得對許作戰的完勝，鄭莊公如此氣短，公孫獲感到不解。鄭莊公補充道：「吾先君新邑於此，王室而既卑矣，周之子孫，日失其序。」鄭國只是一時強大，鄭莊公清醒地認識到未來可能出現的風險：一方面，鄭國是在上一代君主鄭武公的時候才東遷到此的，時間太短，根基並不扎實，中原若局勢有變，必引發鄭國動盪；另一方面，鄭國是姬姓國，與周天子同命運共呼吸，可周天子的權勢已經顯而易見地衰落了，那麼鄭國又能支撐多久呢？

許國則不同，「夫許，大岳之胤也」。許國是姜姓國，傳說是堯之四岳中大岳的後代。儘管許國此時國力衰弱，但將來未必不會轉運。在鄭莊公看來，周朝衰落的大勢不可違逆，鄭國也不可能一直強盛，俗話說三十年河東，三十年河西，一定要學會見好就收。莊公還判斷，自己活著的時候，許國應該掀不起多大的浪，但自己死後，鄭國未必還能繼續保持強盛的國力，到那時，許國很可能翻身。

後來的歷史驗證了鄭莊公的遠見。十年後，鄭莊公去世，兒子們陷入奪位之爭，鄭國大亂，國力一落千丈。而許國人趁機清除鄭國在許國的勢力，沒過幾年便將許穆公迎入許都即位，最終完成了復國大業。

15 〈鄒忌諷齊王納諫〉：怎麼說別人不愛聽的話

俗話說忠言逆耳——給人提意見是個苦差事。能聽進去別人意見的，當然是高人；能把意見說得讓人很愛聽的，絕對是高手。戰國時代的鄒忌[1]就是一位極善於提意見的高手，史書上記載了鄒忌給國君提意見的不少事蹟，其中最有名的是這篇〈鄒忌諷[2]齊王[3]納諫〉。

1 鄒忌：齊威王時為相，號成侯，以諷喻善諫見稱，但也曾因將相失和而一度逼走田忌。
2 諷：指委婉地勸諫。
3 齊王：齊威王，名因齊，謚威，田齊桓公田午之子。

〈鄒忌諷齊王納諫〉原文

鄒忌修[1]八尺有餘，而形貌昳麗[2]。朝服[3]衣冠，窺鏡，謂其妻曰：「我孰與城北徐公美？」其妻曰：「君美甚，徐公何能及君也！」城北徐公，齊國之美麗者也。忌不自信，而復問其妾曰：「吾孰與徐公美？」妾曰：「徐公何能及君也！」旦日[4]，客從外來，與坐談，問之：「吾與徐公孰美？」客曰：「徐公不若君之美也。」

明日，徐公來，孰[5]視之，自以為不如；窺鏡而自視，又弗如遠甚。暮，寢而思之，曰：「吾妻之美我者，私我也；妾之美我者，

1 修：長，高。
2 昳（ㄧˋ）麗：光鮮亮麗的樣子。
3 服：穿戴。
4 旦日：明日，次日。
5 熟：仔細。

畏我也；客之美我者，欲有求於我也。」

於是入朝見威王，曰：「臣誠知不如徐公美。臣之妻私臣，臣之妾畏臣，臣之客欲有求於臣，皆以美於徐公。今齊，地方千里，百二十城，宮婦左右莫不私王，朝廷之臣莫不畏王，四境之內莫不有求於王：由此觀之，王之蔽甚矣！」

王曰：「善。」乃下令：「群臣吏民能面刺[6]寡人之過者，受上賞；上書諫寡人者，受中賞；能謗議[7]於市朝[8]，聞寡人之耳者，受下賞。」令初下，群臣進諫，門庭若市，數月之後，時時而間進，期年之後，雖欲言，無可進者。

燕、趙、韓、魏聞之，皆朝於齊。此所謂「戰勝於朝廷」。

本文出自《戰國策》。

6 刺：指責。
7 謗議：指責議論。
8 市朝：泛指人口聚集的公共場所。市，民間貿易的場所。朝，政府辦事的地方。

一、破題：鄒忌諷齊王納諫

故事裡的齊王是戰國時代赫赫有名的齊威王。他在位期間，重用賢臣，廣開言路，齊國國力大盛。像我們熟知的田忌、孫臏，都是齊威王時代的名臣。

「納諫」，就是採納臣民的意見。鄒忌給齊王委婉地提了什麼意見呢？就是要多聽別人的意見。大家想，假如齊威王本來就是個能聽進去意見的人，鄒忌還需要提這個意見嗎？可是如果齊威王不愛聽意見，鄒忌又該怎麼提這個意見呢？

讀完標題，我們就知道，鄒忌面臨著一個大難題。

二、一個不知道自己有多帥的男人

> 鄒忌修八尺有餘，而形貌昳麗。朝服衣冠，窺鏡，謂其妻曰：「我孰與城北徐公美？」其妻曰：「君美甚，徐公何能及君也！」城北徐公，齊國之美麗者也。忌不自信，而復問其妾曰：「吾孰與徐公美？」妾曰：「徐公何能及君也！」旦日，客從外來，與坐談，問之：「吾與徐公孰美？」客曰：「徐公不若君之美也。」——〈鄒忌諷齊王納諫〉

文章開篇便說，鄒忌是個帥哥。有多帥呢？首先是「修八尺有餘」，身長超過八尺，在今天，約為一八五公分，這在平均身高不足一七〇公分的戰國，稱得上鶴立雞群了。其次是「形貌昳麗」，形就是身形，貌就是長相，可以說鄒忌要身材有身材，要長相有長相。

某天清晨，大帥哥鄒忌穿戴整齊，瞄了一眼鏡子，突然問身旁的妻子：「我和城北的徐公比，誰更帥？」

這是一個非常生活化的場景，就像今天化完妝的妻子問丈夫：我是不是天下第一好看的人？這種「送命題」，做丈夫的都知道該如何回答，鄒忌的妻子也不例外：「君美甚，徐公何能及君也！」你簡直帥爆了，徐公哪兒比得上你！

鄒忌口中的「徐公」是什麼人呢？文章交代：「城北徐公，齊國之美麗者也。」原來，這位城北的徐先生，乃是整個齊國赫赫有名的美男子。這就給讀者留下一個疑惑：鄒忌雖然長得帥，可能與齊國的「國草」比嗎？鄒忌作為齊國大夫，不是靠臉吃飯的，而徐公卻以長相聞名。我們常說，業餘的跟職業的相比，差的可不是一星半點兒。

就連鄒忌自己也信心不足，於是他又問服侍自己的小妾：你覺得我和徐公比，誰更帥？在古代，妻和妾的地位差別很大，妻子和丈夫屬家中的主人，而妾的地位和僕從差不多。小妾趕緊回答：「徐公何能及君也！」似乎是一樣的答案：徐公哪兒比得上您呢！

仔細體會一下，妻和妾的答案真的一樣嗎？妻子先感歎（「君美甚」），後反問（「徐公何能及君也」），語氣強烈，從中可以看出妻子的篤定。可小妾的回答，儘管還保留了反問的語氣，但把感歎的語氣「君美甚」丟掉了。也就是說，小妾的回答似乎並沒有妻子那麼堅定。是不是我們想多了？不要著急，繼續往後讀。

「旦日，客從外來，與坐談，問之。」這裡的「旦日」，很多書上會翻譯成第二天，但我更傾向於把它解釋為白天。為什麼呢？有三個原因：第一，這個詞是和前面的「朝」相對的。從「朝」的字形來看，左邊是太陽還在草叢中並未完全升起，右邊是月亮還掛在天上沒有落下，它表示的是天剛濛濛亮的清晨；而「旦」這個字則是太陽完全跳出了地平線，表示天光大亮之後。鄒忌在天濛濛亮時穿衣，和臥室裡的妻妾聊天，而和門客的對談則發生在此後的白天，這樣的解釋更符合邏輯。第二，下文出現了「明日，徐公來」這樣的說法，而「明日」就表示「第二天」，沒必要在這麼短的行文裡把一個意思換兩種說法。第三，最重要的就是「旦日」其實是在表現鄒忌「三連問」的緊湊感。以往古文中可以將「旦日」翻譯成第二天，往往是因為前面所發生的事情在夜晚。那麼，客又是怎麼回答鄒忌的呢？「徐公不若君之美也。」顯然，這個回答和之前妻妾的回答相比，語氣更弱了，連反問都沒有，僅僅是一個平鋪直敘的肯定：徐公沒有您好看。對比之下，我們就可以做出推斷：這是作者在有意表達妻、妾、客三種回答的差別——從妻到妾，再到客，說得越來越不篤定，最後甚至有些敷衍了。

為什麼會這樣？我們權且存疑，先繼續看事情的發展。鄒忌自天濛濛亮開始，問完妻又問妾，一直到大白天再問客，這不是體現鄒忌沒完沒了的自我炫耀，而是表達他的不確定和不認同。假如一個人很自信，那他是不需要一遍又一遍找人「求證」的。所以，鄒忌關心的已經不是自己帥不帥了，他還想弄清楚：自己聽到的話到底是不是真的。耳聽為虛，眼見為實，弄清真相的最好方法，便是親眼見見那位大名鼎鼎的齊國美男子——城北徐公。

三、鄒忌看到的真相

> 明日，徐公來，熟視之，自以為不如；窺鏡而自視，又弗如遠甚。暮，寢而思之，曰：「吾妻之美我者，私我也；妾之美我者，畏我也；客之美我者，欲有求於我也。」
>
> ——〈鄒忌諷齊王納諫〉

第二天，「國草」徐公親自來到了鄒忌的家中。怎麼會這麼巧，頭一天鄒忌心血來潮跟徐公比美，第二天徐公就來了？這是文章的寫作節奏，中間省略了不必要的環節——想要瞭解真相的鄒忌，必定派人拜訪了徐公，並請他次日前來自己家中相見。在徐公到來之後，鄒忌「熟視之」——左看右看、上看下看。一番打量後，鄒忌明白，自己沒人家帥。他又一次瞄了一眼鏡子裡的自己，這下子，真相揭曉了：他的模樣雖然不錯，但比起徐公來，差得遠呢。

當晚，鄒忌躺在床上，久久無法入睡。他在想自己與徐公明明差這麼多，為什麼身邊人都要騙自己呢？妻子、小妾和門客，到底是出於怎樣的心理？

想了很久，鄒忌得出結論：妻子認為我更帥，是因為偏愛；小妾認為我更帥，是因為畏懼；門客認為我更帥，則是因為對我有所求。這也回答了我們前面的疑惑：為什麼同樣是說鄒忌更帥，妻、妾、客的語氣卻越來越弱。三個人的心思不同，語氣便不相同：妻子是篤定，小妾是討好，門客只是客套。

透過這件事，鄒忌突然意識到，人們平時聽到的很多話都不是真相。人在表達觀點時，會不自覺地受到情感或者利益等因素的影響，往往言不由衷。從別人口中得到真相可不是一件容易的事，就連最親近的人，比如鄒忌的妻子，哪怕不是故意隱瞞，說話時也會因為情感上的偏私而偏離了實際情況。

鄒忌進而想到，假如一個人身邊有很多愛他、怕他或求他的人，那問題不就大了嗎？愛他的人看不到他的不好，怕他的人不敢說他的不好，求他的人不願說他的不好，那這個人又能聽到多少真話呢？所以，權勢越大的人，離真相往往越遠；越不喜歡別人提意見的人，往往被騙得越慘。想到此，鄒忌意識到，齊國還真有這麼一個人。

四、鄒忌的勸諫藝術

——

於是入朝見威王，曰：「臣誠知不如徐公美。臣之妻私臣，臣之妾畏臣，臣之客欲

——

有求於臣，皆以美於徐公。今齊，地方千里，百二十城，宮婦左右莫不私王，朝廷之臣莫不畏王，四境之內莫不有求於王：由此觀之，王之蔽甚矣！」

王曰：「善。」

——〈鄒忌諷齊王納諫〉

天亮後，鄒忌入朝面見齊威王，並給他講了自己家裡發生的事。鄒忌講完後，話鋒一轉：愛我的妻子、怕我的小妾，再加上求我的門客，把我蒙得連自己長啥樣都不知道了。方圓千里、城池林立的齊國，有個人比我厲害多了，也慘多了——後宮和近臣沒有一個人不愛他，朝廷大夫沒有一個人不怕他，整個齊國沒有一個人不求他。大王，您被蒙蔽得太嚴重了啊！

鄒忌的這種勸諫方式非常高明：在講別人缺點時，先拿自己開刀。其實，大家都知道自己不完美，之所以不愛聽人提意見，主要有兩個原因：一是受不了別人高高在上的指責，二是不覺得這點兒小問題會造成嚴重後果。鄒忌以自己的家事來舉例子，就把談話放在很輕鬆的氛圍裡，也透過自嘲給齊威王留足了面子。同時，他透過這件看似不起眼的小事來舉一反三，引出治國的大道理，讓齊威王意識到問題的嚴重性。

鄒忌講完，齊威王表示：「善。」接下來，他頒布了一條讓人驚訝的命令。

五、最強大的敵人是自己

> 乃下令：「群臣吏民能面刺寡人之過者，受上賞；上書諫寡人者，受中賞；能謗議於市朝，聞寡人之耳者，受下賞。」令初下，群臣進諫，門庭若市，數月之後，時時而間進，期年之後，雖欲言，無可進者。
>
> 燕、趙、韓、魏聞之，皆朝於齊。此所謂「戰勝於朝廷」。——〈鄒忌諷齊王納諫〉

齊威王頒布的這條命令簡直是找罵：不論身分地位，只要能當面對我提出批評，就給予上等賞賜；不好意思當面說，但能寫信批評我的，給予中等賞賜；就算不直接找我，能在背後挑我毛病的，只要傳到我耳朵裡，也給予下等賞賜。

每次讀到這條命令，我都佩服齊威王的膽識和魄力。畢竟，就連孔子也才敢說自己「六十而耳順」，能平心靜氣地接受別人的批評著實不易，更何況是以重賞鼓勵別人批評自己。另外，齊威王很聰明，既然你們害怕被懲罰、批評，不敢提意見，那我就反其道而行之——誰提意見就誇讚誰、獎勵誰，你們提不提？

此令一出，齊國臣民爭先恐後趕往王宮，搶著給齊威王提意見。威王這才明白，原先的「歲月靜好」只是假像，齊國竟然有這麼多問題亟待解決。此刻，他更加信服鄒忌的話——

以前的自己可真是被騙慘了。

幾個月之後，狀況慢慢發生了改變，提意見的人從「門庭若市」變成了「時時而間進」，隔一段時間才來一個。這說明意見變少了，因為過往提出的合理意見都已經被齊威王一一採納並認真改正了。等到命令頒布滿一年時，儘管還有人想要賞賜，卻驚訝地發現已經沒什麼意見可提了。

讀到此處，我們不妨想一想，什麼樣的人最強大。不是從不犯錯的人，而是知錯能改的人。知錯是第一步，能改是第二步。這兩步看似簡單，卻很少有人能做到。孔子表揚顏回的時候說他「不貳過」，也是為此。《左傳》裡說「人誰無過？過而能改，善莫大焉」。沒有人不犯錯誤，但多數人都不願意承認錯誤，更不願意改正錯誤。在接受了鄒忌的勸諫後，齊威王不但能夠坦誠面對自己的錯誤，還能真心改正，真不愧是齊國歷史上的一代明君。

正所謂勝人者有力，自勝者強，真正強大的人，是能夠不斷戰勝自己的人，而當一個人能夠戰勝自己時，他也將戰無不勝。很快，齊威王納諫的舉措傳到了各個諸侯國，燕、趙、韓、魏等國聽說後，都意識到不可再與齊國為敵，於是紛紛前來朝見，表示願意追隨齊國。透過內政來戰勝外敵，這可謂一個經典案例。

讀完〈鄒忌諷齊王納諫〉，相信你已經得到了很多啟示。第一，勸說別人的時候，要先放低自己的身段，從身邊小事出發，敢於自我開刀。第二，學會客觀看待別人的觀點，特別是那些動聽的好話，要辨別出其中的情感或利益因素。第三，所謂忠言逆耳利於行，批評的話雖然不好聽，卻可以讓我們意識到問題，而只有意識到問題，才能不斷進步。第四，最強大的敵人是你自己，能夠戰勝自己的人必將無比強大。

16 〈觸龍說趙太后〉：鐵了心該怎麼勸

什麼樣的人最難勸？在我看來，就是那種打定主意鐵了心的，沒等別人開口，就先把狠話說在前頭，油鹽不進，誰勸就跟誰急眼。在《觸龍[1]說趙太后[2]》這篇文章裡，觸龍就面臨著這樣一道難題：他需要勸說趙太后把她最疼愛的小兒子送到別國做人質，而且是在趙太后已經鐵了心、急了眼的情況下。

1 觸龍：戰國時期趙國大臣，官居左師。有些版本中作「觸讋」，是「觸龍言」之誤，故本書中均作「觸龍」。

2 趙太后：趙威后。趙惠文王去世後，趙孝成王年幼，由趙太后臨朝聽政。

〈觸龍說趙太后〉原文

趙太后新用事[1]，秦急攻之。趙氏求救於齊。齊曰：「必以長安君[2]為質[3]，兵乃出。」太后不肯。大臣強諫。太后明謂左右：「有復言令長安君為質者，老婦必唾其面！」

左師觸龍願見，太后盛氣[4]而揖[5]之。入而徐趨，至而自謝[6]，曰：「老臣病足，曾不能疾走，不得見久矣，竊自恕，恐太后玉體之有所郤[7]也，故願望見。」太后曰：「老婦恃輦[8]而行。」曰：「日食飲得無衰[9]乎？」曰：「恃鬻[10]耳。」曰：「老臣今者殊不欲食，乃

1 用事：執政，當權。

2 長安君：趙太后寵愛的小兒子。

3 質：人質，以人作抵押。

4 盛氣：蓄怒將發的樣子。

5 揖：揖讓，或作「胥」，同「須」，等待。

6 謝：謝罪，道歉。

7 郤（ㄒㄧˋ）：同「隙」，不舒服。

8 輦（ㄋㄧㄢˇ）：古代用人拉著走的車，後多指天子或王室坐的車。

自強步[11]，日三四里，少益嗜食，和於身也。」曰：「老婦不能。」太后之色少解。

左師公曰：「老臣賤息[12]舒祺，最少，不肖，而臣衰，竊愛憐之，願令補黑衣[13]之數，以衛王宮。沒死[14]以聞。」太后曰：「敬諾。年幾何矣？」對曰：「十五歲矣。雖少，願及未填溝壑而託之。」太后曰：「丈夫[15]亦愛憐其少子乎？」對曰：「甚於婦人。」太后曰：「婦人異甚。」對曰：「老臣竊以為媼[16]之愛燕后[17]，賢於長安君。」曰：「君過矣，不若長安君之甚！」左師公曰：「父母之愛子，則為之計深遠。媼之送燕后也，持其踵，為之泣，念悲其遠也，亦哀之矣。已行，非弗思也，祭祀必祝之，祝曰：『必勿使反。』豈非計久長有子孫相繼為王也哉？」太后曰：「然。」

左師公曰：「今三世以前，至於趙之為趙，趙王之子孫侯者，其繼有在者乎？」曰：「無有。」曰：「微獨趙，諸侯有在者乎？」曰：「老婦不聞也。」「此其近者禍及身，遠者及其子孫，豈人主之子孫則必不善哉！位尊而無功，奉[18]厚而無勞，而挾重器[19]多也。今媼尊長安君之位，而封以膏腴之地，多予之重器，而不及今令有

9 衰：減少。
10 鬻（ㄓㄨˋ）：同「粥」，稀飯。
11 強（ㄑㄧㄤˇ）步：勉力步行。
12 息：兒子。
13 黑衣：代指王宮衛士，因其身穿黑衣，故稱。
14 沒死：冒著死罪。
15 丈夫：男子。
16 媼（ㄠˇ）：老婦。
17 燕后：趙太后之女，因嫁到燕國為后，故稱。
18 奉：同「俸」，俸祿。
19 重器：寶物，貴重的東西。

功於國；一旦山陵崩，長安君何以自託於趙？老臣以媼為長安君計短也，故以為其愛不若燕后。」太后曰：「諾，恣君之所使之。」於是為長安君約車百乘，質於齊，齊兵乃出。

子義[20]聞之曰：「人主之子也，骨肉之親也，猶不能恃無功之尊，無勞之奉，以守金玉之重也，而況人臣乎！」

本文出自《戰國策》。

20 子義：趙國賢士。

一、破題：觸龍說趙太后

趙太后新用事，秦急攻之。趙氏求救於齊。齊曰：「必以長安君為質，兵乃出。」太后不肯。大臣強諫。太后明謂左右：「有復言令長安君為質者，老婦必唾其面！」左師觸龍願見，太后盛氣而揖之。

——〈觸龍說趙太后〉

此事發生在戰國時期的趙國，時值上代君主病逝，而繼任者年少，便由趙太后代為執掌大權。文章開篇便道：「趙太后新用事，秦急攻之。」一個「新」字加一個「急」字，凸顯了趙國的內憂外患：趙太后剛剛掌權，內部局勢不穩；秦國趁機攻打，戰事告急。

在這樣一種局面下，趙氏只得向外尋求支持。好在身為東方大國的齊國願意出兵救趙，但提出了一個明確條件：必須把長安君送到齊國來做人質。在春秋戰國時期，國與國之間多有這種「質子」的行為，而作為人質的公子們在異國的遭遇往往並不好，運氣差的還可能受盡欺淩，甚至客死他鄉。

長安君作為趙太后的小兒子，平日裡最受趙太后疼愛，趙太后自然不願讓他出去受苦。儘管「大臣強諫」，可趙太后的態度非常強硬，明確告訴大家：誰要再敢提讓長安君去做人質，別怪老婦我唾他一臉！

可左師觸龍卻挺身而出。「左師」在當時是一種虛職，職級較高但並無實權，往往由功成身退的老臣擔任。觸龍擔任左師，說明他年齡大、資格老，所以趙太后也不便直接拒絕與他見面。更何況觸龍只是「願見」，並沒有明說是來勸諫——儘管明眼人都能猜到，他大概率是因長安君的事情而來。

趙太后也有同樣的想法，文中寫她「盛氣而揖之」，就連見面作揖時，太后也沒什麼好臉色。

在這樣的情況下，觸龍該如何對趙太后進行勸諫？觸龍接下來的舉動，讓所有人始料未及。

二、你永遠叫不醒一個裝睡的人

> 入而徐趨，至而自謝，曰：「老臣病足，曾不能疾走，不得見久矣，竊自恕，恐太后玉體之有所郤也，故願望見。」太后曰：「老婦恃輦而行。」曰：「日食飲得無衰乎？」曰：「恃鬻耳。」曰：「老臣今者殊不欲食，乃自強步，日三四里，少益嗜食，和於身也。」曰：「老婦不能。」太后之色少解。
>
> ——〈觸龍說趙太后〉

文中描寫，觸龍進門後「徐趨」，這個詞非常有趣。一般來講，「徐」是慢，而「趨」則表示小步快走，是臣子面見君主時的禮節——臣子要表現出恭敬勤勉的姿態，所以要腳不離地，稱為「趨禮」。觸龍面見太后時，雖然做出了趨禮的樣子，但行進得異常緩慢。

觸龍的這一舉動非常有意思。一方面，趙太后正氣鼓鼓的，像火藥桶一樣一點就炸，觸龍卻慢悠悠的，這就極大地緩和了劍拔弩張的氣氛；另一方面，觸龍走這麼慢是不符合禮節的，肯定要向趙太后做出解釋，這就為後面的話做了鋪墊。

等走到趙太后跟前，觸龍立刻道歉，說「老臣病足，曾不能疾走」——老頭子年紀大了，腿腳不好，走不利索。這句話有兩個作用，一是給自己剛才慢吞吞的行為做了合理解釋，二是解釋自己為什麼一直都沒來看望太后。那為什麼現在又來了呢？觸龍的解釋是「恐太后玉體之有所郤」，也就是擔心太后的身體。早不擔心，晚不擔心，偏偏趕在這個時候擔心，觸龍的言外之意也很清楚：聽說您最近挺煩心的，身體還好吧？

面對觸龍的關切，太后自然不好發火：「老婦恃輦而行。」仔細品味一下，這句話裡還是帶著怒氣的。觸龍說自己腿腳不好，也有點兒擔心太后，結果太后回了一句「我走路有人抬」，這就好比有人跟你說「下班時的捷運人真多」，你愛搭不理地回一句「我有司機」。

觸龍繼續關心道：「日食飲得無衰乎？」用一日三餐來寒暄，是傳統的習慣。假如飯吃得多，一來說明身體好，二來說明心情不錯。趙太后怎麼回答呢？「恃鬻耳。」這裡的「鬻」就是粥。這個回答看似平常，實則內有乾坤。一方面，從形式來看，太后使用了語氣詞「耳」，跟前面生硬的「恃輦而行」相比，口氣略有緩和；另一方面，從內容來看，太后說自己「喝點兒粥罷了」，似乎默認了自己的煩惱——要知道，趙太后吃不下飯可不僅僅是因為身體不適。

緊接著，觸龍便以自己為例向趙太后提議：「老臣今者殊不欲食，乃自強步，日三四里，少益嗜食，和於身。」他表示，自己這把年紀也特別吃不下飯，後來就強迫自己每天走走路，一天走三四里，慢慢地就越來越愛吃飯了，身體也好了一些。

對於觸龍的建議，太后回應道：「老婦不能。」我可做不到，一來沒那個時間，二來沒那個心情。這感覺已經不是君臣之間的勸諫爭論了，更像是老頭兒老太太飯後嗑著瓜子聊家常。這幾句聊下來，太后心中原本緊繃的弦放鬆了不少，對觸龍的防備心也沒那麼強了：「太后之色少解。」

要想說服人，先要消解他的膩煩心理。當別人厭煩的時候，你講什麼都是白講。在日常生活中，我們常看到類似的例子，一個人如果在氣頭上，那麼不管你怎麼解釋，得到的回應都會是「我不聽，我不聽」，這就是「你永遠叫不醒一個裝睡的人」。

遊說君主也是如此。韓非子在〈說難〉裡認為，一定要重視君主對遊說者的膩煩心理。趙太后此前已經對遊說者產生了極強的膩煩和抗拒心理，倘若不把這種心理防備打破，那麼任觸龍如何勸說，恐怕都無法說到太后的心裡。

實際上，觸龍的策略是極為成功的。他全然不提長安君的事，只是站在關心太后身體的角度聊家常，這就讓太后的情緒緩和了很多，而這正是觸龍的高妙之處。

三、趙太后的共鳴

左師公曰：「老臣賤息舒祺，最少，不肖，而臣衰，竊愛憐之，願令補黑衣之數，以衛王宮。沒死以聞。」太后曰：「敬諾。年幾何矣？」對曰：「十五歲矣。雖少，願及未填溝壑而託之。」太后曰：「丈夫亦愛憐其少子乎？」對曰：「甚於婦人。」太后曰：「婦人異甚。」

——〈觸龍說趙太后〉

聊起家常，趙太后的態度緩和了不少，但她並未完全放鬆戒備。正所謂「無事不登三寶殿」，趙太后明白，作為政壇老手的觸龍斷然不可能為噓寒問暖而來。而觸龍也沒藏著掖著，他寒暄完，直接拋出了自己的請求：給小兒子舒祺找份工作。

觸龍說道：「老臣賤息舒祺，最少，不肖，而臣衰，竊愛憐之，願令補黑衣之數，以衛王宮。沒死以聞。」簡單說，就是觸龍想趁自己還在，給小兒子在王宮裡找份差事。聽到這話，趙太后不但鬆了一口氣，而且頗有共鳴：她又何嘗不是想趁自己還在，給小兒子謀一個美好未來呢？於是，太后口風急轉：「敬諾。年幾何矣？」不難發現，此時趙太后的態度已經全然沒有了當初的冰冷和抗拒，而是熱情地想提供幫助。觸龍的回答也特別有藝術：「十五歲矣。雖少，願及未填溝壑而託之。」這裡的「填溝壑」，是古人對死亡的隱晦說法。在觸龍看來，雖然小兒子只有十五歲，但自己的年紀大了，未見得能活多久，所以想早點兒把他託付出去，讓他可以幹份差事獨立謀生。

這真是「可憐天下父母心」，年邁的觸龍又何嘗不想讓孩子留在身邊？但他清楚地知道「人走燈滅」，趁自己還在，給孩子找條後路更重要。聽完觸龍的話，太后笑了：「丈夫亦愛憐其少子乎？」你們男人也知道心疼小兒子啊？注意這句話裡的「亦」（意為「也」），這顯然已經引起了趙太后的強烈共鳴：之前的臣子們都體會不到我對長安君的愛，現在可算找到一個同樣心疼小兒子的人了，還是個男的！

觸龍一聽，直接和太后「攀比」了起來：「甚於婦人。」我們男人比你們女人更疼愛年齡小的孩子。太后一聽，表示不服：「婦人異甚。」我們更疼愛！於是，趙太后原本以為觸龍是勸他讓長安君做人質的，卻發現他是個不亞於自己的「寵娃狂魔」，和自己聊起了對孩子的愛。這當然是趙太后最感興趣的話題，話匣子一開，「長安君」也不再是趙太后這裡的禁忌詞了。

四、父母之愛子，則為之計深遠

——對曰：「老臣竊以為媼之愛燕后，賢於長安君。」曰：「君過矣，不若長安君之甚！」——

左師公曰：「父母之愛子，則為之計深遠。媼之送燕后也，持其踵，為之泣，念悲其遠也，亦哀之矣。已行，非弗思也，祭祀必祝之，祝曰：『必勿使反。』豈非計久長有子孫相繼為王也哉？」太后曰：「然。」

——〈觸龍說趙太后〉

有意思的是，觸龍第一次提及長安君，卻說趙太后不夠愛長安君：「老臣竊以為媼之愛燕后，賢於長安君。」這裡提到的燕后，正是趙太后的女兒，此時已經嫁到燕國做王后。觸龍的這個判斷讓趙太后啞然失笑：您可大錯特錯，我對燕后的愛與長安君相比，差得遠了！

這又是觸龍高明的地方，他沒有拿別人做例子，而是用趙太后自己的一雙兒女做比較。這樣的好處是，不論是非對錯，趙太后都能接受和理解，而且她自己的心思，自己最明白。接下來，觸龍拋出了整篇文章裡最重要的一個觀點：父母之愛子，則為之計深遠。

什麼才是對孩子最好的愛？我們在〈石碏諫寵州吁〉裡讀到過石碏的觀點：父母愛子，要「教之以義方」，也就是要教孩子明辨是非和遵守規矩。為什麼教這些呢？這就是觸龍所說的「計深遠」了。要知道，孩子終究是要離開父母獨立生存的，真正愛孩子的父母，給孩子的是可以支撐他獨立行走一生的力量。這是古人非常了不起的思想。如果說〈曹劌論戰〉讓我們明白了做事情要「遠謀」，那麼〈觸龍說趙太后〉就告訴我們，愛子要「計深遠」。

在明確了自己的核心觀點後，觸龍表示，趙太后對燕后的愛，才真正符合「計深遠」這個標準。當年燕后出嫁時，太后當然十分傷心，「持其踵，為之泣」。今天，仍有一些地方保留著這種嫁女習俗，母親要為出嫁的女兒親手穿上新鞋，以此表達對女兒遠行的祝福和思念。而當初趙太后替女兒穿鞋時，也曾不捨到抱著她的腳哭；燕后出嫁後，趙太后也常常思念她。儘管如此，在每次祭祀時，趙太后卻總是祈禱女兒千萬不要回來。這是因為在古代，女子在出嫁後通常不會回娘家，除非被退婚。觸龍對太后說，您這麼想念燕后，卻祈禱她不要回來，難道不是為她做長久的打算，讓她的子孫能夠世代繼承燕國的王位嗎？這才是真正的愛她呀！

值得注意的是，此時太后第一次說出了表示認同的話：「然。」在最開始的時候，太后的態度是抗拒和膩煩，一上來就給觸龍臉色看，面對觸龍的噓寒問暖也是愛搭不理的——「老婦恃輦而行」「恃鬻耳」「老婦不能」。等聊到疼愛的小兒子時，太后儘管不反感，卻並不認同觸龍的看法，「婦人異甚」「君過矣」都是在爭辯。直到觸龍以燕后為例向趙太后說明什麼是真正的愛，太后才打心眼裡認同了觸龍的觀點：父母之愛子，則為之計深遠。有了觀點上的認同，長安君的事情終於可以拿到檯面上說了。

五、富貴傳家，不過三代

——左師公曰：「今三世以前，至於趙之為趙，趙王之子孫侯者，其繼有在者乎？」曰：——

「無有。」曰：「微獨趙，諸侯有在者乎？」曰：「老婦不聞也。」「此其近者禍及身，遠者及其子孫，豈人主之子孫則必不善哉！位尊而無功，奉厚而無勞，而挾重器多也。今媼尊長安君之位，而封以膏腴之地，多予之重器，而不及今令有功於國；一旦山陵崩，長安君何以自託於趙？老臣以媼為長安君計短也，故以為其愛不若燕后。」

——〈觸龍說趙太后〉

在從正面講通了「計深遠」的道理後，觸龍又從反面出發，提醒趙太后不為子女計深遠的後果。他提到了歷史上的諸侯王孫：三代以前趙國那些被封侯的王孫，他們的後代在哪裡？不只趙國的，哪個諸侯國的後代還在？這些被封侯的王孫貴族，有的自己都不能善終，哪怕躲過了災禍，他們的子孫也終有躲不過去的時候。難道君主的子孫註定倒楣嗎？原因很簡單，這些人「位尊而無功，奉厚而無勞，而挾重器多也」。只是因為出身好，就身居高位、得享富貴，對國家人民毫無功勞，卻占有大量財富，這怎麼可能長久呢？

哪怕是在兩千年後的今天，這些話依然振聾發聵。很多人總想要把地位和財富留給子女，卻不知名利永遠需要與貢獻和德行匹配。一個人有足夠的貢獻和德行，才擁有能夠承載名聲和財富的能力，「厚德載物」正是此理。為什麼很多時候「富不過三代」？因為繼承者對先代的財富並無貢獻，卻成為它們的所有者，而不勞而獲的財富又最容易麻痹人的奮鬥意志，至多三代以後，這財富便守不住了。反觀那些財富能流傳幾代的超級家族，無一不懂得這個道理，他們絕不會僅僅留給後代財富，更重要的是傳承道德質量和文化精神。所以老話說：道德傳家，十代以上；耕讀傳家次之，詩書傳家又次之；富貴傳家，不過三代。

聽完這一正一反的案例，趙太后肯定也意識到了自己的問題。觸龍也不再諱言，趁熱打鐵地直接點明了趙太后的錯：「今媼尊長安君之位，而封以膏腴之地，多予之重器，而不及今令有功於國；一旦山陵崩，長安君何以自託於趙？」這是觸龍和其他大臣勸諫時不一樣的著眼點，其他人是站在國家利益和道德制高點上，要求趙太后放棄對長安君的愛，這自然會激起趙太后的強烈反抗心理。但觸龍不同，他首先認同趙太后對長安君的愛是人之常情，然後就「什麼才是真正的愛」這個問題和趙太后展開討論：您如今賜予長安君高貴的地位和巨額財富，卻不讓他對國家有絲毫功勞和貢獻，等您去世之後，長安君又如何能夠長久地在趙國生存呢？趙國及諸侯國那些王孫後代的例子，不是正活生生地擺在眼前嗎？所以我才說，您對長安君的愛遠遠比不上對燕后的愛啊！

六、觸龍的智慧

太后曰：「諾。恣君之所使之。」於是為長安君約車百乘，質於齊，齊兵乃出。

子義聞之曰：「人主之子也，骨肉之親也，猶不能恃無功之尊，無勞之奉，以守金玉之重也，而況人臣乎！」

——〈觸龍說趙太后〉——

直到此時，觸龍仍然沒有勸趙太后送長安君去齊國，但太后已經清楚了什麼才是正確的選擇。太后表示，一切都聽觸龍的安排。這句話已經是認可將長安君送往齊國做人質了，觸龍完美地完成了自己的勸說使命，而趙國也最終得到了齊國的援助。

最後我還想補充一點，就是觸龍的勸說從頭到尾都有十分精巧的設計，特別是前面和太后噓寒問暖的那一段。一般認為，這是在緩和太后的情緒，但讀完全篇，我們才會發現這也是一個生動的例子：安逸的「恃輦而行」，並非真正對身體有益；哪怕腿腳不好，要想吃得下飯，也還是要像觸龍一樣堅持每天走走路。這又何嘗不是一種「計深遠」呢？

文章的最後提到了趙國一位賢者子義的話：就連君主的親骨肉都要靠價值和貢獻生存，更何況臣民呢？我想，這也給了今天的我們很多啟示。不論是誰，要想在社會上長久生存發展，都需要為社會創造價值。同樣，如果想讓孩子獲得長久的幸福，那就要努力將他們培養成能為社會創造價值和做出貢獻的人，這才是聰明的父母應該做的事。

17〈子產論尹何為邑〉：有些機會不能給

在〈子產壞晉館垣〉裡，我們看到了子產的外交才能。假如要瞭解子產的管理才能，就要讀這篇〈子產論尹何為邑〉。在這篇文章裡，子產用他高超的認知，征服了當時鄭國的執政大臣子皮，並告誡子皮和後世的管理者，應當如何培養和任用那些有潛力的人才。今天，很多人認為，對於優秀的「潛力股」，應該給予更多的機會，但子產提醒我們，有些機會不能給。

〈子產論尹何為邑〉原文

子皮[1]欲使尹何[2]為邑。子產[3]曰：「少[4]，未知可否。」子皮曰：「愿[5]，吾愛之，不吾叛也。使夫[6]往而學焉，夫亦愈知治矣。」子產曰：「不可。人之愛人，求利之也。今吾子愛人則以政，猶未能操刀而使割也，其傷實多。子之愛人，傷之而已，其誰敢求愛於子？子於鄭國，棟也。棟折榱[7]崩，僑將厭[8]焉，敢不盡言？子有美錦，不使人學製焉。大官大邑，身之所庇也，而使學者製焉。其為美錦，不亦多乎？僑聞學而後入政，未聞以政學者也。若果行此，必有所

1 子皮：姬姓，罕氏，名虎，字子皮。鄭大夫，執政大臣。鄭穆公的曾孫、公子喜的孫子、公孫舍之的兒子。
2 尹何：子皮的家臣。
3 子產：即公孫僑。子皮退休後，子產任執政大臣。
4 少（ㄕㄠˋ）：年輕。
5 愿：忠厚，謹慎。
6 夫（ㄈㄨˊ）：他，指尹何。

害。譬如田獵[9]，射御貫[10]，則能獲禽；若未嘗登車射御，則敗績[11]厭覆[12]是懼[13]，何暇思獲？」子皮曰：「善哉！虎不敏。吾聞君子務知大者遠者，小人務知小者近者。我，小人也。衣服附在吾身，我知而慎之；大官大邑，所以庇身也，我遠而慢[14]之。微[15]子之言，吾不知也。他日[16]我曰：『子為鄭國，我為吾家，以庇焉其可也。』今而後知不足。自今請，雖吾家，聽子而行。」子產曰：「人心之不同，如其面焉。吾豈敢謂子面如吾面乎？抑[17]心所謂危，亦以告也。」

子皮以為忠，故委[18]政焉。子產是以能為鄭國。

本文出自《左傳．襄公三十一年》。

7 榱（ㄘㄨㄟ）：屋椽。
8 厭（ㄧㄚ）：同「壓」。
9 田獵：打獵。
10 貫：同「慣」，習慣。
11 敗績：翻車。
12 厭覆：翻車被壓。
13 懼：擔心，害怕。
14 慢：懈怠，輕視。
15 微：無，沒有。
16 他日：昔日。
17 抑：只不過。
18 委：任命，託付。

一、破題：子產論尹何為邑

子皮欲使尹何為邑。子產曰：「少，未知可否。」子皮曰：「愿，吾愛之，不吾叛也。使夫往而學焉，夫亦愈知治矣。」

——〈子產論尹何為邑〉

文章標題的意思是，子產對尹何管理子皮的私邑發表看法。這裡涉及三個人：子產、子皮和尹何。

關於子產，我們已經很熟悉，他是鄭國有名的賢大夫。他除了長於外交辭令，還知人善任，《左傳》說他「擇能而使之」，就是擅長挑選人才並發揮他們的長處，是很多人才的伯樂。而子產自己也有一位伯樂，便是子皮。

子皮在鄭國執政多年，他深知子產的賢能，後來主動將鄭國的執政權授予子產。當時鄭國地處大國之間，宗族派系龐雜，子產為政遇到很大困難，子皮給了他極大的支持。子皮去世時，子產痛哭著說自己再也無法有所作為了，因為子皮是他唯一的知己。

除了子產，子皮也非常喜歡身邊一位叫尹何的小兄弟。關於尹何，歷史上並沒有留下太多信息，但從這篇文章中能看出，他雖然年輕，但頗得子皮信任。於是某天，子皮向子產提到，想讓尹何來治理自己的私邑：「子皮欲使尹何為邑。」

子產怎麼看呢？他說：「少，未知可否。」子產並非說自己不知道，而是用「未知」來委婉地表示否定，理由就是「少」——太年輕了，沒經驗。但子皮認為，年輕不是問題，沒有經驗可以學，他看重的是尹何的「質量」。「願」在這裡的意思是為人本分，子皮認為尹何是個老實人，對自己忠心耿耿，把私邑交給他管理，自己最放心。子皮之所以這樣想，是因為私邑是大夫的封地，相當於「大本營」，肯定要找一個心腹來管理。在子皮看來，尹何跟自己一條心，這比什麼都重要，至於管理才能，不會的話可以學。尹何聰明，早晚會管理。

子皮的論調有點兒像今天的一種說法：價值觀比能力更重要。這句話對不對呢？很對，假如價值觀有問題，那麼能力越大，危害就越大。但價值觀很正的人，是否就可以隨意使用呢？在這一點上，子產提出了不同的看法。

二、喜歡就要讓他好

> 子產曰：「不可。人之愛人，求利之也。今吾子愛人則以政，猶未能操刀而使割也，其傷實多。子之愛人，傷之而已，其誰敢求愛於子？」
>
> ——〈子產論尹何為邑〉

子產不再委婉表達了，而是直接表示「不可」。他認為，正因為子皮重視和喜歡尹何，所以更不應該讓尹何現在就替他管理私邑。

「人之愛人，求利之也。」子產一上來先提出一個明確的觀點：什麼是真正的愛？我們喜愛一個人，應該給他謀求好處，而不是傷害他。讓不懂管理的尹何去替子皮治理私邑，是否對尹何有好處呢？表面上看，好像是在重用他，但實際上是將尹何放在了危險的位置上。「今吾子愛人則以政，猶未能操刀而使割也，其傷實多。」子產打比方說，這就好比您讓一個不會用刀的人去割肉，他一定會傷到自己。您打著喜愛一個人的名義，卻在做傷害這個人的事情，以後誰還敢接受您的這種喜愛呢？

從子皮的角度來說，做什麼對尹何好？那就是給他升官，讓他去治理封地。但子皮沒有考慮的是，年輕的尹何現在是否具備相應的能力呢？如果尹何沒有這個能力，子皮非要強人所難，那麼結果就是傷害他。這便是子產深謀遠慮之處。

三、有些事情不能試

子於鄭國，棟也。棟折榱崩，僑將厭焉，敢不盡言？子有美錦，不使人學製焉。大官大邑，身之所庇也，而使學者製焉。其為美錦，不亦多乎？僑聞學而後入政，未聞以政學者也。若果行此，必有所害。譬如田獵，射御貫，則能獲禽；若未嘗登車射御，則敗績厭覆是懼，何暇思獲？

——〈子產論尹何為邑〉

在子皮看來，讓尹何替自己治理私邑，正好是一個幫助他成長的機會，試試又何妨？但子產認為，不是所有事情都可以試。

子皮是鄭國的執政大臣，相當於國相。對於鄭國來說，他是當之無愧的棟樑。一旦他出問題，整個鄭國就可能崩塌，子產也必然會受到影響。子產之所以態度堅決，就是因為子皮的私邑治理關乎整個鄭國的穩定，怎麼能讓一個不懂管理的年輕人隨便嘗試呢？

所以子產表示，不是我想干涉您的家事，但這件事情的後果是包括我本人在內的所有人承受不起的，我哪兒能不講呢？「僑將厭焉，敢不盡言？」接下來，子產又打了一個比方：「子有美錦，不使人學製焉。」假如您有一塊美麗的絲綢，您會讓人用它學裁剪嗎？封邑是您的大本營，怎麼能讓一個毫無經驗的人拿來練手呢？「其為美錦，不亦多乎？」讓尹何管理您的私邑，可比讓人用美錦學習裁剪嚴重多了！

「僑聞學而後入政，未聞以政學者也。」這裡的「學」，主要是指學習治理之道和貴族禮儀。在子產那個年代，做官是專門的學問，需要進行專業的學習才可以上任。正所謂「學而優則仕」，做官關係到百姓福祉和政權穩定，不是鬧著玩的。所以子產表示，自己只聽說過學習後出來做官的，卻從沒聽說過用做官來學習的。假如把做官當成學習的途徑，「必有所害」。

這裡的「害」不只是針對國家百姓，連當事人也將深受其害。為了說明這個道理，子產又打了個比方：「譬如田獵，射御貫，則能獲禽；若未嘗登車射御，則敗績厭覆是懼，何暇思獲？」這就像是駕車打獵，只有熟悉射箭和駕車的人，才有可能打到獵物。假如讓一個生手去駕車打獵，他可能連駕車、射箭都害怕，怎麼能指望他打到獵物呢？

子產的意思是，一個人假如從事自己完全不擅長的事情，則勢必承擔巨大的心理壓力，沒能力卻有壓力，怎麼可能做得好呢？所以，愛就變成了害。

四、子產的說話藝術

子皮曰：「善哉！虎不敏。吾聞君子務知大者遠者，小人務知小者近者。我，小人也。衣服附在吾身，我知而慎之；大官大邑，所以庇身也，我遠而慢之。微子之言，吾不知也。他日我曰：『子為鄭國，我為吾家，以庇焉其可也。』今而後知不足。自今請，雖吾家，聽子而行。」子產曰：「人心之不同，如其面焉。吾豈敢謂子面如吾面乎？抑心所謂危，亦以告也。」

子皮以為忠，故委政焉。子產是以能為鄭國。

——〈子產論尹何為邑〉

子產的話點醒了子皮，他立刻承認了自己的錯誤和短視，並表達了對子產的欽佩。

「吾聞君子務知大者遠者，小人務知小者近者。我，小人也。」我早就聽說真正的君子是目光長遠、從大局出發的人，見識短淺的人則總是盯著眼前的小事。看來我的見識還是太短淺了。像做衣服這樣的小事我都看得很重，知道不該讓新手用美錦來學習裁剪；像治理封邑這麼重大的事，我卻如此輕視，如果不是您的提醒，我到現在也沒有明白啊！以前我還說，以您的才能，您去治理鄭國，我自己把封地管好就行了。現在看來，我哪怕是處理家事，也需要借重您的智慧呢！

透過這段話，我們不難看出子皮的心胸。他如此坦誠地承認自己的錯誤和讚美子產的才能，為子產在鄭國發揮才能創造了空間，同樣是了不起的。

子產應該怎麼回應子皮的讚賞呢？倘若坦然接受，似乎就承認了子皮的無知；倘若扭捏拒絕，又似乎有些虛偽。我們來看子產說話的藝術。

子產回應道：「人心之不同，如其面焉。吾豈敢謂子面如吾面乎？抑心所謂危，亦以告也。」人和人的心理感受是不一樣的，就好比人的長相各不相同。所以在面對同樣一件事的時候，我們只是基於不同的感受和心情來發表意見而已。我不敢要求您的想法和我一樣，就像您不可能長得和我一樣。同樣地，我只是站在自己的角度，覺得您的做法有危險，所以據實相告罷了。至於實際情況，還是要以您自己的心理感受和具體想法為準啊。

子產的回答既保留了自己的主見，也顧及了子皮的面子。聽完子產的話，「子皮以為忠」，知道他不但本事大，而且很忠誠，敢於直言，又極有智慧，於是更加放心地將鄭國大小政事都交給子產。

有個問題值得思考：為什麼在子產說完這番話後，子皮會覺得他「忠」？在這裡，「忠」是沒有私心。顯然，子產並非為了自己的利益，而是從大公無私的角度出發，這也是子皮信任子產的根本原因。

我們常常認為，對一個人好就要給他機會，但這篇文章告訴我們，有些機會不能給，真正對一個人好，就不要讓他去做那些他並不擅長卻責任重大的事，否則於人於己都後患無窮。

18 〈宮之奇諫假道〉：有些便宜不能占

我們熟知的成語「唇亡齒寒」就出自這篇文章。它還告訴我們一個道理：有些便宜不能占。喜歡占便宜的人，通常並不明白所謂「便宜」的背後究竟有些什麼。

〈宮之奇諫假道〉原文

晉侯[1]復[2]假道[3]於虞以伐虢[4]。宮之奇[5]諫曰：「虢，虞之表[6]也。虢亡，虞必從之。晉不可啟，寇[7]不可翫[8]。一之為甚，其可再乎？諺所謂『輔車相依[9]，脣亡齒寒』者，其虞虢之謂也。」

公曰：「晉，吾宗[10]也，豈害我哉？」對曰：「大伯[11]、虞仲[12]，大王之昭也。大伯不從，是以不嗣。虢仲、虢叔，王季之穆[13]也，為文王卿士，勛在王室，藏於盟府。將虢是滅，何愛於虞？且虞能親於桓、莊[14]乎？其愛之也，桓、莊之族何罪？而以為戮，不唯逼[15]乎？親以寵[16]逼，猶尚害之，況以國乎？」

公曰：「吾享祀[17]豐潔[18]，神必據[19]我。」對曰：「臣聞之，鬼

1 晉侯：指晉獻公。
2 復：再一次。
3 假道：借路。
4 虞：周朝諸侯國名，在今山西平陸東北。虢：周朝諸侯國名，在今山西平陸。
5 宮之奇：虞大夫。
6 表：外部，屏障。
7 寇：侵略者，敵人。
8 翫（ㄨㄢˋ）：輕視，忽視。
9 輔車相依：喻互相依存。輔，車旁夾著的木板。
10 宗：晉、虞、虢均為姬姓國，同一個祖宗。
11 大伯：太王的長子。
12 虞仲：太王的次子。
13 穆：古代宗廟排列的次序，父居左為「昭」，子居右為「穆」。

神非人實親，惟德是依。故《周書》[20]曰：『皇天無親，惟德是輔。』又曰：『黍稷非馨[21]，明德惟馨。』又曰：『民不易物，惟德繄[22]物。』如是，則非德，民不和，神不享矣。神所馮[23]依，將在德矣。若晉取虞，而明德以薦馨香，神其吐之乎？」

弗聽，許晉使。宮之奇以其族行，曰：「虞不臘[24]矣。在此行也，晉不更[25]舉[26]矣。」

冬，晉滅虢。師還，館於虞。遂襲虞，滅之，執虞公。

本文出自《左傳．僖公五年》。

14 桓、莊：指桓叔和莊伯。桓叔是晉獻公的曾祖，莊伯是晉獻公的祖父。桓、莊之族指晉獻公的同祖兄弟。
15 逼：威脅。
16 寵：地位尊貴。
17 享祀：祭祀。
18 豐潔：豐，豐盛；潔，潔淨。
19 據：憑依，倚仗。
20《周書》：古書名，最早期的版本已亡佚。
21 馨：散布很遠的香氣。
22 繄（ㄧ）：語氣詞。
23 馮：通「憑」。
24 臘：祭名，古代陰曆十二月的一種祭祀。
25 更（ㄍㄥ）：再。
26 舉：起兵。

一、破題：宮之奇諫假道

這篇文章的主人公宮之奇，當時是虞國的大夫，並非虞國人，身分決定了他的立場、做法，乃至結局。宮之奇的祖上是周天子分封的一個諸侯，後來為晉國所滅。亡國之後，宮之奇的族人便逃到了虞國。

得知宮之奇到了虞國後，雄才大略的晉獻公擔心得好幾天睡不著覺。晉獻公深知宮之奇的才華，有了宮之奇，虞國如虎添翼，晉國要滅掉虞國就難了。

標題裡的「諫假道」，就是在晉國向虞國借路攻打虢國時，宮之奇對虞公的勸諫。要讀懂這篇文章，先要弄清楚晉國、虞國、虢國這三個國家的關係。第一，晉國為什麼要攻打虢國？第二，晉國攻打虢國，為什麼非要借虞國的路？第三，虞國跟虢國到底是什麼關係？

二、晉國為什麼要借道虞國去打虢國？

晉侯復假道於虞以伐虢。

——〈宮之奇諫假道〉

要回答第一個問題，就要看看晉國所處的地理位置。晉國地處山西高原，在西部的渭河平原上，有與其爭雄的秦國。黃河呈「L」形從兩國之間穿過，而洛水以東、黃河以西，就成為秦晉兩國的必爭之地。這便是秦國跟晉國爭奪地盤的第一個大的戰場，叫作「河西戰場」。

兩國之間還有第二個戰場，就是「中原戰場」。兩國位置其實都偏西，但都特別希望能進入中原地區。要進入中原，可謂難於上青天，為什麼？因為一面是黃河，一面是華山，二者都是險要之地，所以兩國必須爭奪通往中原地區的中間通道。

這條通道在歷史上非常有名，叫作「崤函通道」。秦國和晉國只有經過崤函通道，才能真正進入中原地區。

晉國如果想進入崤函通道，就必須經過虢國。晉國之所以要攻打虢國，除了擴充地盤，更重要的原因在於，虢國占據了崤函通道的關口，控制了晉國通往中原的命脈。

如果晉國要攻打虢國，就要穿過中條山，繞非常遠的路，這條路也很難走。有沒有捷徑？這就要說到虞國了。虞國位於中條山地區的一個小盆地，可以從南北方向直接穿過中條山，北邊是晉國，南邊就是虢國。

也就是說，晉國如果想要攻打虢國，有兩條路可以走：一條路是穿過虞國，這是最短的直線距離；另一條路是從西往東繞過中條山，又遠又難走。顯然，最好的方法就是借虞國的路。

還有一點值得注意，就是虞國和虢國之間有著很特殊的關係。從地理位置來看，虢國守住了虞國的南大門，虞國守住了虢國的北大門，致使這兩個國家都不易攻打。如果晉國想要滅掉虢國，那麼虞國就可以隨時從北部派兵支持；如果晉國想要攻打虞國，那麼虢國也可以隨時從南部派兵支持。因此，虢國和虞國互為表裡，唇齒相依。

既然晉國攻打虢國勢在必行，那麼拉攏虞國讓路也就變成了晉國的當務之急。其實在三年之前，即僖公二年（前六五八年），晉國就已經向虞國借過一次路了。當時，晉國大臣荀息請求帶著晉國的雙寶（寶馬、寶玉）去討好虞國，但晉獻公愁眉不展地說：「宮之奇存焉。」

虞國有個足智多謀的宮之奇，恐怕此行難以成功。而荀息卻表示沒關係：「宮之奇之為人也，懦而不能強諫。」荀息認為宮之奇雖然很聰明，但有些軟弱，更不會為了虞國拚命。前文提過，宮之奇根本就不是虞國人，他只是帶著自己的部族到虞國來避難的。在避難期間，他會盡可能地給虞公提些建議，但如果虞公不採納這些建議，他也就點到為止。「懦而不能強諫」，也為後面寫宮之奇沒有成功地說服虞公做了鋪墊。

說回正文，文章的第一句「晉侯復假道於虞以伐虢」，「復」就是「又一次」，在三年之前，晉國就已經借了一回虞國的路，那時是去攻打黃河北岸的北虢（又名夏陽），結果就把黃河北邊的虢國土地吞併了。當晉國攻打北虢的時候，虞國的國君貪財到什麼程度？他不僅收了晉國的禮物，還主動提出當先鋒，他說：「我們離北虢更近，我們先進攻。」因此，當時是虞國和晉國聯軍一起攻克了北虢。

三年之後，晉國表示，想再借一次路，把南虢也滅掉。從前面的事就能看出，虞公是一個很喜歡占便宜的人，之前都答應過一次了，這次更覺得沒問題。占便宜似乎是一件挺讓人開心的事，但仔細地想一想就知道，「便宜」才是最貴的。所謂天上掉下來的餡餅，往往可能都是陷阱，占小便宜的結果經常就是吃大虧。

為什麼有那麼多人喜歡占便宜？主要是目光短淺，缺乏遠見，同時抱有僥倖心理，覺得上當受騙的不會是自己。虞公正是如此。

第一，虞公目光太短淺。他看不到一旦虢國被完全吞併，虞國就會徹底失去支援。而且此時虞國已經被晉國包圍了，北邊是晉國的疆域，南邊也是晉國的疆域，虞國早晚會被吞併。

第二，虞公抱有僥倖心理。他總覺得「晉國不至於這麼狠」，「晉國不會攻打虞國的」，給自己找了各種各樣的理由，這些實質上都是他的藉口，宮之奇對他的勸說就是赤裸裸地揭穿他的藉口。那麼，虞公到底找了些什麼藉口？宮之奇又是怎樣戳穿他的？

三、虞國為什麼不能讓虢國被晉國滅掉？

> 宮之奇諫曰：「虢，虞之表也。虢亡，虞必從之。晉不可啟，寇不可翫。一之為甚，其可再乎？諺所謂『輔車相依，脣亡齒寒』者，其虞虢之謂也。」——〈宮之奇諫假道〉

對於晉國、虞國、虢國之間的關係，宮之奇心知肚明。他一開口就勸虞公：「虢，虞之表也。……晉不可啟，寇不可翫。」虞國和虢國互為表裡，而晉國心狠手辣，絕不能讓其得逞。「一之為甚，其可再乎？」之前的一次借路就已經過分了，怎麼還能讓他們借第二次？

接著，宮之奇提到了當時的一個諺語，叫作「輔車相依，脣亡齒寒」。「脣亡齒寒」的意思一目了然：如果沒有嘴脣的保護，那牙齒肯定會受凍；沒有了牙齒，嘴脣也好不到哪兒去。什麼叫「輔車相依」呢？這裡的「輔」，指的是以前戰車上的一個部件。車本身的承載力有限，要想承載更重，就得在旁邊放上橫木，類似於貨車上的貨板，專門用來載東西，這就是「輔」。還有一種說法，認為「輔」和「車」分別指頰骨和牙床。不論是哪種說法，都是在說「輔車」和「唇齒」一樣，是相互依存的關係。

宮之奇認為，虞國和虢國的關係如此緊密，千萬不能讓虢國被晉國吞併。假如晉國再借一回路，把黃河以南的虢國也滅掉，那麼虞國就有滅頂之災。

宮之奇看得如此清楚，說明晉獻公之前的擔憂是有道理的，有宮之奇在，可能晉國的陰謀很難得逞。但荀息的觀點也很正確，那就是虞公不一定會採納宮之奇的建議。

四、虞公的第一個藉口

> 公曰：「晉，吾宗也，豈害我哉？」對曰：「大伯、虞仲，大王之昭也。大伯不從，是以不嗣。虢仲、虢叔，王季之穆也，為文王卿士，勛在王室，藏於盟府。將虢是滅，何愛於虞？且虞能親於桓、莊乎？其愛之也，桓、莊之族何罪？而以為戮，不唯逼乎？親以寵逼，猶尚害之，況以國乎？」
>
> ——〈宮之奇諫假道〉

面對宮之奇的進諫，虞公表示：「晉，吾宗也，豈害我哉？」晉國和我們同宗，怎麼會傷害我們呢？

要想理解這句話，就要弄清楚幾個國家祖上的關係。

相傳周朝的王室全是后稷的子孫，在后稷子孫中的第十二代，出現了一位「古公亶父」。古公亶父常被稱為「大王」，他在世時做的最重要的事，就是率領自己的子民部族搬到了岐下，為未來周朝的建立打下了基礎。《詩經》記載道：「率西水滸，至於岐下。」《水滸傳》這本書的名字，就源自這句話。

古公亶父有三個兒子：老大叫太伯，老二叫虞仲，老三叫季歷。值得注意的是，虞仲是虞國的始祖，而季歷的兒子就是周文王。在周文王的孫子裡，有一位叫唐叔虞，就是晉國的第一任國君。這麼看，晉國和虞國確實同宗。可問題是，虢國的第一任國君是周文王的弟弟，論起來，虢國跟晉國的關係可比虞國跟晉國的關係近多了！晉國假如連虢國都能打，為什麼不能打虞國呢？

宮之奇毫不客氣地戳穿了虞公的藉口：「大伯、虞仲，大王之昭也。大伯不從，是以不嗣。虢仲、虢叔，王季之穆也。」「昭」和「穆」是關於子孫後代的說法，奇數代子孫就叫「昭」，偶數代子孫就叫「穆」。例如，第一代叫「昭」，第二代叫「穆」，第三代還叫「昭」，第四代又叫「穆」，以此類推。

宮之奇表示，虞國跟晉國的關係，根本就沒有虢國跟晉國的關係近，現在晉國連虢國都要滅掉，更何況虞國？

「且虞能親於桓、莊乎？其愛之也，桓、莊之族何罪？」宮之奇提到的「桓」是桓叔，「莊」是莊伯，他們和晉國歷史上一個非常重要的事件有關，叫作「曲沃代翼」。

「曲沃」和「翼」都是晉國的城池。翼原本是晉國的國都，而曲沃是桓叔的封地。曲沃地勢險要，易守難攻，桓叔的勢力日漸強大，甚至超過了國君。桓叔將曲沃傳給了他的兒子莊伯，莊伯又傳給兒子「稱」，稱直接造反，滅掉了原來的晉國國君，取而代之，成為晉武公，這就是「曲沃代翼」。

要去攻打虢國的晉獻公，就是晉武公的兒子。晉獻公即位後，認為桓叔、莊伯的其他子孫可能會對自己的統治地位構成威脅，就密謀將他們全部殺死。

宮之奇告訴虞公，晉獻公連自己爺爺和太爺爺的後代子孫都殺，他不會來殺您嗎？他連一個小宗族的利益都要爭奪，就不會爭奪整個虞國的利益嗎？「親以寵逼，猶尚害之，況以國乎？」

虞公愛占便宜，很想得到晉國送的寶物。當一個人一心想著占便宜的時候，他的腦子就是糊塗的。「利令智昏」，虞公正是如此。

五、虞公的第二個藉口

——公曰：「吾享祀豐潔，神必據我。」對曰：「臣聞之，鬼神非人實親，惟德是依。故《周——

書》曰：『皇天無親，惟德是輔。』又曰：『黍稷非馨，明德惟馨。』又曰：『民不易物，惟德繄物。』如是，則非德，民不和，神不享矣。神所馮依，將在德矣。若晉取虞，而明德以薦馨香，神其吐之乎？」

——〈宮之奇諫假道〉

被宮之奇反駁後，虞公又提出了第二個藉口。

「吾享祀豐潔，神必據我。」虞公認為，自己有上天保佑，因為他在每次祭祀的時候都特別認真，供品的品質也非常好，即「豐潔」。「豐」就是多，「潔」就是淨。

於是，宮之奇又進行了反駁，主要講了兩點。

第一點，分析祭祀真正的意義。《左傳》裡有句話，叫作「國之大事，在祀與戎」。打仗為什麼重要？大家都能理解。但祭祀為什麼重要？因為祭祀的時候，你相信舉頭三尺有神明，列祖列宗會在天上看著你。也就是說，祭祀最重要的意義是讓人有敬畏之心。

宮之奇告訴虞公，真正的祭祀根本不是「我給神明好東西，神明就會保佑我」，而是「我對神明有真正的敬畏之心，所以神明才會保佑我」。

那敬畏之心體現在哪兒？宮之奇總結成一個字：德。他說：「臣聞之，鬼神非人實親，惟德是依。」如果先祖有靈，他們也只會去保佑那些有德之人。宮之奇還列舉了《周書》上的很多教誨：「皇天無親，惟德是輔」，上天不會親近任何人，只會幫助有德的人；「黍稷非馨，明德惟馨」，真正香氣遠飄的不是食物，而是德行。

宮之奇也是借此間接地批評虞公。虞國跟虢國的關係是守望相助、脣齒相依的關係。本來兩國是盟友，結果你收了別人的禮，就背叛了盟友，甚至還主動去打頭陣，這顯然是失德的行為。因此，不管你怎麼給神明進供，準備多少好吃又乾淨的供品，你連德行都失去了，結局是不會好的。如果沒有德行，那麼「民不和，神不享矣」，即百姓不會和睦，神明也不會庇佑你。

〈曹劌論戰〉也說到過同樣的問題：「小信未孚，神弗福也。」只有做有德之君，對所有的百姓好，大家才會擁戴你，神靈才會保佑你。

從正面闡述後，宮之奇又從反面來進行論證：「若晉取虞，而明德以薦馨香，神其吐之乎？」假如真的只要給神明好的供品，就會得到神明的保佑，那麼當晉國吞併了虞國，再修明德行，準備更好的供品時，神明該保佑誰？難道到時候神還會把晉國的供品吐出來嗎？

宮之奇的推論很有力量，然而，即便如此，虞公也仍然不採納他的建議。

六、貪小便宜吃大虧

> 弗聽，許晉使。宮之奇以其族行，曰：「虞不臘矣。在此行也，晉不更舉矣。」
> 冬，晉滅虢。師還，館於虞。遂襲虞，滅之，執虞公。

虞公就是一個愛貪小便宜的人，他心裡想的只是要把晉國的寶馬、美女、玉石、錢財收入囊中。所以不管宮之奇怎麼勸諫，虞公眼裡只有那些小便宜，所有的理由也只不過是藉口。最終，貪圖眼前利益的虞公還是答應了晉國使者的請求，再一次借路給晉國的軍隊。

宮之奇一看，大事不好，立刻帶上自己的族人離開了虞國。而故事的結局，也確實像宮之奇預言的那樣：「虞不臘矣。」

「臘」在古代是一種祭祀的類型，即「臘祭」。我們今天說的「臘月」也源自此處，因為到了這個月，就該舉行「臘祭」了。「虞不臘矣」的意思是，虞國根本撐不到「臘祭」的時候了。在宮之奇看來，「晉不更舉矣」，晉國的軍隊攻克了虢國之後，就會立刻滅掉虞國，用不著再次發兵。

這年冬天，晉國借虞國之路，滅掉了孤立無援的虢國。回師時，晉軍對虞國發起突襲，輕而易舉滅掉了虞國，並抓住了虞公。「利令智昏」的虞公為了占點兒小便宜，最終自食其果，親手葬送了自己的國家。

肆、文章

文章是有靈魂的。
透過精細地解讀文本，
動腦分析，用心感受，
思接千載，視通萬里，
實現與古人的心靈對話，
最終以古人智識壯我之血脈，
以歷史洞見為未來開路。

19 〈有子之言似夫子〉：斷章取義要不得

網路很神奇，它給了許多人表達的機會，也能讓一句話瞬間傳遍天下。資訊越多，就越顯碎片化，誤解也常常發生。因此，我總會勸身邊的朋友翻開《古文觀止》，讀一讀〈有子之言似夫子〉。

〈有子之言似夫子〉原文

有子[1]問於曾子[2]曰：「問喪[3]於夫子[4]乎？」曰：「聞之矣。『喪欲速貧，死欲速朽。』」有子曰：「是非君子之言也。」曾子曰：「參也聞諸夫子也。」有子又曰：「是非君子之言也。」曾子曰：「參也與子游[5]聞之。」有子曰：「然。然則夫子有為言之也。」

曾子以斯言告於子游。子游曰：「甚哉，有子之言似夫子也！昔者夫子居於宋，見桓司馬[6]自為石槨[7]，三年而不成。夫子曰：『若是其靡[8]也，死不如速朽之愈也。』死之欲速朽，為桓司馬言之也。南宮敬叔[9]反[10]，必載寶而朝。夫子曰：『若是其貨[11]也，喪不如速貧之愈也。』喪之欲速貧，為敬叔言之也。」

1 有子：有若，字子有，世稱「有子」。孔子的弟子。
2 曾子：曾參，字子輿，世稱「曾子」。孔子的弟子。
3 喪：這裡指失去官位。
4 夫子：指孔子。
5 子游：言偃，字子游。孔子的弟子。
6 桓司馬：即桓魋，又稱向魋，宋國左師向巢的弟弟。司馬是官名。
7 槨：套在棺材外面的大棺材。

曾子以子游之言告於有子。有子曰：「然。吾固曰非夫子之言也。」曾子曰：「子何以知之？」有子曰：「夫子制於中都，四寸之棺，五寸之槨，以斯知不欲速朽也。昔者夫子失魯司寇，將之荊，蓋先之以子夏，又申之以冉有，以斯知不欲速貧也。」

本文出自《禮記・檀弓上》。

8 靡：浪費，奢侈。
9 南宮敬叔：即仲孫閱，魯大夫。
10 反：指失去官職回國。
11 貨：賄賂。

一、破題：有子之言似夫子

這篇文章出自《禮記》，《禮記》相傳由西漢的戴聖編寫，是一部儒家思想的資料彙編。標題裡的「夫子」，就是儒家開創者孔子，而「有子」則是孔子的一名重要弟子：有若。

有若的名號在今天已經不算響亮。比起他，很多人更熟悉顏回、曾參，或者子貢、子路。但在當年，有若在孔門的地位和影響力絲毫不亞於曾參，從兩件事中便可初探端倪。

其一，《論語》幾乎對所有的孔門弟子都直呼其名，而只對兩名弟子使用了「子」的敬稱——稱有若為「有子」，稱曾參為「曾子」。這很可能是因為後來參與編纂《論語》的多為有若或曾參的學生，所以除了孔子，他們只稱自己的老師為「子」，即「先生」。而有若在《論語》中出現在第二章，排在曾參之前，這足以說明有若在孔門的地位。

其二，《史記》寫孔子去世後，有若被孔門弟子當作孔子的替身來參拜，原因是「狀似孔子」，也就是跟孔子長得像。事實上，有若比孔子小三十多歲，《孔子家語》裡說他「好古道」，有若之所以被孔門弟子參拜，更多是因為他的思維方式和孔子極為接近。

如何瞭解一個人的思維？最直接的辦法就是聽他說話。語言是思維的具體呈現，「有子之言似夫子」，其相似之處並不在於內容或聲音，而在於如何思考。

二、一次互不相讓的爭論

有子問於曾子曰：「問喪於夫子乎？」曰：「聞之矣。『喪欲速貧，死欲速朽。』」有子曰：「是非君子之言也。」曾子曰：「參也聞諸夫子也。」有子又曰：「是非君子之言也。」曾子曰：「參也與子游聞之。」有子曰：「然。然則夫子有為言之也。」

——〈有子之言似夫子〉

作為孔子的學生，有若和曾參都比孔子小很多。一般認為，有若比孔子小三十三歲，曾參比孔子小四十六歲。當年孔子的教學方式是因材施教，而且往往是「戶外課堂」，隨時隨地開展教學，這就使得不同弟子聽到的教誨有些差別。所以，孔門弟子也經常聚在一起討論問題，互通有無，這個習慣一直延續到孔子逝世之後。

某日，有若向曾參請教道：「問喪於夫子乎？」這裡的「喪」，指的是丟官。如果丟了官，應該怎麼辦？顯然，有若自己並沒有聽孔子講過相關的事，而此時孔子已去世，所以他找來同門的曾參詢問。曾參表示，老師還真講過，說的是「喪欲速貧，死欲速朽」。什麼意思呢？「喪欲速貧」，簡單說就是丟官以後，最好趕緊破產——頗有些幸災樂禍的意思。除了這句，曾子還「買一送一」，說孔子還說了句「死欲速朽」，就是死了以後，最好趕緊腐爛。

丟了官趕緊完蛋，死了趕緊腐爛，這是孔子的觀點？有若當即表示：不可能，絕對不可能！這種話哪兒能是孔老師這種君子說的？可是曾參很篤定：老師講的時候，我就在旁邊呢！誰知有若仍然不信：這不可能是一位君子的觀點！曾參也較上勁了：不信你去問子游，他當時也在！

子游的年紀和有若差不多，是孔子七十二賢徒中唯一的南方人，有「南方夫子」之稱。可是哪怕有子游做證，有若雖然口氣緩和了一點，但仍不相信：好吧，就算夫子說過，也一定有別的原因！

三、子游口中的真相

曾子以斯言告於子游。子游曰：「甚哉，有子之言似夫子也！昔者夫子居於宋，見桓司馬自為石槨，三年而不成。夫子曰：『若是其靡也，死不如速朽之愈也。』死之欲速朽，為桓司馬言之也。南宮敬叔反，必載寶而朝。夫子曰：『若是其貨也，喪不如速貧之愈也。』喪之欲速貧，為敬叔言之也。」

——〈有子之言似夫子〉

子游聽完曾參的轉述後，大吃一驚：有若說的話，和夫子說的太像了！「喪欲速貧，死欲速朽」的確是孔子所說的，但另有隱情。

原來，當年孔子周遊列國，在宋國住過一段時間。孔子是宋國人的後裔，和宋景公同宗同族，因為當時已經名聞天下，所以受到了宋景公的高度重視。這就讓時任宋國大司馬、手握宋國軍政大權的桓魋非常不爽，他覺得自己的權勢受到了威脅，不但屢次對宋景公說孔子的壞話，還派人前去劫殺孔子。孔子對桓魋的態度很有意思，他一邊離開宋國，一邊對弟子們說：「天生德於予，桓魋其如予何！」我的德行是上天賦予的，區區桓魋能把我怎樣？話雖這麼說，該躲咱就躲；雖然躲著他，依舊鄙視他。這就叫戰略上的藐視，戰術上的重視。

桓魋這個人，除了嫉賢妒能，還以權謀私。桓魋派人給自己打造厚重的石槨，以待死後使用。「槨」是棺材外面套的大棺材，可以保護裡面的棺木。一般人做槨使用的是木材，而桓魋為了彰顯地位，特意派人用石材打造，而且三年都沒造完，可謂勞民傷財。孔子本就瞧不上桓魋，聽說這件事之後，就說了句「死欲速朽」——死了趕緊爛掉算了，這麼耗費財物幹什麼呢？

顯然，孔子講這話是在譏諷桓魋。我們絕不能忽視具體語境，不能因孔子說過某話，就認為那是孔子的觀點。有若所說的「夫子有為言之」，就是這個意思。

至於「喪欲速貧」，自然也有具體語境。子游說，孔子說的是南宮敬叔。南宮敬叔本是魯國大夫，也做過孔子的學生，在丟掉官位後一度離開了魯國。後來他回國，拉著滿車寶物入朝，以求復官。孔子對這種行為表示不齒，他認為如果一個人為了謀官而到處行賄，那還不如趕緊破產，於是說出了「喪欲速貧」。所以，簡單把「喪欲速貧」當作孔子的觀點，也是斷章取義。

很多人今天仍然犯同樣的錯誤，聽到某句話後，不管前因後果，也不顧說話人的意圖，就想當然地認為是字面意思。特別是在網絡時代，碎片化資訊充斥，特定場合下的隻言片語很容易被別有用心的人拿來大做文章，因此，我們尤其要有自主判斷的能力。

讀到這裡，不得不驚歎，有若不像子游，他並不知道孔子說的是桓魋和南宮敬叔，卻也做出了極為準確的判斷。他究竟是如何推斷的呢？

四、有若的高明之處

> 曾子以子游之言告於有子。有子曰：「然。吾固曰非夫子之言也。」曾子曰：「子何以知之？」有子曰：「夫子制於中都，四寸之棺，五寸之槨，以斯知不欲速朽也。昔者夫子失魯司寇，將之荊，蓋先之以子夏，又申之以冉有，以斯知不欲速貧也。」
>
> ——〈有子之言似夫子〉

聽完子游的話，曾參對有若大為佩服，但也十分好奇。他又一次找到有若，除了告訴他事情的真相，也順帶表明自己的困惑：你怎麼這麼料事如神？

有若說，很簡單，看看孔夫子自己怎麼對待「死」和「喪」就知道了。起初孔子做中都宰（今山東汶上縣的主政官員），就曾制定了下葬的規矩：棺要四寸厚，槨要五寸厚。假如孔子認為人死了就該趕緊腐爛，怎麼還會制定這樣的規矩呢？後來，孔子辭掉魯國大司寇（魯國最高司法長官）的職位，花了十幾年周遊列國，推行自己的主張。在快要到達楚國的時候，孔子還相繼派出子夏和冉有，讓他們提前進入楚國瞭解情況。假如孔子覺得丟了官就該趕緊完蛋，他又怎麼會做出這樣的行為呢？

由此可見，有若不只聽一個人說的話，還會考察他平時的行為，從而做出全面的判斷。《論語》中記載了孔子的這樣一句話：「始吾於人也，聽其言而信其行；今吾於人也，聽其言而觀其行。」孔子早年也輕信別人的言辭，但最後發現很多人僅是說得好聽，卻並不真正去做。後來，孔子除了聽別人說什麼，還觀察別人做什麼，看言行是否一致。這樣既可以發現言行不一的人，又可以辨別傳言的真偽。

有若最初聽到傳言時並沒有輕易相信，也沒有因為某些話是孔子親口所說，就奉為圭臬。他始終獨立思考和自主判斷，保持著敏銳的洞察力和清晰的邏輯思維能力，這就能做出正確的判斷，避免了人云亦云或斷章取義。難怪孔門弟子會將他視為孔子的接班人——有子之言似夫子，誠然不虛。

20 〈桃花源記〉：學會給人講故事

〈桃花源記〉可謂家喻戶曉，直到今天，我們仍然使用「世外桃源」來形容與世隔絕、生活安樂的理想世界。很多人都十分嚮往〈桃花源記〉塑造的那個美麗的桃源村莊，但倘若結合陶淵明所處的時代環境來細讀全文，你就會發現這個村莊並沒有表面看起來的那麼簡單。〈桃花源記〉的故事儘管美麗，背後卻充滿詭異。

〈桃花源記〉原文

晉太元[1]中，武陵[2]人，捕魚為業。緣[3]溪行，忘路之遠近。忽逢桃花林，夾岸數百步，中無雜樹，芳草鮮美，落英繽紛。漁人甚異之。復前行，欲窮其林。林盡水源，便得一山。山有小口，仿佛若有光。便捨船，從口入。

初極狹，才通人。復行數十步，豁然開朗。土地平曠，屋舍儼然[4]，有良田、美池、桑竹之屬[5]。阡陌[6]交通，雞犬相聞。其中往來種作，男女衣著，悉如外人。黃髮垂髫[7]，並怡然自樂。見漁人，乃大驚，問所從來，具答之。便要[8]還家，設酒殺雞作食。村中聞

1 太元：東晉孝武帝司馬曜的年號（三七六—三九六）。
2 武陵：郡名，治所在今湖南常德。
3 緣：沿。
4 儼然：形容整齊的樣子。
5 屬：類。
6 阡陌：田間小路。
7 黃髮垂髫（ㄊㄧㄠˊ）：指老人、小孩。黃髮，舊說人老後頭髮由白變黃。髫，小孩額前垂下的頭髮。古時童子不束髮，故稱「垂髫」。

有此人，咸來問訊。自云先世避秦時亂，率妻子邑人[9]，來此絕境，不復出焉，遂與外人間隔。問今是何世，乃不知有漢，無論魏晉。此人一一為具言所聞，皆嘆惋。餘人各復延至其家，皆出酒食。停數日，辭去。此中人語云：「不足為外人道也。」

既出，得其船，便扶[10]向路，處處誌[11]之。及郡下[12]，詣[13]太守，說如此。太守即遣人隨其往，尋向所誌，遂迷，不復得路。

南陽劉子驥[14]，高尚士也，聞之，欣然親往[15]，未果，尋病終。後遂無問津[16]者。

8 要（一ㄠ）：同「邀」。
9 邑人：同鄉人。
10 扶：沿著。
11 誌：做標記。
12 郡下：武陵城下。
13 詣（一ˋ）：拜訪。
14 劉子驥：晉隱士。
15 親往：一本作「規往」。
16 問津：本意指詢問渡口所在，這裡指探尋、訪求。津，渡口。

一、破題：桃花源記

晉太元中，武陵人，捕魚為業。緣溪行，忘路之遠近。忽逢桃花林，夾岸數百步，中無雜樹，芳草鮮美，落英繽紛。漁人甚異之。復前行，欲窮其林。——〈桃花源記〉

「晉太元中，武陵人，捕魚為業。」文章用講故事的口吻開篇，簡明交代了事情發生的時間、地點和人物：東晉太元年間，在武陵有個人靠捕魚為生。「緣溪行，忘路之遠近」，有一天，他順著小溪行船，不知不覺走了很遠，來到了一個陌生的地方。

「忽逢桃花林，夾岸數百步，中無雜樹，芳草鮮美，落英繽紛。」這片桃花林出現得很突然，毫無鋪墊和徵兆，故而文章用了「忽」字。而且，桃花林很大，裡面竟然連一棵別的樹都沒有，而是整整齊齊的桃樹，桃花瓣瓣飄落，十分漂亮。漁人對這憑空出現的美景感到十分詫異，於是繼續前行，想要看看林子的盡頭究竟有些什麼。

假如你熟悉志怪小說，那你對這樣的場景應該不會感到陌生：某人某天迷了路，突然來到一個美麗的地方，要麼是高大的房舍屋宇，要麼是奇異的花叢密林，主人公經歷了一番神奇遭遇後，時過境遷，才發現此處竟是野外荒丘。

事實上，志怪小說的流行就源自魏晉南北朝時期。魯迅在他的《中國小說史略》中說，

「自晉訖隋，特多鬼神志怪之書」。當時的文人圈也非常流行創作志怪小說，比如中國現存最早的志怪小說集《搜神記》，其作者干寶就是東晉史官，比陶淵明早幾十年。甚至有一本《搜神後記》，所題作者就是陶潛（即陶淵明）。

此外，桃樹也與志怪頗為有關：桃木有「鬼怖木」之稱，自古有桃木可鎮災避邪之說。桃花林也在某些志怪故事裡被用作陰陽兩界的分割線，例如東漢王充在《論衡》裡就曾引用一個《山海經》的故事：東海度朔山上有一片綿延三千里的桃花林，其枝間，東北是鬼門，供萬鬼出入。

看到這裡，我們可以做一個大膽的假設：有沒有一種可能，陶淵明在寫〈桃花源記〉時，有意借助了當時流行的志怪故事外殼呢？若果真如此，陶淵明想要借此表達什麼？

二、美麗而詭異的村莊

> 林盡水源，便得一山。山有小口，仿佛若有光。便捨船，從口入。初極狹，才通人。復行數十步，豁然開朗。土地平曠，屋舍儼然，有良田、美池、桑竹之屬。阡陌交通，雞犬相聞。其中往來種作，男女衣著，悉如外人。黃髮垂髫，並怡然自樂。見漁人，乃大驚，問所從來，具答之。便要還家，設酒殺雞作食。村中聞有此人，咸來問訊。自云先世避秦時亂，率妻子邑人，來此絕境，不復出焉，遂與

外人間隔。問今是何世，乃不知有漢，無論魏晉。此人一一為具言所聞，皆嘆惋。餘人各復延至其家，皆出酒食。停數日，辭去。此中人語云：「不足為外人道也。」

——〈桃花源記〉

等漁人行船到小溪的盡頭，桃花林不見了，取而代之的是一個奇怪的山洞。「山有小口，仿佛若有光。」山洞本身不稀奇，稀奇的是從裡面竟隱約透出光來。由於已經是在小溪的盡頭，船無法繼續前進，漁人便捨下船，從洞口走了進去。剛進山洞，路窄得出奇，將將容一人通過。漁人被山洞另一側的光亮吸引，堅持走了幾十步路之後，天地一下子開闊起來。呈現在漁人面前的是一座美麗安寧的村莊。這裡有平整寬廣的土地，整齊劃一的房屋，舉目四望，到處是肥沃的農田、美麗的池塘和高大的桑竹。村莊的道路交錯相通，不時傳來雞鳴狗叫的聲音。這裡的男男女女辛勤地勞作，衣著打扮與外面的人並無不同，老人和孩子們都高高興興，無憂無慮。

就在漁人四處打量時，村裡的人發現了他。他們對闖入者極為吃驚，詢問漁人從何而來。等聽完漁人的自述，就有人將他邀請到家中做客，還端上了豐盛的酒菜。其他村民聽說有人從外面的世界進來，也都紛紛趕來探問。從他們口中，漁人才知道這些人的祖先是在躲避秦朝禍亂時過來的，從那之後再沒有出去過。

許多人都被陶淵明筆下的這個美麗桃花源吸引，卻忽視了故事裡的詭異之處。且不說為何裡面的人從來沒有出去過，單是「男女衣著，悉如外人」這一句，就不符合常理。文章開篇便提到故事發生在晉太元年間，假如裡面的人在秦朝時期就來此避難，那他們的穿衣風格理應和外人有很大的差別。既然村人從未出去過，為何要特意強調他們的穿著和外人一樣呢？

但假如我們順著志怪故事的思路來理解，就很容易說通了：這些人早已在秦時禍亂中死去，他們穿的很可能是後人祭祀時焚化的冥衣。而進入桃花源時那個「初極狹，才通人。復行數十步，豁然開朗」的奇特通道，也恰恰符合魏晉時期的墓地結構：外面的甬道狹長，裡面的墓穴則很寬敞。且陰陽有別，村裡人在看到漁人時會大驚失色也就不奇怪了。

當然，我並不認為陶淵明是要講一個鬼故事，他只是借助當時最盛行的志怪結構來暗示我們，這樣的桃花源並非世間所有。桃花源的世界是祥和美好的，人與人之間並無爭鬥，而且熱情好客。這裡的人在聽到兩漢魏晉發生的事情後，都為世人的悲慘遭遇感到悲哀。這些年裡，百姓屢遭戰亂，這個世外之地卻獨享安寧。此時我們便能理解故事採用志怪結構的諷刺性了：人雖活著，卻連鬼都不如。

桃花源的人款待了漁人許多天，直到他告辭。在漁人臨行前，村裡的人特意叮囑他要保密：「不足為外人道也。」這一句正是為下文埋下的伏筆，世道兇險，假如外面的人知道有桃花源的存在，那麼這裡必將不得安寧。可漁人畢竟也是「外人」，他會不會替村民們保守祕密呢？

三、爾虞我詐的現實世界

> 既出，得其船，便扶向路，處處誌之。及郡下，詣太守，說如此。太守即遣人隨其往，尋向所誌，遂迷，不復得路。
>
> 南陽劉子驥，高尚士也，聞之，欣然親往，未果，尋病終。後遂無問津者。
>
> ——〈桃花源記〉

辭別村人後，漁人順著原路從山洞中出來，找回了自己的船。於是，他便沿著來時的路行船返回，但一路上做了各種記號。在讀到「處處誌之」四個字的時候，我常常不寒而慄：人心險惡，這個表面上和善老實的漁人，非但沒有感激村民的熱情招待，反而從一開始就留了私心。村裡人特意囑咐他不要對外人說起，他卻刻意標記。等一回到郡下，漁人就迫不及待地向太守報告了一切，赤裸裸地出賣了好心的村民。

讀到這裡，我們可以感受到陶淵明藏於字裡行間的那種氣憤。在陶淵明生活的時代，人與人之間的爾虞我詐，比鬼還要可怕。這樣的寫法一直影響到蒲松齡的《聊齋志異》：鬼狐常常是重情義的，自私自利的卻是人。這些故事透露的正是作者對現實深刻的批判和辛辣的諷刺。

陶淵明畢竟是善良的，熱愛田園生活的他給了故事一個美好的結局，也讓後世許多人對這個美麗的桃花源始終懷有期待和幻想。太守立即派人跟隨漁人前往，卻並沒有根據記號找到當初那個地方。從現實的角度看，桃花源似乎得到了保全，但從志怪小說的角度來說，桃花源本就不屬這個世界。

故事的結尾也頗為有趣：南陽有一位劉子驥先生，在聽說了桃花源的事情後，非常開心地打算前去一探究竟，可惜沒有實現，不久後便去世了。從此之後，世上再沒有人打聽桃花源的位置了。陶淵明就用這樣一種結尾，讓美麗的桃花源永遠地隱藏在傳說和夢幻裡。

任何認為桃花源真實存在的人，都不理解陶淵明寫這個故事的深意。講故事本身就是一種情感和思想的表達，透過這個志怪故事，陶淵明把自己對黑暗現實的批判諷刺和對美好世界的嚮往表達得淋漓盡致，令千載之後的我們讀完仍浮想聯翩，嘆息不已。

21 〈蘭亭集序〉：生死之外無大事

提到〈蘭亭集序〉，書法愛好者無一不曉，因為其原作在書法史上被稱為「天下第一行書」。每一種書體都有其獨特之處，隸書古樸典雅，楷書方正嚴謹，行書瀟灑飄逸。能夠寫出「天下第一行書」的人，內心一定是非常灑脫的，能夠做到人書合一。本篇不談書法，只欣賞文章的風采。

〈蘭亭集序〉原文

永和九年[1]，歲在癸丑，暮春之初，會於會稽[2]山陰之蘭亭[3]，修禊[4]事也。群賢畢至，少長咸集。此地有崇山峻嶺，茂林修竹，又有清流激湍，映帶[5]左右，引以為流觴曲水[6]。列坐其次[7]，雖無絲竹管弦之盛，一觴一詠[8]，亦足以暢敘幽情。是日也，天朗氣清，惠風和暢，仰觀宇宙之大，俯察品類之盛，所以遊目騁懷[9]，足以極視聽之娛，信可樂也。

夫人之相與[10]，俯仰一世。或取諸懷抱，晤言[11]一室之內；或因寄所託，放浪形骸之外。雖取捨萬殊，靜躁不同，當其欣於所遇，

1 永和九年：西元三五三年。永和，晉穆帝年號。
2 會（ㄍㄨㄟˋ）稽：古郡名，郡治在山陰（今浙江紹興）。
3 蘭亭：位於今紹興城區西南十三公里的蘭渚山麓，是王羲之的園林住所。
4 修禊（ㄒㄧˋ）：古時濯除不潔的習俗。於陰曆三月上巳日（三國魏以後定為夏曆三月初三），臨水洗濯，藉以祓除不祥。
5 映帶：景物相互映襯，彼此相連。
6 流觴（ㄕㄤ）曲水：於環曲的水流

暫得於己，快然自足，曾不知老之將至。及其所之既倦，情隨事遷，感慨係之矣。向之所欣，俛仰之間，已為陳跡，猶不能不以之興懷。況修短隨化[12]，終期於盡。古人云：「死生亦大矣。」[13]豈不痛哉！

每覽昔人興感之由，若合一契[14]。未嘗不臨文嗟悼[15]，不能喻之於懷。固知一死生為虛誕，齊彭殤[16]為妄作。後之視今，亦猶今之視昔。悲夫！故列敘時人，錄其所述。雖世殊事異，所以興懷，其致一也。後之覽者，亦將有感於斯文。

旁宴集，在水的上流放置杯口處有兩個對稱的杯把的酒杯，任其順流而下，杯停在誰的面前，誰就取飲。觴，酒杯。

7 次：處所，地方。

8 一觴一詠：指飲酒和詠詩。

9 騁（ㄔㄥˇ）懷：盡展胸懷。

10 相與：往來，結交。

11 晤言：晤談，對談。

12 化：造化。

13 語出《莊子．德充符》。

14 契：投合、契合。

15 嗟悼：嗟嘆哀悼。

16 彭殤：指長壽與夭折。彭，彭祖，傳說他活了八百歲，長壽的代表。殤，未成年而死。

一、破題：蘭亭集序

王羲之生活在東晉，而魏晉時期被稱為中國歷史上有名的「灑脫時代」，用一句話概括：生死之外無大事。

魏晉時期的筆記小說《世說新語》中就有很多這樣的例子。比如夏侯玄，某天他正倚著柱子寫字，突然天降大雨，一道驚雷劈過來，劈裂了他身後的柱子，還燒著了他的衣服。旁邊的人嚇得都站不住了，可夏侯玄只是淡定地拍了拍衣服，接著寫字。

再比如東晉名臣謝安，他曾擔任淝水之戰的總指揮。前方戰報到來時，謝安正和朋友下棋，他看完戰報面不改色，在大家的焦急詢問下才平淡地說了句「打贏了」。

王羲之也是一個灑脫的人。成語「東床快婿」說的就是王羲之。當朝太尉郗鑒派人到王家選女婿，王家子弟精心打扮，非常熱情，只有王羲之露著肚皮在東廂房吃東西。使者回來很氣憤地跟太尉講王羲之的態度，可沒想到太尉就選了這個躺著的小夥兒，因為他最灑脫！

年輕時的王羲之如此灑脫，而在寫〈蘭亭集序〉時，王羲之約五十歲，在這篇文章裡，他有些不淡定了。讓我們從這場發生在春天的美好集會說起。

二、春天的故事

> 永和九年，歲在癸丑，暮春之初，會於會稽山陰之蘭亭，修禊事也。群賢畢至，少長咸集。此地有崇山峻嶺，茂林修竹，又有清流激湍，映帶左右，引以為流觴曲水。列坐其次，雖無絲竹管弦之盛，一觴一詠，亦足以暢敘幽情。
>
> ——〈蘭亭集序〉

文章開篇便點出了集會的時間。「永和」是晉穆帝的年號，晉穆帝九年，按照古代的天干地支紀年法就是癸丑年。「暮春之初，會於會稽山陰之蘭亭，修禊事也。」。「暮春之初」是春天即將結束時，此時正值三月三日上巳節，古人有去水邊洗濯嬉遊的習俗，稱為「禊事」，尋一個美麗的地方踏青，體會「流水落花春去也」的別樣風情。

春光美好，但即將逝去，人會有怎樣的感慨？一方面，為春景柔美而喜；另一方面，為春景易逝而悲。這一喜一悲，正是〈蘭亭集序〉的情感基調。也就是說，文章第一句就埋下了「喜」與「悲」兩條情感主線。

借景抒情，是許多作家使用的寫作手法。例如，《紅樓夢》中的「共讀西廂」和「黛玉葬花」都發生在春夏之交——「三月中浣」，與〈蘭亭集序〉裡所說的「暮春之初」相近。在美好卻即將消逝的春光裡，寶玉在沁芳閘橋邊的桃花樹下偷讀《西廂》，一陣風吹來，桃花落了一身、一書、一地，非常美。黛玉見狀，情動之餘又不由覺得美景易逝、人生短暫，於是有了「花謝花飛花滿天，紅消香斷有誰憐」的感慨。

王羲之參加的這次集會也是如此。文章沒有具體交代與會者們的名字，而是用整體視角描述了當時的盛況：「群賢畢至，少長咸集。」首先，有名望、有才華的人都來了，據說有四十多人。其次，老的少的都來了，幾代人都在。根據資料，當時除了謝安這樣有名望的前輩，還有王羲之的兒子等後起之秀。

「此地有崇山峻嶺，茂林修竹，又有清流激湍，映帶左右，引以為流觴曲水。」這句話交代了蘭亭的環境之美：既有「崇山峻嶺」這樣的遠景，又有「茂林修竹」這樣的近景；身處之地，不管是極目遠眺，還是環顧四周，都有美景映入眼簾，有山有竹，清溪環繞。

面對如此美景，到場的雅士高朋便「列坐其次」，玩起了「曲水流觴」的遊戲。「觴」就是酒杯，古代酒杯的杯口處有兩處突起，像一對小小的「翅膀」，所以又稱「羽觴」，它可以使酒杯在水中漂浮。「流觴」就是將酒杯放在水中，讓它循流而下，漂到誰面前，誰就要飲酒作詩。在今天的紹興蘭亭，仍保留著類似「流觴」的活動。

「雖無絲竹管弦之盛，一觴一詠，亦足以暢敘幽情。」「一觴」就是喝一杯漂到面前的酒，「一詠」則是喝完酒後要作詩吟詠。在場的人都是飽學之士，臨場賦詩自然不在話下。儘管並無歌舞管弦，但這樣一杯酒接著一杯酒，一首詩接著一首詩，也足以暢快地表達胸中之情了。這些詩歌在集會後便輯成了一本詩集《蘭亭集》，其序言就是〈蘭亭集序〉。

三、第一種情感

> 是日也，天朗氣清，惠風和暢，仰觀宇宙之大，俯察品類之盛，所以遊目騁懷，足以極視聽之娛，信可樂也。
>
> 夫人之相與，俯仰一世。或取諸懷抱，晤言一室之內；或因寄所託，放浪形骸之外。雖取捨萬殊，靜躁不同，當其欣於所遇，暫得於己，快然自足，曾不知老之將至。
>
> ——〈蘭亭集序〉

集會的第一種情感自然是快樂，它伴隨著我們在人生中的美好際遇而來，讓人流連忘返。「是日也，天朗氣清，惠風和暢，仰觀宇宙之大，俯察品類之盛，所以遊目騁懷，足以極視聽之娛。」這是詩人們在集會中感受到的快樂：在這個美麗的春天，晴空萬里，涼風習習，眼前這片廣袤的天地和萬物生靈，使人心生歡喜。

王羲之則由眼前的快樂，想到了人生的更多樂趣。「或取諸懷抱，晤言一室之內；或因寄所託，放浪形骸之外。雖取捨萬殊，靜躁不同，當其欣於所遇，暫得於己，快然自足。」人生的快樂有許多，有的人喜歡安坐屋中，或讀書或靜思，藉以觀照內心；有的人則喜歡行萬里路，在對世界的探索中寄託情感或印證自我。生命中總有一些人或事，會讓人感到滿足和欣喜，甚至感覺不到時間的流逝。

王羲之在書寫「樂」的間隙，偷偷穿插了「人之相與，俯仰一世」和「曾不知老之將至」兩個短句，而時光易逝正是樂極生悲的緣由。快樂之時，最難察覺時間的流逝。正因如此，當快樂戛然而止時，悲傷才來得猝不及防。

四、第二種情感

> 及其所之既倦，情隨事遷，感慨係之矣。向之所欣，俯仰之間，已為陳跡，猶不能不以之興懷。況修短隨化，終期於盡。古人云：「死生亦大矣。」豈不痛哉！
>
> ——〈蘭亭集序〉

快樂是多種多樣的，但不管是怎樣的快樂，最終都將結束和消失。

首先，人總是嚮往自己未曾得到的事物，而對已經獲得的事物會逐漸失去興趣。「所之既倦，情隨事遷」，那些曾經讓人興奮的夢想一旦實現，就失去了它們的魅力。

其次，即便我們保持初心，那些美好的事物又是否可以長存？「向之所欣，俯仰之間，已為陳跡」，美麗的人和物，無一經得起歲月的摧殘，讓人不禁感慨「林花謝了春紅，太匆匆」，「自是人生長恨水長東」！

儘管世上有賞不完的流水和明月，但我們的生命是有限的。「修短隨化，終期於盡」，人能活多久並不由自己掌握，不論壽命長短，人都會走向生命的盡頭。我們終將告別人世間的一切美好，每念及此，又怎能不心痛！

那麼，我們究竟該如何度過這讓人既「樂」又「悲」的人生呢？

五、〈蘭亭集序〉教會了我們什麼？

> 每覽昔人興感之由，若合一契。未嘗不臨文嗟悼，不能喻之於懷。固知一死生為虛誕，齊彭殤為妄作。後之視今，亦猶今之視昔。悲夫！故列敘時人，錄其所述。雖世殊事異，所以興懷，其致一也。後之覽者，亦將有感於斯文。
>
> ——〈蘭亭集序〉

《蘭亭集》中的作品雖多，卻無一逃過「樂」與「悲」這兩種情感。王羲之繼續感慨，以前，我常在古人的詩文中讀到同樣的感受，簡直像信物一般契合。我也曾對著古人的詩文感慨，但心裡仍無法真正明白。

這句話從側面表達了王羲之對蘭亭雅集的感受，因為正是這場美好到極致的集會，讓他真正體驗到了無與倫比的快樂，也讓他對「樂極生悲」感同身受。

「固知一死生為虛誕，齊彭殤為妄作。」所謂「一死生」就是認為死和生是不可分割的整體，並沒有太大的差別。《莊子》裡有個「鼓盆而歌」的故事，說莊子的妻子去世時，惠子前去弔唁，卻發現莊子在敲著盆高歌。這可把惠子氣壞了，他認為莊子沒良心。莊子卻說，生和死只不過像四季輪回，自己的妻子只是變成另一種形態，去了另一個地方，所以悲傷是沒有意義的，不如為她唱首歌，送她去遠方。

什麼叫「齊彭殤」呢？「彭」是指彭祖，據說他活了八百歲，是長壽的代表；「殤」則是指還未成年就死了的人。《莊子》認為長壽與夭折都只是相對概念，「彭」和「殤」的差別並不大。在活了億萬年的生命面前，八百年只是一瞬間；而和許多只能活一個夏季的生命相比，哪怕是十幾年也已經相當漫長了。所以從這個意義上講，追求生命的長度並無意義，更重要的是人生的每分每秒如何度過。

「一死生」和「齊彭殤」都是道家的思想觀點，在魏晉時期非常流行。以灑脫著稱的王羲之非常熟悉這種思想。但這場美妙的集會仍使他無比留戀，甚至讓他拋卻理性，直面自己的內心：生命太美好了，怎麼能說生命的長和短沒有區別呢？

「後之視今，亦猶今之視昔。悲夫！」王羲之說：「未來的人看今天的人，就像今天的人看古代的人。」其實，我們今天讀王羲之的〈蘭亭集序〉，就是所謂的「後之視今」，那麼美的春天，那麼美的風景，那麼好的一群人，就這樣隨著時間消逝了，這是多讓人難過的事啊！

「故列敘時人，錄其所述。雖世殊事異，所以興懷，其致一也。」在王羲之看來，正因為人生易逝，我們才要記錄人生。哪怕未來滄桑變幻，人的情感底色也不會改變，並將永遠為這人生的「樂」與「悲」而感慨。未來的人們雖然無法目睹前人的生命與遭遇，卻可以從前人留下的文字中感受到他們生命的悸動。這便是《蘭亭集》這本詩集存在的意義。

本來〈蘭亭集序〉只是一本詩集的序言，但它的立意極高，使得它的名氣遠遠超出了詩集裡的任何一首詩。王羲之想要表達的是，世界很美好，人生很短暫，所以我們要把這些短暫的美好記錄下來，這正是結集的意義。

讀完〈蘭亭集序〉，我們也應當明白，人生短暫，所以更應該珍惜、記錄、體會我們身邊美好的人和事。在懂得人生的樂與悲之後，我們更要珍惜自己的生命，體會生命中每一個美好的瞬間，哪怕不能將它們留在紙上，也要將它們長留心間。

22 〈與韓荊州書〉：李白如何自我介紹

假如要給某位大人物寫一封自薦信，你會怎麼寫？很多人拿捏不好，不知道該低調還是高調。寫得低調，感覺有點兒乏善可陳；寫得高調，又有自賣自誇之嫌。如果感到為難，不妨看看這篇〈與韓荊州書〉，這是唐朝大詩人李白寫的「自薦信」。

〈與韓荊州書〉原文⋯⋯⋯⋯⋯⋯⋯⋯⋯⋯

白[1]聞天下談士[2]相聚而言曰：「生不用封萬戶侯[3]，但願一識韓荊州。」何令人之景慕[4]，一[5]至於此耶！豈不以有周公之風，躬吐握[6]之事，使海內豪俊[7]，奔走而歸之，一登龍門[8]，則聲譽十倍。所以龍蟠鳳逸[9]之士，皆欲收名定價於君侯[10]。願君侯不以富貴而驕之，寒賤而忽之，則三千之中有毛遂[11]，使白得穎脫而出，即其人焉。

1 白：李白自稱。古人寫信，自稱其名以示恭敬。
2 談士：遊說之士，辯士。此指當時一些為功名而奔走活動的人。
3 萬戶侯：漢朝制度，諸侯食邑，大者萬戶。此取其官高爵顯之意。
4 景慕：景仰愛慕。
5 一：竟然。
6 躬：親自。吐握：吐哺、握髮的縮略語。《韓詩外傳》記載，周公不敢輕慢來訪者而「一沐（洗頭）三握髮，一飯三吐哺（嘴裡嚼著的食物）」，顯示求賢若渴。
7 豪俊：有才德的人。
8 登龍門：比喻得到有聲望者的接引。
9 龍蟠鳳逸：比喻豪傑之士潛藏閒居，如龍蟄伏深淵，如鳳閒適安逸。
10 收名：獲得美名。定價：確定評價。君侯：唐人對貴官的尊稱。此指韓荊州。
11 毛遂：相傳戰國時趙平原君有門客三千，毛遂在

白，隴西布衣[12]，流落楚漢。十五好劍術[13]，遍干[14]諸侯。三十成文章，歷抵卿相。雖長不滿七尺，而心雄萬夫[15]。皆王公大人，許與氣義[16]。此疇曩心跡[17]，安敢不盡於君侯哉！

君侯制作侔神明[18]，德行動天地，筆參造化[19]，學究天人[20]。幸願開張心顏[21]，不以長揖[22]見拒。必若接之以高宴[23]，縱之以清談[24]，請日試萬言，倚馬可待[25]。今天下以君侯為文章之司命，人物之權衡，一經品題，便作佳士；而今君侯何惜階前盈尺之地，不使白揚眉吐氣、激昂[26]青雲耶？

昔王子師為豫州[27]，未下車[28]即辟荀慈明[29]，既下車又辟孔文舉[30]。山濤[31]作冀州，甄拔三十餘人，或為侍中、尚書，先代所美。而君侯亦一薦嚴協律[32]，入為祕書郎[33]；中間崔宗之、房習祖、黎昕、許瑩之徒，或以才名見知，或以清白見賞。白每觀其銜恩撫躬[34]，忠義奮發，以此感激，知君侯推赤心於諸賢之腹中，所以不

門客中是不被重視的。後秦圍趙都邯鄲，趙派平原君出使楚國求援，毛遂自薦同去，終於幫助平原君與楚國訂立了盟約。

12 布衣：平民，也指無官職的讀書人。

13 十五：指少年時期，不一定確指十五歲。劍術：擊劍之術。

14 遍干：廣泛求見。

15 心雄萬夫：心志比萬夫都高。

16 許：稱許。氣義：雄偉的志節和正義的精神。

17 疇曩（ㄔㄡˊ ㄋㄤˇ）：從前。心跡：抱負和事蹟。

18 制作：此指制定典章的功業。侔（ㄇㄡˊ）：等於。神明：天神。

19 筆：文筆。造化：自然化育之道。

20 究：探究。天人：天道和人事的深微之處。

21 幸願：希望。開張：展開。心顏：心胸顏面。

22 長揖：拱手自上而至極下，古時賓主以平等身分相揖之禮。與拜相比，見貴官而行長揖之禮是高傲的表現。

23 接：接待。之：指代李白自己。下句中同。高宴：盛大的宴席。

24 縱：縱任。清談：本指玄談，此指盡情暢談。

25 倚馬可待：形容文思敏捷。

26 激昂：奮發。

歸他人，而願委身國士。倘急難有用，敢效微軀[35]。

且人非堯舜，誰能盡善？白謨猷籌畫[36]，安能自矜[37]？至於制作[38]，積成卷軸，則欲塵穢視聽[39]，恐雕蟲小技，不合大人。若賜觀芻蕘[40]，請給紙墨，兼之書人[41]，然後退掃閒軒[42]，繕[43]寫呈上。庶青萍、結綠[44]，長價於薛、卞[45]之門。幸推下流[46]，大開獎飾。惟君侯圖[47]之！

27 王子師：東漢王允，字子師。漢靈帝時任豫州刺史。
28 下車：指官吏到任。
29 辟：徵召。荀慈明：名爽，被徵召為州從事。
30 孔文舉：名融，亦被徵召為州從事。
31 山濤：字巨源，西晉人，竹林七賢之一，曾任冀州刺史。
32 嚴協律：名不詳。或以為指嚴武。協律：協律郎，掌樂律之官。
33 入：指入朝為官。祕書郎：祕書省的郎官，掌圖書經籍。
34 銜恩：感恩。撫躬：省察自己。
35 敢效微軀：願獻出自己的生命。微軀，謙辭，指自己。
36 謨猷（ㄧㄡ）籌畫：謀劃打算。指政治上出謀劃策。
37 安能自矜：怎能自誇。
38 製作：此指詩文創作。
39 塵穢視聽：謙辭，意謂自己的作品可能會玷污韓荊州的耳目。塵穢，髒物，這裡用作動詞。
40 芻蕘（ㄔㄨ ㄖㄠ）：原意為割草采薪者，引申為草野之民。此指自己的詩文，自謙不佳。
41 兼：加上。書人：抄寫的人。
42 軒：小屋。
43 繕（ㄕㄢ）：謄抄。
44 庶：庶幾，表希望。青萍、結綠：寶劍名和美玉名，比喻自己的文章。
45 薛、卞：薛燭，春秋時越人，善識劍。卞和，春秋時楚人，善識玉。此以喻韓荊州，讚揚他有知人之明。
46 幸推：希望能夠推舉。下流：指處於下位之人。
47 惟：助詞，表希望語氣。圖：考慮。

一、破題：與韓荊州書

韓荊州是誰？此人名朝宗，當時正擔任荊州長史，故稱「韓荊州」。韓朝宗出身名門，是唐朝名臣韓思復的長子，年紀輕輕就中了進士。在做荊州長史前，他還做過左拾遺，在京中頗有人緣。韓朝宗雖然官職不算大，在當時的文人圈子裡卻相當出名，因為他有一個喜好：向朝廷舉薦人才。

在唐朝，讀書人想要做官，可以走兩條路：一條是科舉，另一條是薦舉。所謂科舉就是通過考試做官，這條路非常不好走，不但錄取率極低，還有諸多出身方面的限制，據說李白就因為出身問題而無法參加科舉考試。由於科舉極難，很多人只得另闢蹊徑，找在朝廷說得上話的人舉薦自己。

韓朝宗這樣一尊「大佛」來到荊州，自然是附近一帶文人的福音，許多人紛紛前往拜見，以結識韓朝宗為榮，就連「風流天下聞」的孟浩然也不例外。後來韓朝宗從荊州離任時，孟浩然還專門寫了一首名為〈送韓使君除洪州都曹〉的送別詩。

韓朝宗赴任荊州長史，正是李白鬱鬱不得志之時。當時李白已經三十三歲，非但無法參加科舉，找人舉薦也一再失敗。此前，李白已經先後拜見過安州（今湖北安陸）裴長史、長安玉真公主等名流，卻因遭人讒言而屢屢無果。在長安、開封、嵩山、洛陽等地遊歷了一圈，除了結識了崔宗之等幾個新朋友，李白幾乎一無所獲。他苦悶地回到湖北安州的家中，卻聽到了一個令他驚喜的消息：韓朝宗已經來到了不遠處的荊州。

韓朝宗的名字對李白而言早已如雷貫耳，李白的新朋友崔宗之就得到過韓朝宗的舉薦。大喜過望的李白即刻泛舟前往，並在出發前揮毫潑墨，寫下一封自薦信，這便是〈與韓荊州書〉。

二、給老闆加油的求職者

> 白聞天下談士相聚而言曰：「生不用封萬戶侯，但願一識韓荊州。」何令人之景慕一至於此耶！豈不以有周公之風，躬吐握之事，使海內豪俊，奔走而歸之，一登龍門，則聲譽十倍。所以龍蟠鳳逸之士，皆欲收名定價於君侯。願君侯不以富貴而驕之，寒賤而忽之，則三千之中有毛遂，使白得穎脫而出，即其人焉。
>
> ——〈與韓荊州書〉

李白的激動之情溢於言表。這個二十四歲便「仗劍出蜀，辭親遠遊」的天才，在仕途上一再受挫，奔波十年卻一事無成，內心的失落不言而喻。但李白又是樂觀的，他相信「天生我材必有用」，自己這匹千里馬只是還沒有遇見伯樂。對素有伯樂之名的韓朝宗，李白早就心心念念地想見一面，此次有望得見，自然欣喜萬分。

「生不用封萬戶侯，但願一識韓荊州。」這是在天下士人中流傳甚廣的一句話，道出了無數懷才不遇的人渴求知己的心聲。每次聽到這句話，李白都在想，這是怎樣一個了不起的人啊！他該像當年的周公一樣惜才，「躬吐握之事」，才會使得天下才子前來投奔，並以此為榮吧！

周公是孔子的偶像，他先後輔佐周武王、周成王治理天下，求賢若渴。《史記》也寫道，他「一沐三捉髮，一飯三吐哺，起以待士，猶恐失天下之賢人」。據說有次他正在吃飯，剛把肉塞進嘴裡，聽說有人才前來投奔，連肉都顧不上嚼，直接吐出來，前往接見。曹操《短歌行》中的「周公吐哺，天下歸心」，就是說這件事。還有一次，周公正在洗頭，有人前來拜訪。當時男子留長髮，周公連頭髮都顧不上擦乾，握著濕漉漉的頭髮就出來了。聊完之後，回去剛開始洗沒多久，又來一位訪客，周公就又握著頭髮出來一回，如是多次。

李白對韓荊州的稱讚是非常巧妙的。他沒有直接說韓荊州像周公一樣惜才，這樣說有些諂媚。李白只是說自己與韓荊州神交已久，在聽到其他人對韓荊州的讚歎時，便會想像韓荊州的作風，定該是像周公一樣有「吐握」之德！借天下士人之口寫出自己對韓荊州的傾慕，光明磊落，毫無阿諛之氣。傾慕的背後，是李白多年來懷才不遇的苦悶和久旱逢甘霖的欣喜，正為下文的「求職」埋下伏筆。

「一登龍門，則聲譽十倍」，使用了李膺的典故。李膺是東漢名士，當時朝廷綱紀頹墮，《後漢書》說他「獨持風裁，以聲名自高。士有被其容接者，名為登龍門」。李白將韓荊州比作李膺，除了稱讚他的地位，也稱讚他的品格：能被韓荊州相中的人，無一不是高風亮節之士。同樣，前來投奔韓荊州的人，自然也是看重韓荊州的風骨和氣節，「所以龍蟠鳳逸之士，皆欲收名定價於君侯」。李白用這樣的句子，既讚揚了韓荊州拔擢後進的美德和卓爾不群的風骨，也表明了自己此次前來的原因。

「君侯不以富貴而驕之，寒賤而忽之，則三千之中有毛遂，使白得穎脫而出，即其人焉。」這體現了李白強大的自信，卻表達得極為得體。毛遂是戰國時期趙國平原君的門客，起初並不為平原君所知。後來，毛遂向平原君自薦，但平原君不以為然，說真正的人才在世上就像口袋裡的錐子，它的「穎」（錐尖）是一定會被看見的。毛遂回答說，我現在就是在請你把我放進口袋裡，假如能早點兒進去，我就能早點兒「穎脫而出」了。後來，毛遂果然替平原君立下大功，後世也留下了「毛遂自薦」和「脫穎而出」兩個成語。李白表示，前來投奔韓荊州的人才很多，就像當年平原君「食客三千」，希望韓荊州也能像平原君一樣不看重出身，那麼他必將像毛遂一樣脫穎而出。

李白這段話的巧妙之處在於，他沒有一上來就說自己希望得到韓荊州的舉薦，而是希望韓荊州成為周公、李膺、平原君一樣的人。這既是對韓荊州的稱讚，也是一種期待。雖然是給自己找工作，卻一直在給老闆肯定和鼓勵，既給了老闆面子，又說明了自己的來意，所以顯得不卑不亢，自信而不失分寸。

在巧妙說明來意後，李白便要做自我介紹了。

三、李白的自我介紹

> 白，隴西布衣，流落楚漢。十五好劍術，遍干諸侯。三十成文章，歷抵卿相。雖長不滿七尺，而心雄萬夫。皆王公大人，許與氣義。此疇曩心跡，安敢不盡於君侯哉！
>
> ——〈與韓荊州書〉

很多人在寫簡歷或自我介紹時容易犯一個錯誤：長篇大論，自說自話，把自己從小到大的各種榮譽羅列一遍，恨不得連上小學時被評選為「優良楷模」都寫上去，完全不考慮對方想看什麼。其實，你說得越多，對方的注意力就越分散；訊息越龐雜，對方就越不知道你想表達什麼。

自我介紹，不是寫你經歷過什麼，而要寫你想讓對方瞭解什麼。李白的自我介紹只用了三句話，但每句都有明確的表達目的，句與句之間也有清晰的邏輯。

第一句：「白，隴西布衣，流落楚漢。」這句話是表明自己出身寒微，只是平民百姓，沒有家族背景，也一直未遇明主。韓荊州既是惜才之人，自然非常關注那些散落民間的「明珠」，而李白特別使用了「流落」二字，一方面表現了自己的潦倒，另一方面希望借此引起韓荊州的憐惜和重視。那麼，李白究竟有何才能，值得韓荊州關注？

第二句：「十五好劍術，遍干諸侯。三十成文章，歷抵卿相。」這句話既講述了過往經歷，也表明了自己卓越的才能。這裡所使用的修辭手法叫作「互文」，意思是李白自幼文武雙全，歷年來已經遍訪地方名流與達官顯貴。李白用這句話向韓荊州表明，自己儘管出身寒微，卻並非無能之輩，不但兼具文才武略，而且遍游四方，見過世面。可既然如此，為何至今無尺寸之功，而至於韓荊州之門？

第三句：「雖長不滿七尺，而心雄萬夫。皆王公大人，許與氣義。」對於這句話，很多人只覺得是自誇，其實卻顯露了李白的尷尬與無奈。「長不滿七尺」說的是身高，李白為什麼突然講自己的身高？這很可能跟古代的薦舉傳統有關。

李白究竟多高？假若按照唐朝的尺寸，則一尺有三十公分以上，七尺已經超過了兩公尺，這顯然不是李白此句的真實意思。這裡的「七尺」，應當是沿用了漢朝以來「七尺男兒」的說法。在古代，男子二十成年，身高多在七尺左右，按漢尺來算約為一百六十二公分。李白如今說自己「長不滿七尺」，也就是身材偏矮。

然而，薦舉的傳統向來對容貌身材有所要求，唐人也是如此。當年王維得到玉真公主的青睞，跟他「妙年潔白，風姿鬱美」的風采不無關係。這裡的「雖長不滿七尺」，看似是李白的豪言壯語，實則交代了他在舉薦之路上屢屢受挫的重要原因。

儘管李白身材矮小，但他恃才傲物，所以「心雄萬夫」正是他此前屢遭拒絕的又一個原因。「王公大人，許與氣義」，表面似乎是在說王公大人都讚賞李白的氣概和道義，但假如真是此意，為何王公大人不會舉薦李白？古人寫文章說話都很講究隱晦的表達，所以我認為，李白此句並非誇耀自己有多受王公大人的賞識，而恰恰是說自己因為傲氣自負和不事諂媚而遭到權貴的拒絕。

也就是說，「雖長不滿七尺，而心雄萬夫。皆王公大人，許與氣義」，這句話應該反著理解。李白身材矮小，不受重視，偏偏還恃才傲物、不懂奉承，所以長久以來得不到權貴名流的賞識。只有這樣理解，李白的這三句話才渾然一體，將自己的出身、經歷、才能，以及懷才不遇的原因交代得清清楚楚。

「此疇曩心跡，安敢不盡於君侯哉！」李白將自己的過往和心路歷程對韓荊州和盤托出，也是相信韓荊州不會像其他「王公大人」那樣以貌取人，或者只看重那些溜鬚拍馬之徒。所以在接下來的文字裡，李白講述了韓荊州的與眾不同。

四、高貴的心酸

君侯制作侔神明，德行動天地，筆參造化，學究天人。幸願開張心顏，不以長揖見拒。必若接之以高宴，縱之以清談，請日試萬言，倚馬可待。今天下以君侯為文章之司命，人物之權衡，一經品題，便作佳士；而今君侯何惜階前盈尺之地，不使白揚眉吐氣、激昂青雲耶？

——〈與韓荊州書〉

「君侯制作侔神明，德行動天地，筆參造化，學究天人。」這裡的「制作」就是功業，李白奉承韓荊州，說他的功業堪比神明，德行感動天地。單看這一句，李白無疑是在拍韓荊州馬屁，說他功業大，德行高。但參考後面一句，或許更能瞭解李白的心酸：「幸願開張心顏，不以長揖見拒。」所謂「長揖」，是古代的一種禮節，拱手高舉然後落下。古代有規矩，布衣百姓見公卿須拜，也就是低頭彎腰，但士人有長揖不拜的特權。李白是在強調自己身為士子，會保持讀書人的骨氣，希望德才兼備的韓荊州能夠不拘小節，不因李白的出身和傲骨而將他拒於門外。這也反過來說明，李白在此前謁見眾權貴名流時正是因「長不滿七尺」和「心雄萬夫」而被拒。

「必若接之以高宴，縱之以清談，請日試萬言，倚馬可待。」儘管出身寒微、性情耿介，但李白對自己的才華是充滿信心的。他表示，只要韓荊州願意給一個機會，自己就一定會還他一個驚喜。李白又引用了東晉袁宏「倚馬可待」的例子：桓溫北伐時，命袁宏寫軍用公文，袁宏倚馬疾書，寫得又快又好。李白自然也有這樣的才華，後來杜甫在〈飲中八仙歌〉裡說李白「斗酒詩百篇」，可見一斑。對於袁宏，李白想來是有很深的共鳴的，他們倆的天才和高傲如出一轍。袁宏當年因冒犯桓溫而「榮任不至」，李白也因恃才傲物而屢屢見拒。

「今天下以君侯為文章之司命，人物之權衡，一經品題，便作佳士；而今君侯何惜階前盈尺之地，不使白揚眉吐氣、激昂青雲耶？」讀到這句話時，我依然強烈地感受到李白心中的那股不平之氣。只要是韓荊州稱讚的人物和文章，便會立刻被世人關注，李白多麼想要一個機會，一掃十年來心頭的陰霾。而這個機會就在眼前，它只是韓荊州的舉手之勞罷了。那麼，李白該如何說動韓荊州舉薦自己呢？

五、向先賢學習

> 昔王子師為豫州，未下車即辟荀慈明，既下車又辟孔文舉。山濤作冀州，甄拔三十餘人，或為侍中、尚書，先代所美。而君侯亦一薦嚴協律，入為祕書郎；中間崔宗之、房習祖、黎昕、許瑩之徒，或以才名見知，或以清白見賞。
>
> ——〈與韓荊州書〉

當你想讓別人為你做些什麼的時候，一定不要站在自己的角度，而要站在對方的角度想問題。於是李白將筆觸由自己轉移到韓荊州身上，用歷史上的先賢來激發韓荊州的舉薦之心。

「昔王子師為豫州，未下車即辟荀慈明，既下車又辟孔文舉。山濤作冀州，甄拔三十餘人，或為侍中、尚書，先代所美。」王子師是誰？你可能覺得這個名字很陌生，此人其實就是《三國演義》裡使用「連環計」除掉董卓的司徒王允。王允出身太原王氏，家族中人才輩出。而漢朝察舉孝廉出仕的制度叫作徵辟制度，如果是皇帝徵召就叫「徵」，官員徵召就叫「辟」。在當時的官場上，察舉孝廉、交際名士是一種很重要的做法，一來相當於給潛力股投資，二來可以給自己積累實力和名望。王允就曾以善於舉薦人才著稱，黃巾軍起義時，皇帝派他做豫州刺史保衛京師洛陽，他立刻徵召了名士荀爽和孔融來做刺史府從事。

同樣，魏晉時期的山濤也以善於拔擢人才著稱。當年冀州風俗鄙薄，無推賢薦才之風。山濤擔任冀州刺史後，選拔隱逸之士，他所表彰或任命的三十多人都顯名於當世，而山濤也因此受到百姓士人的仰慕推崇。一方面，李白期許韓朝宗也是王允、山濤一樣的人物，能推薦自己走上仕途；另一方面，李白認為自己是荀爽、孔融一樣的名士，未來也定然可以成就韓朝宗的美名。

更何況，舉薦名士對於韓朝宗早已不是新鮮事了。「而君侯亦一薦嚴協律，入為祕書郎；中間崔宗之、房習祖、黎昕、許瑩之徒，或以才名見知，或以清白見賞。」僅僅李白所知的被舉薦的名士，就有嚴武、崔宗之、房習祖、黎昕、許瑩等人。李白特意提到，他們才華出眾，高風亮節，而這兩點也正是李白自己引以為傲的。他覺得這些人身上有的，自己都不缺，那麼韓朝宗舉薦自己也應當是名正言順的。

李白的判斷是否準確呢？韓朝宗在讀完〈與韓荊州書〉之後究竟是何反應，歷史並無記載，但李白並未因為這封信而被朝廷徵召，為什麼呢？

六、韓荊州為何沒有舉薦李白？

白每觀其銜恩撫躬，忠義奮發，以此感激，知君侯推赤心於諸賢之腹中，所以不歸他人，而願委身國士。倘急難有用，敢效微軀。

且人非堯舜，誰能盡善？白謨猷籌畫，安能自矜？至於制作，積成卷軸，則欲塵穢視聽，恐雕蟲小技，不合大人。若賜觀芻蕘，請給紙墨，兼之書人，然後退掃閒軒，繕寫呈上。庶青萍、結綠，長價於薛、卞之門。幸推下流，大開獎飾。惟君侯圖之！

——〈與韓荊州書〉

李白的才華毋庸置疑，韓朝宗慧眼如炬也不假，但李白最大的錯誤，就是把韓朝宗等人當成了樂於助人的大好人。王允徵辟荀爽、孔融，難道僅僅是因為他們的才華嗎？要知道，荀爽的出身可是潁川荀氏，他的家族乃是潁川士族中最傑出的一個，舉薦荀爽就相當於得到了整個潁川士族的支持。孔融身為孔子後裔，祖上做過漢元帝的老師，父親也是太山都尉，他本人更是少年成名，很小就得到過名士李膺的誇讚——沒錯，就是前面所說的「登龍門」那位，《世說新語》裡還專門有一則故事講述此事。

再看看韓朝宗舉薦的幾位，關於房習祖、黎昕、許瑩的資料不多，但就嚴武和崔宗之兩人而言，被舉薦也絕不僅僅是因為「才名」或「清白」那麼簡單。嚴武的父親是中書侍郎嚴挺之，朝廷正四品官員，嚴武自幼就聲名遠播；崔宗之的出身更不一般，屬天下聞名的博陵崔氏，僅在唐朝就出了十六位宰相。李白單單看到這些人的才華和清白，卻看不透背後複雜的關係和利益，不能不說他在政治上比較幼稚。

所以，缺少政治資本的李白，儘管充分表達了他的感激與忠誠，卻無法真正打動韓朝宗。時至今日，我們仍不免為李白扼腕嘆息，生在那樣一種體制下，要遇到一個伯樂是何等困難！儘管李白又將韓朝宗比作對人「推心置腹」的漢光武帝劉秀，還將他譽為「國士」，但李白並不能扭轉唐朝官場的時勢，自然也就無法真正贏得韓朝宗的青睞了。

在文章的最後，李白表示人非聖賢，每個人都有短處，自己也不例外：若論「謨猷籌畫」，也就是獻謀略、出主意，他斷然不敢自誇，但若論舞文弄墨，他卻不遑多讓。李白表示，假若韓朝宗有意，自己將獻上過往所作的文辭詩篇。即便此時，李白還保持著他的傲氣，表示韓朝宗如果想看，就請派人自帶紙筆前來抄寫，而自己將「退掃閒軒」，靜候光臨。這就好比一個人已經失業，卻堅持要求用人單位到自己家裡簽合約，既傲氣又心酸。可假若沒有這樣的傲氣與心酸，李白又何以成為「謫仙人」呢？

「庶青萍、結綠，長價於薛、卞之門。幸推下流，大開獎飾。惟君侯圖之！」李白再次將自己比作青萍寶劍和結綠美玉，等待薛燭這樣的相劍師和卞和這樣的識玉者來發現自己的價值。

哪怕寫到最後一句，李白的這封自薦信也保持著稜稜氣骨，毫無含哀乞憐之象，無愧於「詩仙」的豪邁本色。最震撼人心的悲劇無過於英雄與命運的抗爭，李白的這次「求職」雖然以失敗收場，卻讓後世文人看到了他的雄豪筆力和高雅氣節，令人在嘆惋之餘依舊心生敬意。

23 〈前出師表〉：掌握向上級彙報的分寸感

諸葛亮被視為智慧的化身，無人不知，很大程度上歸功於《三國演義》。但《三國演義》畢竟是小說，其中的諸葛亮與歷史上的諸葛亮還是有不少差別。要想瞭解真實的諸葛亮，就一定要讀他的〈出師表〉。

〈出師表〉非常有名，歷史上無數愛國志士受其感染，南宋就有「讀諸葛孔明〈出師表〉而不墮淚者，其人必不忠」的說法。杜甫曾說，「出師未捷身先死，長使英雄淚滿襟」，陸游也說，「出師一表真名世，千載誰堪伯仲間」。

〈前出師表〉原文

臣亮言：先帝創業未半，而中道崩殂[1]。今天下三分[2]，益州疲敝，此誠危急存亡之秋也。然侍衛之臣不懈於內，忠志之士忘身於外者，蓋追先帝之殊遇[3]，欲報之於陛下也。誠宜開張聖聽[4]，以光[5]先帝遺德，恢宏[6]志士之氣；不宜妄自菲薄[7]，引喻失義，以塞忠諫之路也。

宮中、府中，俱為一體，陟罰臧否[8]，不宜異同。若有作奸犯

1 中道：中途，半道。崩殂（ㄘㄨˊ）：古代皇帝死亡稱崩，亦稱殂。
2 天下三分：指魏、蜀、吳三國分立。
3 殊遇：特殊的恩遇。
4 開張聖聽：廣泛聽取群臣的意見。聖，對皇帝的尊稱。
5 光：發揚光大。
6 恢宏：鼓舞，振奮。

科[9]及為忠善者，宜付有司[10]，論其刑賞，以昭陛下平明之治[11]，不宜偏私，使內外異法也。侍中、侍郎郭攸之、費禕、董允等，此皆良實，志慮忠純，是以先帝簡拔[12]以遺陛下。愚以為宮中之事，事無大小，悉以諮之，然後施行，必能裨補[13]闕漏[14]，有所廣益。將軍向寵，性行淑均，曉暢軍事，試用於昔日，先帝稱之曰能，是以眾議舉寵以為督。愚以為營中之事，事無大小，悉以諮之，必能使行陣[15]和睦，優劣得所。親賢臣，遠小人，此先漢所以興隆也；親小人，遠賢臣，此後漢所以傾頹也。先帝在時，每與臣論此事，未嘗不嘆息痛恨於桓、靈也。侍中、尚書、長史、參軍，此悉貞亮死節[16]之臣也，願陛下親之信之，則漢室之隆，可計日而待也。

臣本布衣[17]，躬耕[18]於南陽，苟全性命於亂世，不求聞達[19]於諸侯。先帝不以臣卑鄙，猥自枉屈[20]，三顧臣於草廬之中，諮臣以當世之事。由是感激，遂許先帝以驅馳[21]。後值傾覆，受任於敗軍之際，奉命於危難之間，爾來[22]二十有一年矣。先帝知臣謹慎，故臨崩寄臣以大事也。受命以來，夙夜憂勤，恐託付不效，以傷先帝之明。故五月渡瀘，深入不毛[23]。今南方已定，兵甲已足，當獎率三軍，

7 妄自菲薄：隨便地看輕自己。
8 陟（ㄓˋ）罰：升遷和處罰。臧否：善惡，這裡指表揚和批評。
9 作奸犯科：做了壞事觸犯法律。
10 有司：有關部門。
11 昭：顯示。平明之治：公正清明的治理。
12 簡拔：選拔。
13 裨（ㄅㄧˋ）補：彌補。
14 闕：通「缺」，缺點。漏：疏漏，過失。
15 行（ㄏㄤˊ）陣：隊伍行列，代指軍隊。
16 貞亮：忠貞坦誠。死節：死於節義，意思是能以死報國。
17 布衣：平民。
18 躬耕：親自耕種。
19 聞達：揚名顯達。
20 枉屈：委屈，謂屈尊就卑。
21 驅馳：奔走效力。
22 爾來：從那以來。
23 不毛：指荒蕪、沒有開墾的地方。
24 庶：希望，願意。竭：盡。駑鈍：

北定中原。庶竭駑鈍[24]，攘[25]除奸凶，興復漢室，還於舊都。此臣所以報先帝而忠陛下之職分也。至於斟酌損益[26]，進盡忠言，則攸之、禕、允之任[27]也。願陛下託臣以討賊興復之效，不效則治臣之罪，以告先帝之靈；若無興德之言，則責攸之、禕、允之咎，以彰[28]其慢[29]。陛下亦宜自謀，以諮諏[30]善道，察納雅言，深追先帝遺詔。臣不勝受恩感激。今當遠離，臨表涕泣，不知所云。

比喻自己平庸的才能。駑，劣馬。鈍，刀刃不鋒利。

25 攘：排除，剷除。

26 損益：得失。

27 任：職責。

28 彰：公布，暴露。

29 慢：怠慢。

30 諮諏（ㄗㄡ）善道：諮詢治國的好辦法。諮諏，詢問。

一、破題：前出師表

> 臣亮言：先帝創業未半，而中道崩殂。今天下三分，益州疲敝，此誠危急存亡之秋也。然侍衛之臣不懈於內，忠志之士忘身於外者，蓋追先帝之殊遇，欲報之於陛下也。誠宜開張聖聽，以光先帝遺德，恢宏志士之氣；不宜妄自菲薄，引喻失義，以塞忠諫之路也。
>
> ——〈前出師表〉

〈出師表〉共有兩篇，時間上一前一後，前者寫於蜀漢建興五年，後者則寫於建興六年。為了加以區分，後世分別稱為〈前出師表〉和〈後出師表〉。「表」是古代的一種奏章形式，用於臣子向皇帝奏明事項。〈出師表〉要奏明的主要事項就是「出師」，也就是率軍出征。諸葛亮為何請求出征？要征討誰？這一切都要從三國的建立說起。

東漢末年，曹操挾天子以令諸侯，東漢名存實亡。西元二二〇年，曹操去世，其子曹丕篡漢稱帝。接著，劉備打出興復漢室的大旗，建立了蜀漢政權，而孫權統領的東吳也在次年宣布獨立。值得注意的是，劉備的目標並不是建立自己的割據政權，而是要滅掉曹魏，恢復漢家天下，只是這個計畫由於種種意外而被擱淺。

在建立蜀漢政權的第三年，劉備重病不起。臨終前，他將興復漢室的大業託付給了諸葛亮，並讓兒子劉禪視諸葛亮為父。劉備去世後，劉禪即位，改元建興，南方諸郡趁勢反叛。由於時值劉備大喪，不宜出兵。建興三年，諸葛亮親自帶兵南征，平定了南方叛亂，消除了北伐曹魏的後顧之憂。建興四年，年僅四十歲的魏文帝曹丕病死，諸葛亮感覺北伐時機成熟，次年上奏後主準備出兵，這奏章便是〈前出師表〉。

此時，已經是劉備去世的第五個年頭了。文章開篇寫道：「先帝創業未半，而中道崩殂。」許多人無法理解「創業未半」，上文說了，劉備建立自己的政權，目的是興復漢室。但劉備死時，蜀漢政權仍偏居西南，北有曹魏，東有孫吳，漢室興復大業遠未完成。

「今天下三分，益州疲敝，此誠危急存亡之秋也。」創始人劉備突然去世，無疑給了益州（蜀漢政權所在地）這個成立不足三年的「公司」極大打擊，而在平定南方叛亂的過程中，蜀漢的國力也進一步被削弱。

「然侍衛之臣不懈於內，忠志之士忘身於外者，蓋追先帝之殊遇，欲報之於陛下也。」儘管形勢不容樂觀，但諸葛亮等蜀漢老臣並未放棄奮鬥和希望。朝廷內外仍然有一批赤誠臣子能為後主盡忠，來報答先帝的知遇之恩。前面兩句分析了蜀漢面臨的危急形勢，講明了北伐的緊迫性和必要性；這一句則說明了群臣的忠義和高漲的士氣，點出了北伐的底氣和成功的可能性。

接著，諸葛亮從正反兩方面對後主勸諫：「誠宜開張聖聽，以光先帝遺德，恢宏志士之氣；不宜妄自菲薄，引喻失義，以塞忠諫之路也。」諸葛亮先告訴後主應該廣泛聽取意見，後勸後主不應該過分地看輕自己，或者講一些不恰當的話。

其實，諸葛亮的身分很尷尬。一方面，作為臣子，諸葛亮對後主應當恭恭敬敬；另一方面，諸葛亮是託孤重臣，劉禪按照劉備的遺囑「事之如父」。諸葛亮既當臣子又當長輩，很多話不能不講，卻又不能明講。諸葛亮在出征前勸後主多聽意見，別灰心喪氣，講話要得體，這既是臣子對君主的勸諫，也是長輩對孩子的囑託。

那麼，諸葛亮到底有什麼放心不下的呢？

二、諸葛亮的擔憂

> 宮中、府中，俱為一體，陟罰臧否，不宜異同。若有作奸犯科及為忠善者，宜付有司，論其刑賞，以昭陛下平明之治，不宜偏私，使內外異法也。
>
> ——〈前出師表〉

關於「宮中、府中」，歷來有不同的說法。很多書將「府中」解釋為「將軍幕府」，可能是考慮到後文提到了「將軍向寵」，但這樣解釋顯然缺乏邏輯。要想瞭解諸葛亮的真實意思，必須站在他的位置上看問題。

根據《三國志》的記載，劉禪即位後，諸葛亮被封為武鄉侯，「開府治事」。這裡的「府」，就是諸葛亮作為丞相的辦事機關。自秦朝以來，皇權和相權有明確分工，皇帝任命丞相，而丞相統領百官。換句話講，天下歸皇帝所有，但百官的管理權在丞相手中。有沒有皇帝直接管理的機構呢？有，那便是皇宮。這就使得皇帝很容易和宮裡人走得近，和丞相及百官離得遠。

東漢的滅亡便與此有關。東漢末年，宦官與外戚交替專權，本質上就是因為皇帝寵信內宮，將宮中人等視為心腹偏聽偏信，對群臣百官則不夠信任。諸葛亮曾和劉備談及此事，對桓帝、靈帝的做法痛心疾首，故而在出征前反覆叮嚀劉禪。

所以，這裡的「宮中、府中」，應該理解為受皇帝直接管理的宮內人員和受丞相管理的群臣百官。在諸葛亮看來，所有人都是為皇帝服務的，應當一視同仁，而不該有所偏心。不管是宮內人員還是群臣百官，根據表現，該賞的就賞，該罰的就罰，一碗水端平。而且不論是賞是罰，都應該交給相應的機構來處理，這樣才能體現君主的客觀公正。

諸葛亮的這段話，當然是基於東漢末年的慘痛教訓說的，但有沒有對現實的考慮呢？未必沒有。媽媽在出門前反覆叮囑孩子不許看電視，說明她對孩子的自制力並不放心。同樣，諸葛亮臨行時再三叮囑，顯然對後主是有所擔憂的。

三、用心良苦的建議

侍中、侍郎郭攸之、費禕、董允等，此皆良實，志慮忠純，是以先帝簡拔以遺陛下。愚以為宮中之事，事無大小，悉以諮之，然後施行，必能裨補闕漏，有所廣益。將軍向寵，性行淑均，曉暢軍事，試用於昔日，先帝稱之曰能，是以眾議舉寵以為督。愚以為營中之事，事無大小，悉以諮之，必能使行陣和睦，優劣得所。——〈前出師表〉

諸葛亮既然擔憂，就在臨行時反覆叮囑，還做了一些安排。

首先，諸葛亮提到了郭攸之、費禕和董允，前兩位是侍中，董允是黃門侍郎。這兩種官職都相當於皇帝的貼身祕書，協助皇帝處理宮中大小事務。諸葛亮特別強調，這三位都是先帝特意為劉禪挑選的，不論是人品還是能力都完全靠得住。有這些人把關，宮中的事情就不會出亂子。

其次，諸葛亮提到了將軍向寵。此時向寵的職位是中部督，其職責是管理宮廷宿衛軍，保衛皇帝，警衛京城和皇宮。諸葛亮又一次提到了先帝：當年劉備率大軍伐吳，被東吳陸遜火燒連營，唯獨向寵的部隊完好無損，故而劉備稱讚他能幹。由此可見，向寵的才能並非攻城略地，而是老成持重，將後主的保衛工作交給向寵來負責，諸葛亮最為放心。

四、扶不起的阿斗

> 親賢臣，遠小人，此先漢所以興隆也；親小人，遠賢臣，此後漢所以傾頹也。先帝在時，每與臣論此事，未嘗不嘆息痛恨於桓、靈也。侍中、尚書、長史、參軍，此悉貞亮死節之臣也，願陛下親之信之，則漢室之隆，可計日而待也。——〈前出師表〉

人員安排完成後，諸葛亮講出了他的心事：「親賢臣，遠小人，此先漢所以興隆也；親小人，遠賢臣，此後漢所以傾頹也。」諸葛亮此去北伐，生死未蔔，後主要走的路卻還很長。所以，諸葛亮又為後主指明了未來挑選人才的標準。

作為一個領導者，應該親近什麼人，遠離什麼人？諸葛亮的標準：親近賢才，遠離小人。西漢之所以得以建立和發展，離不開劉邦對蕭何、張良、韓信等賢才的重用，而東漢之所以最終衰落和滅亡，則歸因於桓帝、靈帝對宦官奸臣的寵信。

言及此，諸葛亮再次提到了先帝，當年他們曾共同討論國家興衰之道，對東漢末年宦官誤國恨得咬牙切齒。諸葛亮表示，如今的侍中（郭攸之、費禕）、尚書（陳震）、長史（張裔）、參軍（蔣琬），都是值得信賴和重用的賢才。他希望後主能夠親近、信任並重用他們，這樣漢室的興復必指日可待，自己哪怕無法親眼見證，也可以在泉下瞑目了。

可惜的是，後主並沒有感念諸葛亮的苦心。儘管諸葛亮已經無微不至地把飯送到了後主的嘴邊，但這個扶不起的阿斗最終還是走上了「親小人，遠賢臣」的邪路。只知道「此間樂，不思蜀」的劉禪從沒想過，劉備和諸葛亮倘若泉下有知，將是何等痛心和氣憤！

五、興復漢室的使命

臣本布衣，躬耕於南陽，苟全性命於亂世，不求聞達於諸侯。先帝不以臣卑鄙，猥自枉屈，三顧臣於草廬之中，諮臣以當世之事。由是感激，遂許先帝以驅馳。後值傾覆，受任於敗軍之際，奉命於危難之間，爾來二十有一年矣。先帝知臣謹慎，故臨崩寄臣以大事也。受命以來，夙夜憂勤，恐託付不效，以傷先帝之明。故五月渡瀘，深入不毛。今南方已定，兵甲已足，當獎率三軍，北定中原。庶竭駑鈍，攘除奸凶，興復漢室，還於舊都。

——〈前出師表〉

安排完事情，諸葛亮回憶起了過往：我本是在南陽種地的一介草民，沒有什麼大的追求，只想在亂世中普普通通地過完這一生。可先帝不嫌棄我卑微的出身，多次親自到訪我破舊的草廬，向我求教天下大事。為了報答先帝的知遇之恩，我才願意出山奔走驅馳。兵敗後，先帝將大任託付於我，算起來有二十一年了。先帝知道我為人謹慎，所以將興復漢室的大業託付給我。自受命以來，我日夜憂慮，生怕對不起先帝的重託。

這段文字充分體現了諸葛亮的赤誠之心，完全符合蘇軾「簡而盡，直而不肆」的評價。它像極了一個英雄在赴死前的人生回顧，又像一位老者在面對晚輩時的徘徊低語。諸葛亮用這樣簡單直接的文字，將自己的使命光明磊落地講述，比任何巧言妙詞都更加令人動容。

然後，諸葛亮又說到自己的北伐準備。他為了穩定後方，「五月渡瀘，深入不毛」。建興三年，諸葛亮親自帶兵南征平叛，《三國演義》裡「七擒孟獲」的故事說的便是此事。當時西南地區尚未開發，毒蛇猛獸極多，而且瘴氣很重，三月、四月都無法渡河。諸葛亮不顧安危，五月渡過瀘水，深入不毛之地，在秋天就平定了叛亂，解決了北伐的後顧之憂。如今，蜀漢軍隊已休整完畢，而魏國曹丕又剛好去世，正是出兵北伐的絕佳時機。

「當獎率三軍，北定中原。庶竭駑鈍，攘除奸凶，興復漢室，還於舊都。」諸葛武侯豪情萬丈：他將用盡全部力量，率領大軍收復中原，徹底擊垮曹魏政權，重建大漢王朝。

六、臨表涕泣，不知所云

此臣所以報先帝而忠陛下之職分也。至於斟酌損益，進盡忠言，則攸之、禕、允之任也。願陛下託臣以討賊興復之效，不效則治臣之罪，以告先帝之靈；若無興德之言，則責攸之、禕、允之咎，以彰其慢。陛下亦宜自謀，以諮諏善道，察納雅言，深追先帝遺詔。臣不勝受恩感激。今當遠離，臨表涕泣，不知所云。

——〈前出師表〉——

諸葛亮深知，北伐中原是先帝遺命，也是自己報答先帝和為後主盡忠的職責。因此他主動請纓，討漢賊，興漢室。至於陪在後主身邊、為後主進言興德，就讓郭攸之、費禕、董允等新一代賢臣來做吧。

文章最後，諸葛亮深情地對後主說道：「陛下亦宜自謀，以諮諏善道，察納雅言，深追先帝遺詔。臣不勝受恩感激。」老臣不在身邊了，您自己要用心，多向大家徵求治國安邦的良方，採納那些有益於國的忠言，永遠不要忘記先帝的遺命，這就是對我的恩德了，我在遠方也會感念的。

「臨表涕泣，不知所云。」最後一句，實乃情之所至。蜀漢危急存亡之際，後主卻醉生夢死。武侯身負重任，不能不去，偏又掛念後主，無法寬心，故而殷殷敦促如嚴父，又勤勤叮嚀似慈母。讀完全文，不禁掩卷長嘆：一片忠心，千古如見！

24 〈陳情表〉：史上最強請假單

南宋趙與時的《賓退錄》說：「讀諸葛孔明〈出師表〉而不墮淚者，其人必不忠。」這話後面還有一句：「讀李令伯〈陳情表〉而不墮淚者，其人必不孝。」俗話說，自古忠孝難兩全，〈前出師表〉和〈陳情表〉，一忠一孝，可謂古人盡忠盡孝的典範。

〈陳情表〉原文

臣密言：臣以險釁[1]，夙遭閔凶[2]。生孩六月，慈父見背[3]；行年四歲，舅奪母志[4]。祖母劉，愍[5]臣孤弱，躬親[6]撫養。臣少多疾病，九歲不行，零丁孤苦，至於成立[7]。既無叔伯，終鮮兄弟。門衰祚薄[8]，晚有兒息。外無期功強近[9]之親，內無應門五尺之童[10]。煢煢孑立[11]，形影相弔[12]。而劉夙嬰[13]疾病，常在床蓐[14]。臣侍湯藥，未嘗廢離。

逮奉聖朝[15]，沐浴清化[16]。前太守臣逵，察[17]臣孝廉；後

1 險釁：險難和禍患，指命運不濟。
2 夙：早，指幼年。閔（ㄇㄧㄣˇ）凶：憂患凶喪之事，指父死母嫁。
3 慈父見背：父親背棄了我，這是對父親死去的委婉說法。
4 舅奪母志：舅舅逼母親改嫁。志，指守節之志。
5 愍（ㄇㄧㄣˇ）：同「憫」，憐憫。
6 躬親：親自。
7 成立：長大成人。
8 門衰祚（ㄗㄨㄛˋ）薄：家門衰微，福分淺薄。
9 強近：比較親近。
10 應門：照應門戶。童：同「僮」，僕人。
11 煢（ㄑㄩㄥˊ）煢：孤獨的樣子。孑（ㄐㄧㄝˊ）立：孤獨地生活。
12 形影相弔：只有自己的身子和影子互相安慰。弔，安慰。
13 嬰：纏繞。
14 蓐（ㄖㄨˋ）：草席。

刺史臣榮，舉臣秀才。臣以供養無主，辭不赴命。詔書特下，拜[18]臣郎中；尋[19]蒙國恩，除臣洗馬[20]。猥[21]以微賤，當侍東宮[22]，非臣隕首[23]所能上報。臣具以表聞[24]，辭不就職。詔書切峻[25]，責臣逋慢[26]；郡縣逼迫，催臣上道；州司臨門，急於星火。臣欲奉詔奔馳，則以劉病日篤[27]；欲苟順[28]私情，則告訴[29]不許。臣之進退，實為狼狽[30]。

伏惟聖朝以孝治天下，凡在故老[31]，猶蒙矜育[32]，況臣孤苦，特為尤甚。且臣少事偽朝[33]，歷職郎署，本圖宦達[34]，不矜[35]名節。今臣亡國賤俘，至微至陋，過蒙拔擢[36]，寵命優渥[37]，豈敢盤桓[38]，有所希冀？但以劉日薄[39]西山，氣息奄奄[40]，人命危淺[41]，朝不慮夕。臣無祖母，無以至今日；祖母無臣，無以終餘年。母孫二人，更相為命，是以區區不能廢遠[42]。臣密今年四十有四，祖母劉今年九十有六。是臣盡節於陛下之日長，報[43]劉之日短也。烏鳥私情[44]，願乞終養。臣之辛苦，非獨蜀之人士及二州牧伯所見明知，皇天后土，實所共鑒。

15 逮（ㄉㄞˋ）：及，到。聖朝：指晉。
16 沐浴：本指洗頭洗澡，借喻蒙受。清化：清明的教化。
17 察：選拔，薦舉。
18 拜：授官。
19 尋：不久。
20 除：除去舊職，授予新職。洗（ㄒㄧㄢˇ）馬：官名，太子屬官，掌宮中圖籍。
21 猥：辱，表自謙。
22 東宮：太子所居之處。這裡指太子。
23 隕首：掉頭，指喪生。
24 具：全，都，詳盡。聞：告知。
25 切峻：急切嚴厲。
26 逋（ㄅㄨ）慢：謂怠慢不敬。
27 篤：深重，嚴重。
28 苟順：姑且遷就。
29 告訴：向上稟告訴說。
30 狼狽：困頓窘迫、左右為難的樣子。
31 故老：指老年人。
32 矜：憐憫。育：撫養。
33 偽朝：指蜀漢。
34 宦達：為官顯達。
35 矜：自誇。

願陛下矜愍愚誠，聽臣微志。庶[45]劉僥倖，卒保餘年。臣生當隕首，死當結草。臣不勝犬馬怖懼之情，謹拜表以聞。

36 過：超出常規。拔擢：提拔。
37 寵命：特別恩惠的任命。優渥：優厚。
38 盤桓：逗留徘徊，指辭不赴命。
39 薄：迫近。
40 奄奄：氣息微弱將絕的樣子。
41 危淺：危急短促，指活不長久。
42 區區：個人的私願。廢遠：廢養遠離。
43 報：報答。
44 烏鳥私情：相傳烏鴉能反哺，即幼烏長成後轉而哺養老鴉。
45 庶：或許，大概。

一、破題：陳情表

〈陳情表〉和〈出師表〉一樣，都是臣子寫給帝王的奏章。不同的是，〈出師表〉是要出兵，而〈陳情表〉則是要「陳情」。所謂「陳」，就是陳述、講述，〈陳情表〉是李密向晉武帝司馬炎寫的一封陳述自己境況的信。李密為何要寫這封信？

李密，字令伯，出生在三國時期的益州，當時蜀漢政權已經建立，李密是土生土長的蜀國人。小時候的李密命途多舛，剛出生六個月，父親就去世了；四歲那年，母親改嫁。李密幼年體弱多病，幾乎活不下來，幸好有祖母劉氏照料，才慢慢長大。李密性情溫厚，對祖母十分孝敬，後來劉氏生病，李密為了照顧她，常常徹夜不眠，他的孝行傳遍鄉里，頗為時人稱道。

李密的祖父做過太守，祖母劉氏也十分重視讀書，李密在她的教導下博覽群書，十分好學，尤其精通《左傳》。長大後的李密因德才兼備而被多次舉薦、徵召，先後在蜀漢擔任益州從事、尚書郎，相當於現在省長的祕書。李密還曾代表蜀國出使東吳，以辯才聞名天下。李密四十歲時，蜀漢滅亡，他便隱居鄉里，不再出仕，專心照顧年事已高的祖母。

四年後，晉武帝司馬炎冊立太子，需要找一個既有閱歷又有名聲的人給太子做「祕書」，便想到了李密。但詔書下了幾次，都被李密以祖母無人照顧為由拒絕，這就使得晉武帝勃然大怒。

晉武帝為何如此執著，定要李密出山呢？這和西晉建立時的情況有關。要知道，司馬氏本是曹魏的臣子，後來篡魏自立，自然沒臉再提倡忠君愛國。而在古代能與「忠」分庭抗禮的只有「孝」，所以晉武帝便大肆提倡孝道，還將「以孝治國」定為西晉的基本國策。李密以至孝聞名天下，又在蜀地頗得人心，還有給長官做祕書的豐富經驗，讓他做太子的「祕書」，可謂一舉多得。更何況李密當年在蜀漢出力，如今偏不出來替司馬氏效勞，這也讓晉武帝相當惱怒。所以，儘管李密一再推辭，晉武帝仍然不放棄，還給底下的辦事人員下了死命令，就算綁也要把李密綁到京城。

在這種局勢下，再不做點什麼，李密很可能有性命之憂。更重要的是，他的祖母已經垂垂老矣，斷然無法獨活。無奈之下，李密只能親自給晉武帝寫信「請假」，但該怎樣寫這張「請假單」，才能打消晉武帝的猜忌和怒火呢？

二、真誠的力量

臣密言：臣以險釁，夙遭閔凶。生孩六月，慈父見背；行年四歲，舅奪母志。祖母劉，愍臣孤弱，躬親撫養。臣少多疾病，九歲不行，零丁孤苦，至於成立。既無叔伯，終鮮兄弟。門衰祚薄，晚有兒息。外無期功強近之親，內無應門五尺之童。煢煢孑立，

形影相弔。而劉夙嬰疾病，常在床蓐，臣侍湯藥，未嘗廢離。

——〈陳情表〉——

李密的第一句話是：「臣以險釁，夙遭閔凶。」「險釁」就是厄運，「閔凶」就是災難。用今天的話來說，李密從小命不好，多災多難。這句話主要是為接下來的內容做一個總起，同時還有另一作用，那便是暗示晉武帝，李密運氣差，可能並非輔佐太子的最佳人選。

接著，李密便具體訴說了自己的悲慘童年：六個月大時，父親去世；四歲那年，舅舅逼母親改嫁。只有祖母劉氏可憐李密孤苦體弱，親自將他養大。小時候的李密身體很弱，弱到什麼地步呢？原文說他「九歲不行」，有些書將它翻譯成「九歲了還不會走路」，這顯然有違常理，解釋成「九歲的時候路都走不穩」似乎更為妥當。

「零丁孤苦，至於成立。既無叔伯，終鮮兄弟。門衰祚薄，晚有兒息。」李密連續使用三句話來陳述自己的孤苦：從小一個人長大，上一代沒有叔伯照顧，這一代沒有兄弟做伴，下一代也是老來得子。孤苦到什麼地步呢？活著沒人在家開門，死了沒人守孝服喪——「期功強近之親」就是關係近到需要服喪滿一年、九個月或五個月的親人；「應門五尺之童」就是已經長到可以開門迎送客人的孩子。「煢煢孑立，形影相弔」，每天孤零零一個人，只有影子和自己做伴。

李密強調自己孤單無助，正是為請求留下來照顧祖母做鋪墊。他沒有叔伯，沒有兄弟，孩子還未成年，所以祖母只能靠自己照料。假如李密走了，他的祖母就也會陷入活著的時候沒人開門，死了之後沒人服喪的處境。所以，李密的這些話看似在說自己，實則句句說祖母劉氏：年邁的她和自己一樣孤單，且比自己更無助。他還說，如今祖母劉氏年事已高，常年臥病在床，而自己近年來都是親自侍奉，幾乎寸步不離。

因個人困難而無法接受他人請託時，最好不要遮遮掩掩，而是大方地說明事實。人非草木，孰能無情？只要坦誠待人，就會贏得別人的共情和理解。〈陳情表〉能夠打動晉武帝和後世的千萬讀者，憑藉的正是真誠的力量。

三、如何消除晉武帝的猜忌？

> 逮奉聖朝，沐浴清化。前太守臣逵，察臣孝廉；後刺史臣榮，舉臣秀才。臣以供養無主，辭不赴命。詔書特下，拜臣郎中；尋蒙國恩，除臣洗馬。猥以微賤，當侍東宮，非臣隕首所能上報。臣具以表聞，辭不就職。詔書切峻，責臣逋慢；郡縣逼迫，催臣上道；州司臨門，急於星火。臣欲奉詔奔馳，則以劉病日篤；欲苟順私情，則告訴不許。臣之進退，實為狼狽。
>
> ——〈陳情表〉

講完家事，李密開始講國事：「逮奉聖朝，沐浴清化。」這個部分看似很複雜，實際上內在邏輯非常清晰，共分三個階段。

第一階段：「前太守臣逵，察臣孝廉；後刺史臣榮，舉臣秀才。臣以供養無主，辭不赴命。」在這個階段，是李密得到地方官員的察舉推薦。推舉李密的官員先後有兩位，一位名逵，因李密孝順長輩而推舉他為孝廉；另一位名榮，因李密才華出眾而推舉他為秀才。考慮到祖母無人供養，李密全都推辭了。

第二階段：「詔書特下，拜臣郎中；尋蒙國恩，除臣洗馬。猥以微賤，當侍東宮，非臣隕首所能上報。臣具以表聞，辭不就職。」這次和上次不同：上次是由地方官舉薦，這次則是皇帝親自任命，先是任命李密為郎中，後又任命他為太子洗馬。這裡的郎中可不是醫生，全稱叫作「尚書諸曹郎中」，是尚書曹司之長，屬司局級別的高級官員。同樣，太子洗馬不是太子的馬夫，而是太子的「祕書」。

面對晉武帝的徵召，李密雖然感動不已，但仍然上表婉拒，「辭不就職」。

第三階段：「詔書切峻，責臣逋慢；郡縣逼迫，催臣上道；州司臨門，急於星火。臣欲奉詔奔馳，則以劉病日篤；欲苟順私情，則告訴不許。」假如說拒絕地方官員的舉薦尚能平安無事，那拒絕晉武帝的徵召可就非同小可了。於是，晉武帝再度下詔，責令李密不得拖延，郡縣州司也急了，屢次上門催促李密動身。在文中，李密用了「切峻」來形容晉武帝詔書措辭的嚴厲，又用「逼迫」來描述地方官員的步步緊逼，足見其承受的壓力之大。接著，李密坦誠交代了自己內心的痛苦與無奈：想要奉召出仕，又放不下病重的祖母；留下來照顧祖母，卻又不被朝廷批准──實在是進退兩難。

這三個階段的表達層層遞進，非常清晰地向晉武帝展現了李密的遭遇和困境。當一個人被猜忌時，最聰明的做法就是把所有問題拿到明面上說。李密這番開誠布公的話，消除了晉武帝的猜忌，但他還需要給晉武帝「安慰」──畢竟此前抗旨不遵。

四、如何平復晉武帝的情緒？

> 伏惟聖朝以孝治天下，凡在故老，猶蒙矜育，況臣孤苦，特為尤甚。且臣少事偽朝，歷職郎署，本圖宦達，不矜名節。今臣亡國賤俘，至微至陋，過蒙拔擢，寵命優渥，豈敢盤桓，有所希冀？但以劉日薄西山，氣息奄奄，人命危淺，朝不慮夕。臣無祖母，無以至今日；祖母無臣，無以終餘年。母孫二人，更相為命，是以區區不能廢遠。
>
> ──〈陳情表〉

出仕和留守看似是一對不可調和的衝突，但李密非常敏銳地抓住了兩者的「中間地帶」，那便是晉朝的國策：以孝治國。

前文說過，晉武帝提倡「以孝治天下」，還特意頒布了許多相關法令，大肆鼓勵孝行。

李密抓住這一點，表示自己留在家奉養祖母並非對抗君命，反而是順應國策，所以並不會損害晉武帝的君威。李密非常清楚，晉武帝之所以惱怒，無非有兩個原因：一是覺得李密不遵詔令，有損帝王之威；二是認為李密自矜名節，要麼是追求清高的名聲，要麼是想借此漫天要價。

於是在解釋完第一個問題後，李密繼續自白心跡：我就是一個俗人，當然是希望做官的，假如自矜名節，當年也不會在蜀漢任職。更何況身為「亡國賤俘」，我也知道您給的這份差事已經是抬舉我了，哪兒還敢不知好歹地討價還價？之所以拒絕您的好意，既不是圖名，也不是圖利，僅僅是因為祖母劉氏已經「日薄西山，氣息奄奄，人命危淺，朝不慮夕」。

李密的這段話當然不僅是陳述事實，也是在向晉武帝求情，希望他能夠讓自己送祖母最後一程。接著，他說了一句極為感人的話：「臣無祖母，無以至今日；祖母無臣，無以終餘年。」沒有祖母，李密走不到今天；沒有李密，祖母也看不到明天。「母孫二人，更相為命，是以區區不能廢遠。」李密表示，祖母和自己這麼多年相依為命，他實在不忍拋下她獨自遠行！

面對惱怒的晉武帝，李密的這種處理方式十分值得學習。他沒有據理力爭，而是選擇以情動人，因為要平復一個人的情緒，最好的方法絕不是和他爭論，而是將心比心，與對方共情。李密感激的不僅有祖母的養育之恩，也有晉武帝的知遇之恩。

言說至此，不管晉武帝原本如何生氣，他都不會再怪李密不識好歹。平復了晉武帝的情緒，距離解決問題便只剩下最後一步。

五、如何解決忠孝難兩全的難題？

> 臣密今年四十有四，祖母劉今年九十有六。是臣盡節於陛下之日長，報劉之日短也。烏鳥私情，願乞終養。臣之辛苦，非獨蜀之人士及二州牧伯所見明知，皇天后土，實所共鑒。
>
> 願陛下矜愚誠，聽臣微志。庶劉僥倖，卒保餘年。臣生當隕首，死當結草。臣不勝犬馬怖懼之情，謹拜表以聞。
>
> ——〈陳情表〉

自古忠孝難兩全，李密呈上〈陳情表〉，假如只表示盡孝，不能盡忠，晉武帝肯定是不樂意的。這時，李密用了非常有智慧的處理方式，將原本對立的衝突關係變成了並不衝突的先後關係。

〈陳情表〉最後的陳述看似普通，實則精采。「臣密今年四十有四，祖母今年九十有六」，如果沒有這兩個數字，恐怕晉武帝還不會答應得那麼乾脆。李密表示，自己並非只想盡孝，不想盡忠，而是想先盡孝、後盡忠。畢竟，留給他盡忠的時間還有很長，但盡孝的時間已經非常少了。人生七十古來稀，李密的祖母已經九十六歲，就算李密為她盡孝送終，又能持續多久呢？「是臣盡節於陛下之日長，報劉之日短也。」

透過這樣的解釋，李密就將原本看似不可調和的忠孝衝突完美消解了：忠和孝可以都要，只是有先有後，而且兩者都沒怎麼耽誤。李密接著用「烏鳥私情，願乞終養」來進一步表達自己的心願：連烏鴉都知道反哺，何況是生而為人、自幼受祖母大恩的自己呢？

「臣之辛苦，非獨蜀之人士及二州牧伯所見明知，皇天后土，實所共鑒。」李密表示，上述情況絕對屬實，眾人做證，天地共鑒。假如晉武帝願意賜給李密這個盡孝的機會，讓劉氏得以在他的陪伴下度過人生的最後時光，那麼李密將肝腦塗地，誓死效忠——「臣生當隕首，死當結草」。

試想，晉武帝讀到此處會做何感想？首先，李密並非不知好歹，而是完全領受我的恩典，生氣發火是沒有必要的。其次，假如逼著李密來盡忠，必使他心神不寧，終生抱憾，工作也不會幹好。但假如允許李密在家盡孝終了，則並不會耽誤他盡忠，反而還能讓他心懷感恩，誓死效命。何況，讓李密照顧祖母本就符合國情國策，也能為天下樹立好榜樣。

事實上，晉武帝讀完李密的〈陳情表〉後大為感動，認為此人心懷家國，忠孝兩全。因此，晉武帝非但不再怪罪李密，還特意給李密家送去兩名僕人，幫他打理家務，直到祖母劉氏去世。〈陳情表〉作為一篇情理與文采俱妙的佳作流傳下來，堪稱「史上最強請假單」。

古文觀止有意思

古文觀止有意思／邵鑫著
－初版.－臺北市：麥田出版：英屬蓋曼群島商家庭傳媒股份有限公司城邦分公司發行，2025.04
318面；15×21公分
ISBN 978-626-310-853-0(平裝)
835　114001367

印　刷　前進彩藝有限公司
書封設計　巫麗雪
電腦排版　黃暐鵬
初版一刷　2025年4月

定　價　新台幣399元

I S B N　978-626-310-853-0
e I S B N　9786263108622（EPUB）

作　者　邵　鑫
責任編輯　何維民
國際版權　吳玲緯　楊　靜
行　銷　闕志勳　吳宇軒　余一霞
業　務　李再星　陳美燕　李振東
副總經理　何維民
總 經 理　巫維珍
編輯總監　劉麗真
事業群總經理　謝至平
發 行 人　何飛鵬

出　版
麥田出版
11563台北市南港區昆陽街16號4樓
電話：(02)25000888　傳真：(02)25001951
網站：http://www.ryefield.com.tw

發　行
英屬蓋曼群島商家庭傳媒股份有限公司城邦分公司
11563台北市南港區昆陽街16號8樓
網址：http://www.cite.com.tw
客服專線：(02) 2500-7718; 2500-7719
24小時傳真專線：(02) 2500-1990; 2500-1991
服務時間：週一至週五09:30-12:00；13:30-17:00
劃撥帳號：19863813　戶名：書虫股份有限公司
讀者服務信箱：service@readingclub.com.tw

香港發行所
城邦（香港）出版集團有限公司
香港九龍土瓜灣土瓜灣道86號順聯工業大廈6樓A室
電話：+852-2508-6231　傳真：+852-2578-9337
電郵：hkcite@biznetvigator.com

馬新發行所
城邦（馬新）出版集團【Cite(M) Sdn. Bhd. (458372U)】
41, Jalan Radin Anum, Bandar Baru Sri Petaling,
57000 Kuala Lumpur, Malaysia.
電話：+603-9057-8822　傳真：+603-9057-6622
電郵：services@cite.my